好竹连山觉笋香

古诗词里寻美食

刘菲 著

北京日报出版社

序

诗词歌赋与烟火人间

书画琴棋诗酒花,柴米油盐酱醋茶。人们总是惯于把食物简单归类,雅的,俗的;轻的,重的;超然物外的,红尘之中的……似乎诗歌这种抒情言志的文学体裁,就必然是雅的、有距离的;食物这种生活必需品,就必然是俗的、接地气的。其实,生活哪儿能这般简单拆解。

诗词与美食,究竟哪个更重要?人们可能会各执一词。诗歌,是平凡生活里灿烂的闪光;吃饭,是一件最微小的"大事"。歌以咏志,人生有了"诗"才有意趣;民以食为天,人们有了"吃"才有延续。诗人美食家焦桐这样描述他心中的"诗"与"吃":"双手各执一端:左手缪斯,右手烹饪,诗与美食,不相上下。"

同样,我们评判诗词与食物的标准,似乎也可以互通。张岱评价他心中的"至味"——"形如象牙,白如雪,嫩如花藕,甜如蔗霜"的鲜笋,用了这样一句话:"煮食之,无可名言,但有惭愧。"但有惭愧,是对鲜笋的冲淡平和之美的赞叹,是对食物天然滋味的感动……也许还有对自然馈赠的感恩,对自己不事农桑的羞惭,也许夹杂着对故朝追忆的迷思,但常常有"咄咄惊奇"妙语的张岱说出这样平实低回的句子,却有着别样的情绪。

好的诗词，不一定辞藻华丽，但往往做到言情能动人心怀、述意能感人肺腑、写景能悦人眼目。好的食物，不一定奢靡繁复，而往往在于味道里浓厚的人情味、市井气、故乡情，回味绵长。因此"情味"二字，似乎可以打通这所谓"雅""俗"的界限，让二者更加水乳交融。

诗词与美食都有着许多难以言表的意趣，是只能意会的中国味道和中华气韵，无怪乎博大精深的中国文化中，"饮食文化"是如此不可忽略、如此引人入胜的一部分。在古诗词中寻章摘句觅美食，在诗词歌赋中体味烟火人间，更是寻觅古人意趣、情味的有趣旅程。

目 录

蔬食第一

- 002　新春云子滑流匙——清新质朴的百变白菜
- 006　谁家野菜饭炊香——野菜,那是故乡的情味
- 013　好竹连山觉笋香——笋,蔬食之中的第一品
- 020　蒸豚揾蒜酱,炙鸭点椒盐——让人又爱又恨的大蒜
- 026　雨中剪韭且陶陶——韭菜,春盘中最少不了的一味

鲜味之美

- 036　烂煮春风三月初——鲜笋趁鲥鱼,怎一个鲜字了得
- 043　菊留秋色蟹螯肥——蟹与诗与酒,便足了一生矣
- 052　脍飞金盘白雪高——古人也爱生鱼片
- 064　金盘堆起胡羊肉——烤肉和北方少数民族饮食
- 075　侍女金盘脍鲤鱼——由唐代禁食鲤鱼说开去
- 081　钑镂银盘盛蛤蜊——蛤蜊配小酒,自古是良伴
- 088　稍近虾蟆缘习俗——蛙肉到底好不好吃

目录

五谷丰登

- 096 面脆油香新出炉——以胡饼为代表的饼食
- 104 雕胡饭熟醍醐软——从餐桌上渐渐消失的菰米
- 113 传得淮南术最佳——豆腐,最中国的食物
- 122 经齿冷于雪——古人的花样凉面

花果飘香

- 130 世间珍果更无加——荔枝到底有多美味
- 138 为问春风桃李,而今子满芳枝——桃与李:花芬芳,果宜人
- 145 老夫自要嚼梅花——有了梅花,不吃人间凡物
- 151 杨梅五月荐新尝——色味俱佳的"君家果"
- 159 青梅煮酒斗时新——青梅带酸,最是佐酒良伴
- 168 夕餐秋菊之落英——鲜花变佳肴,不只是文学修辞
- 174 露为风味月为香——美人在骨不在皮,荷花也是
- 180 恰是搓橙破橘时——芬芳怡人的柑橘类水果

目 录

四季食俗

- 190 春日春盘细生菜——立春：咬一口春天的气息
- 197 汤饼一杯银线乱——夏至：面面俱到，才算夏天
- 206 月又不甜不辣——中秋：赏月吃月饼的习俗
- 212 蓊火正红煨芋美——冬日里暖手暖心的烤芋头
- 218 晚来天欲雪，能饮一杯无？——下雪了，就该喝一杯嘛

饮食杂记

- 226 今日山翁自治厨——诗人美食家陆游
- 232 八百里分麾下炙——辛弃疾的英雄泪与烟火气
- 239 廉颇老矣，尚能饭否？——谈谈历史上有名的"大胃王"
- 246 红虾青鲫紫芹脆——古人餐桌上的色彩美学
- 251 醒酒仍怜甘蔗熟——古人充满想象力的醒酒方式
- 258 马行灯火记当年——宋代夜市的繁华景象
- 263 人乳蒸豚玉食无——一味奢华，并非饮食正途
- 271 少年世味如蜜甜——糖与蜜，舌尖上的一点甜

蔬食第一

新春云子滑流匙
——清新质朴的百变白菜

新春云子滑流匙

进贤初食白菜，因名之以水精菜云二首（其一）

宋·杨万里

新春云子滑流匙，更嚼氷蔬与雪虀。
灵隐山前水精菜，近来种子到江西。

有时候我们会忘了，被我们一再忽视的白菜，还有个那么好听的名字——菘。南朝陶弘景《本草经集注》中就有"菜中有菘，最为常食"一说，可见当时白菜已经是一种比较主要的日常蔬食了。明代李时珍引陆佃《埤雅》说："菘性凌冬晚凋，四时常见，有松之操，故曰菘，今俗谓之白菜。"这里就提到了它的现用名——白菜。

今天，白菜是最家常不过的蔬菜了，家常到人们还发明了一个词称呼那些极其便宜的东西——白菜价。而当年的杨万里却是在进贤这个地方，第一次吃到白菜，他充满惊喜地打量着它，给它起了个好听的名字"水精菜"，并为白菜写了两首诗。

"新春云子滑流匙，更嚼氷蔬与雪虀。"我们常见的白菜在第一次吃的人眼睛里，焕发了新的生机，如冰雪，如玉石，如水晶，杨万里简直不知道该怎么赞美这种蔬菜才好了。

当然如果温度过低，则需要窖藏了，《齐民要术》记载了很科学

蔬食第一

的窖藏方法,书中称用于贮藏菜蔬瓜果的地窖为"荫坑",其"藏生菜法"为:"九月、十月中,于墙南日阳中掘作坑,深四五尺。取杂菜,种别布之,一行菜,一行土,去坎一尺许,便止。以穰厚覆之,得经冬。须即取,粲然与夏菜不殊。"储藏得当的菜,冬日吃起来和夏天的也没什么两样。家庭日常操作如想简便些呢,可以在院子里挖个浅坑把白菜堆在里面,上面苫上一层毛毡或塑料布。

不过人们总是可以有更聪明的方法,比如天津的冬菜、朝鲜族的辣白菜、东北人最拿手的渍酸菜,既能让白菜保存更久,也带来更诱人的口味。

白菜不只耐储存,而且十分百变,只要努力尝试,大白菜可以开发出一百种吃法:凉拌、热炒、涮菜、腌渍、做馅,甚至做皮儿(比如俄罗斯名菜白菜卷)……

范成大在《四时田园杂兴》绝句六十首中,从各个侧面细细描写了他晚年的乡村生活,首首活泼动人,一看那些细节,就是"有生活"的诗。比如"拨雪挑来踏地菘,味如蜜藕更肥酞",在地里挑来就地贮藏的白菜,竟然如此甜美,被形容如蜜藕一般。

白菜虽然平易近人,似乎最淳朴不过,其实它也可以很雅致。《南齐书·周颙传》记载了这样两句对话:"文惠太子问颙:'菜食何味最胜?'颙曰:'春初早韭,秋末晚菘。'"

周颙是个什么样的人呢?据记载,他"音辞辩丽,出言不穷,宫商朱紫,发口成句,泛涉百家,长于佛理"。此人博学宏识,却辞官跑到金陵的钟山西麓隐居,做了个现在很时髦的素食主义者。文惠公子就问他,你不是天天吃蔬菜嘛,你说说蔬菜里面,哪种菜的味道最赞啊?周颛回答说,是初春的新韭菜和秋末的大白菜这两种。这两句"食评"简洁优美,被视为"知味"的典范,一直流传下来,甚至比他的诗文更为人所知晓。

英雄所见略同,会吃的人总是相似的。明人顾起元《客座赘语》中,提到"惟水芹之出春初,蕹菜之出夏半,茭白之出秋中,白菜之出冬初,为尤美"。一个说秋末,一个说初冬,参差仿佛,都深深体现了古人对时令的讲究,按照节令吃当季最合宜的食物,在舌尖上留住食材最鲜美的时刻。

从宋朝开始,"白菜"这个通俗质朴的小名也叫开了。朱敦儒有阕《朝中措》,把一顿早餐写得让人口舌生津:"先生馋病老难医。赤米餍晨炊。自种畦中白菜,腌成瓮里黄齑。肥葱细点,香油慢焰,汤饼如丝。早晚一杯无害,神仙九转休痴。"白菜在这里虽然只是早餐里搭配主食的小菜,默默地绝不喧宾夺主,但缺了就是不行。清新可爱的白菜搭配一碗葱油面,简直是神仙也要羡慕了。

白菜也像人,初见不会惊艳,但久处也绝不会厌烦的那种。似水流年,最后留在身边的多是这样的"菘",不惊人,善陪伴,有品格,耐霜雪。

谁家野菜饭炊香

——野菜,那是故乡的情味

谁家野菜饭炊香

念奴娇·清明
宋·汪晫

谁家野菜饭炊香,正是江南寒食。
试问春光今几许,犹有三分之一。
枝上花稀,柳间莺老,是处春狼藉。
新来燕子,尚传晋苑消息。

应记往日西湖,万家罗绮,见满城争出。
急管繁弦嘈杂处,宝马香车如织。
猛省狂游,恍如昨梦,何日重寻觅。
杜鹃声里,桂轮挂上空碧。

野菜,并不是某种特定蔬菜的名字,而是可以作蔬菜或用来充饥的野生植物的统称。在食物匮乏、种植业不发达的时期,采集是重要的食物获取途径,因此人们食用野菜的历史注定是要早于其他食物的。

西周初年至春秋中叶,农业虽然已较发达,但农业生产的对象还是以谷类为主,比如《诗经》中提及"自昔何为,我艺黍稷","黍稷稻粱,农夫之庆"。但日常食用蔬菜,很多仍要依靠采集野生植物，如"幡幡瓠叶，采之亨之"，就点明了采摘瓠叶是为了做什么——采之是为了烹之，也就是煮来吃啊。

正因为采摘和食用野菜是先民生产生活不可或缺的一部分，所以《诗经》中，有着很多种野菜的身影。比如，《诗经》开篇《关雎》中就有"参差荇菜，左右流之"，这里描写的植物"荇菜"，是一种水生植物，开黄色小花，可以食用。《采薇》里"采薇采薇，薇亦作止"的"薇"呢，则是当时随处可见的野豌豆，豌豆藤的嫩尖，带有一种特殊的鲜甜味道，至今也是极受欢迎的食材。"采采芣苢，薄言采之"的"芣苢"，则是我们今天说的车前子，可食用，更是一味常见的中药……《诗经》中的野菜填饱了古人的肚子，点缀了古人的生活，也连接起了中华民族绵延数千年的味蕾记忆。

"思乐泮水，薄采其茆"的"茆"，是今天我们说的莼菜，也就是多年前让秋风中的张翰生发"莼鲈之思"的那个莼菜。值得一提的是，莼菜现在多生长在江南一带，而"薄采其茆"却是出自《鲁颂·泮水》，也就是说，在《诗经》的年代，鲁国——也就是现在山东一带的水域也长有茂盛的莼菜。莼菜曾在我国黄河以南地区广泛分布，许多湖泊、沼泽甚至农田都可以见到它的影迹，可是如今市面上所见的都是人工栽培的莼菜，对水质要求极高的野生莼菜已经被列入中国《国家重点保护野生植物名录》。

"陟彼南山，言采其蕨"的"蕨"，就3000年来未曾改过名字了。蕨菜是古时今日都十分常见的野菜，广大的亚热带山林之中都能看到它的身影。人们吃蕨菜，是采集它尚未完全伸展开来的，微微卷曲的嫩芽，可以焯水后凉拌，也可以热炒，还可以晒成干菜储存。

古代，蕨菜被称为"吉祥菜"，深受人们的青睐。温庭筠有

谁家野菜饭炊香

诗句"蜀山攒黛留晴雪,簌笋蕨芽紫九折",李白写过"昔在南阳城,唯餐独山蕨",陆游更是大大赞美蕨菜的美味:"箭苗脆甘欺雪菌,蕨芽珍嫩压春蔬。"

要说野菜中最为盛行不衰、人见人爱的上品,大概要算是《谷风》中"谁谓荼苦?其甘如荠"的"荠"了。古人说荠菜是甘美的,要我来形容的话,我觉得荠菜除了微微的甘香,还带着泥土朴实的芳香,并且有一点十字花科植物都具备的、若有若无的辛香,是一种舌尖触到就能领悟,却很难完全用文字描绘的微妙滋味。苏轼这样形容荠菜的妙味:"天然之珍,虽不甘于五味,而有味外之美。"

他用白菜、芜青、萝卜、荠菜和粳米等朴素食材一起做羹,不加任何调料,自认为有"自然之甘",称之为"东坡羹"。道人应纯将要去庐山时,曾向苏轼请教"东坡羹"的做法,于是苏轼在《东坡羹颂(并引)》中记载了具体做法。

"东坡羹,盖东坡居士所煮菜羹也。不用鱼肉五味,有自然之甘。其法以菘若蔓菁、若芦菔、若荠,皆揉洗数过,去辛苦汁。先以生油少许涂釜缘及瓷碗,下菜汤中。入生米为糁,及少生姜,以油碗覆之,不得触,触则生油气,至熟不除。其上置甑,炊饭如常法,既不可遽覆,须生菜气出尽乃覆之。羹每沸涌。遇油辄下,又为碗所压,故终不得上。不尔,羹上薄饭,则气不得达而饭不熟矣。饭熟羹亦烂可食。若无菜,用瓜、茄,皆切破,不揉洗,入罨,熟赤豆与粳米半为糁。余如煮菜法。"

苏轼在很多地方都不忘向别人推介荠菜的美味,他在《与徐十二书》中写道:"今日食荠极美。"笔者读到东坡诗句"时绕麦田求野荠,强为僧舍煮山羹",脑海里勾勒出这位可爱的大文豪,提着篮子在麦田里转来转去为了挖一点荠菜煮菜羹的样子,觉得惹人心酸又忍俊不禁。

陆游也特别爱荠菜,曾写下《食荠十韵》,把荠菜采集、处理、烹饪全过程讲了个透彻明晰。他盛赞荠菜的甘美,所用的形容词都是"最高级"的:"荠糁芳甘妙绝伦,啜来恍若在峨岷。莼羹下豉知难敌,牛乳抨酥亦未珍。"

荠菜平易朴素,但也入得厅堂。唐玄宗年间,宦官高力士权倾一时,在玄宗成为太上皇后,他被李辅国诬陷而流放黔中道。行至巫州时,见其地荠菜多,而人不食,忽然触动了自己内心的感伤,作诗《感巫州荠菜》:"两京作斤卖,五溪无人采。夷夏虽有殊,气味终不改。"高力士幼年就已入宫,但是对荠菜仍如此熟悉,这也从侧面说明,在唐代,不管是平民百姓还是富贵皇家,荠菜都是常见的食材。

说到救贫饿,野菜还真作为"救荒物资"被专门研究过。朱元璋的五儿子、周王朱橚一生中曾组织人编纂了多部医书,为后世医学的发展留下了不少宝贵的文献资料。在他的所有著作中,最著名的一部,应该数他经过亲身试验后撰写的《救荒本草》。他把所采集到的野生植物在园里进行种植,仔细观察后,将其特性撰写成文,可以说是特别完备的一部野菜专著。

《救荒本草》共收录食用植物414种,其中历代本草旧有者138种,新增276种,分为草类245种、木类80种、米谷类20种、果类23种、菜类46种。在这些植物中,除米谷、豆类、瓜果、

谁家野菜饭炊香

蔬菜等供日常食用的以外,还记载了一些须经过加工处理才能食用的有毒植物,以便荒年时借以充饥。朱橚将许多不知名却可食用的植物记录在书中,还请来画艺精湛的画师据其外形画为图谱,以供后人清晰辨识,而且描述了这些植物的形态、生长环境,以及加工处理烹调方法等。

李濂在《〈救荒本草〉序》中高度评价这本书的价值:"或遇荒岁,按图而求之,随地皆有,无艰得者,苟如法采食,可以活命,是书也,有助于生民大矣。"一旦到了灾年,灾民就可以根据书中所述,轻而易举地找到可食用植物充饥,这本著作可以拯救成千上万人的性命。

理论上说,随着农业的进步,生产力的发展,人们可获得的食物种类越来越丰富,口味越来越精细,野菜似乎是要被人们抛弃的,事实却证明,人们对野菜是怀有一种特殊感情的,它们不但没有被抛弃,反倒越来越被珍视起来。

唐代,有着一个专门为挖野菜而设的节日,那就是二月初二"挑菜节"。白居易写有《二月二日》一诗,展现了二月初二挑菜节时,洛阳城的盛况:"二月二日新雨晴,草芽菜甲一时生。轻衫细马春年少,十字津头一字行。"农历二月初二,是野菜初生、春光明媚之时,洛阳人在这时节纷纷出城踏青、春游、挑菜,享受大好春光的同时让鲜嫩的野菜带来满口的清新之气。

明代吴承恩所著《西游记》第八十六回中,有一个乡野樵子为唐僧师徒操办了一桌有着三十六道菜肴的野菜宴:"嫩焯黄花菜,酸齑白鼓丁。浮蔷马齿苋,江荠雁肠英。燕子不来香且嫩,芽儿拳小脆还青。烂煮马蓝头,白熝狗脚迹。猫耳朵,野落荙,灰条熟

蔬食第一

烂能中吃;剪刀股,牛塘利,倒灌窝螺操寻荠。碎米荠,莴菜荠,几品青香又滑腻。油炒乌英花,菱科甚可夸;蒲根菜并茭儿菜,四般近水实清华。看麦娘,娇且佳;破破纳,不穿他,苦麻台下藩篱架。雀儿绵单,猢狲脚迹,油灼灼煎来只好吃。斜蒿青蒿抱娘蒿,灯娥儿飞上板荞荞。羊耳秃,枸杞头,加上乌蓝不用油。几般野菜一餐饭,樵子虔心为谢酬。"

想必吴承恩信手拈来的这些野菜名目,都是明代百姓常吃的品类。

如今品尝野菜,也更多承载着人们春季尝鲜的兴致。是春季的信号,是童年的记忆,是故乡的情味,抑或是出于"忆苦思甜"的想法……野菜,千百年来仍在人们的餐桌上"春风吹又生",带给人们常品常新的清新之风。

好竹连山觉笋香

——笋,蔬食之中的第一品

蔬食第一

初到黄州
宋·苏轼

自笑平生为口忙,老来事业转荒唐。
长江绕郭知鱼美,好竹连山觉笋香。
逐客不妨员外置,诗人例作水曹郎。
只惭无补丝毫事,尚费官家压酒囊。

我最早读东坡"长江绕郭知鱼美,好竹连山觉笋香",觉得他太夸张了。正是初到黄州,本该是失落的时候,竟有这样的心情。再说,一个人该要有多馋,才能看到遍山的竹林就能想到香呢!当时心里便认定东坡是在假装潇洒、夸大兴味,以显示自己的风度和情致。

一是因为我当时年少,没有什么阅历,还不了解人是尽可以十足豁达、十足坚韧,可以受尽折辱依然热爱生活的;二是因为我是北方人,当时很少吃得到笋,且吃到的话也多是水发玉兰片之类,很少能吃到新鲜的笋,因此完全不了解它的妙处。

近年来,仰仗发达的物流业,超市里蔬菜品类极大丰富起来,应季的蔬菜基本都可以买得到,贵州人爱吃的折耳根、四川人爱吃的儿菜、河南人爱吃的荆芥……都可以随时入菜篮、进餐盘,

好竹连山觉笋香

相比较起来更为普遍受欢迎的笋就更不在话下了。每每在春季买到笋壳尚带着泥土的新鲜春笋,迫不及待剥笋、焯水、下锅、装盘、入口……当鲜甜滋味、脆嫩口感、山野气息一齐在舌尖汇聚的时刻,心里总会忽然想起这句"好竹连山觉笋香"。——东坡啊东坡,请原谅你诗里的情绪和感受我如今方信,原来笋,实在是太美味了,让人不由得不心心念念!

中国人吃笋的历史,有文献记载的至少有 3000 年了。《周礼注疏》中有"加豆之实,笋菹鱼醢"的记述,是描写在周代宗庙祭祀的时候,要用"豆"这种容器进献食物,其中就包含腌制的笋。此外《诗经·大雅·韩奕》有"其蔌维何,维笋及蒲"的诗句,写韩侯初立时,入朝接受周宣王册命,当朝拜、祭祖等程序完成后,显父为他设宴饯行,宴席上所用到的蔬菜就是竹笋与蒲菜。这一些史料都说明,早在周时,笋作为食物,在人们心中就已经占据相当高的"地位"了。

《尔雅》云:"笋,竹萌也。"笋是竹子初萌的幼芽。竹子因其修长玉立、虚空有节,本就是备受中国人喜爱的植物,而幼年的竹子——笋,也或许因此受到了加倍的珍视和热爱。北宋僧人赞宁著有《笋谱》一书,是我国历史上最早的一部研究笋的专著,记录了各地产出的笋计九十六种,并搜集了关于笋的述说、逸事等。

诗人们也多偏爱笋这种美食,杜甫有诗"远传冬笋味,更觉彩衣春",刘禹锡也曾"为客烹林笋,因僧采石苔"。宋代状元冯时行更是极力赞美笋的好处:"锦箨初开玉色鲜,烹苞葅脯尽称贤。

绝能加饭非无补,浪说冰脾苦不便。一日偶无慵下箸,四时都有不论钱。寒儒气味都休问,准拟凌风作瘦仙。"

笋被历代文人认为既是美食更是雅食。吃笋不仅仅是舌尖的享受,更是一种别样的文化体验。苏轼不是说了吗:"无肉令人瘦,无竹令人俗。"后又有人续道:"若要不俗也不瘦,唯有餐餐笋煮肉。"

虽然这是种文人的调侃,但笋与肉的确是绝配。因为笋的确耐得住烈火烹油、鲜花着锦的试炼,任何肥腴的肉类都不会将它的鲜爽拉低半分,配在一起反倒互相映衬,可烘托出彼此特有的风味。"腌笃鲜"就是这一搭配的极致,主料是春笋、咸肉、鲜肉,"腌"和"鲜",风味和口感的对照,肉和笋的辉映,在慢"笃"——也就是小火煨制之下,竹笋自带的涩味尽除,咸肉的岁月之气,鲜肉的平庸也在慢慢褪尽,春笋青涩的山野气息和能嚼到纤维质地的口感中和了肉的肥腻,抿一口乳白的汤汁,咸、鲜、酥、润,这就是春天,这就是江南。

笋不仅与肉是绝配,与素菜搭配也是妙品。《金瓶梅》写市井生活的方方面面,细致入微。第七十五回中,西门庆回家吃饭,吩咐"下饭不要别的,好细巧果碟拿几碟来",其中就有"春不老炒冬笋"一味。这"春不老"就是雪里蕻,芥菜的一种,通常人们很少吃新鲜的,多做成腌菜,微微"呛口",有着独特风味,我们常说雪菜的便是了。雪菜冬笋,一直到现在都是江南人家极受欢迎的佐粥、下饭小菜。鲁菜里则有一道名菜"烧二冬",取冬笋之肥嫩和冬菇之腴润相搭配。

好竹连山觉笋香

不过，据说吃笋的上上体验，应是原汁原味的清鲜。南宋美食家林洪在《山家清供》中说："夏初林笋盛时，扫叶就竹边煨熟，其味甚鲜，名曰'傍林鲜'。"在竹林里挖笋就地烧来吃，这一吃法并不是林洪的独创，唐代诗人，与贾岛并称"姚贾"的姚合，在《喜胡遇至》其中一首中就描绘了"就林烧嫩笋，绕树拣香梅"的逸致闲情。

就地烧嫩笋，恐怕非住在竹山之中，无法享有这样的体验。白居易《食笋》诗中描写的情境，就让爱笋人羡慕不已："此州乃竹乡，春笋满山谷。山夫折盈抱，抱来早市鬻。"这个地方盛产竹，春笋生得满坑满谷，山民们就折来在早市上贩卖。这个细节写得很妙，冬笋都是埋藏在土壤内的，因而需要"挖"，而春笋长得很快，都是萌出于土层之外的，因而用"折"这个动词。

一那么价格如何呢？"物以多为贱，双钱易一束"，产量高自然就不值钱了，两枚钱能买一捆。于是白居易就买来吃了，烹饪方法也很简单，"置之炊甑中，与饭同时熟"，和米饭一起蒸煮就好了，"一锅出"。若要问他，吃不腻吗？他会回答你，笋这么好的东西，天天吃也不腻，连肉都不想吃了！"每日遂加餐，经时不思肉"。

这一定会让另一个时空的黄庭坚羡慕到不行。这个春天里，北宋诗人、书法家黄庭坚到洛阳探望司马光，他发现洛阳的春笋极贵，于是写下一首诗《食笋十韵》，记载了当时的情景："洛下斑竹笋，花时压鲑菜。一束酬千金，掉头不肯卖。"春暖花开之时，本该是春笋大量上市的时节，这里的春笋却超过了鱼类的价格。卖笋人待价而沽，一束春笋，给千金都不卖！

·017·

蔬食第一

古人吃笋,已经非常有生态意识了。苏辙有一诗名为《养竹》,里面有这样的句子:"初番放出林,末番任供口。"初读时似不可解,直到有天读曹慕樊先生《杜诗杂说全编》,论及杜甫诗中"会须上番看成竹"一句的含义,曹先生说,"上番",是唐人的方言,意思是"第一批",番是"批、次"的意思。原来当时的人吃笋,都是吃第二批生的,把第一批护起来使其长成竹子。忽然悟到苏辙诗中的"初番放出林,末番任供口",表达的也是同一个含义啊!第一批的笋子任其长成竹林,后一批的才用来满足口腹之欲。古人的朴素真理,竟比现代人高明许多。

王禹偁《送同年刘司谏通判西都》中写道:"几处古碑停马读,到时春笋约僧尝。"笋并不仅是春季才有,一年四季都可以吃到,但春季来临时,天光暖,物候新,此时与友人相约尝一尝春笋,是一件快乐的事情。况且冬笋之美在于细嫩鲜美,春笋之美在于质朴清新,因为有着活泼泼的自然滋味,我似乎更偏爱春笋一些。

樱桃、春笋作为春季悦目可心的物产代表,也常被同时写进诗词。唐代郑谷有"恨抛水国荷蓑雨,贫过长安樱笋时"之诗;陆游写过"杖屦寻春苦未迟,洛城樱笋正当时";唐寅有"一番樱笋江南节,九十光阴镜里尘";清代陈维崧有着"樱笋年光,饧箫节候"的词句,自此,"樱笋年光""樱笋时"逐渐成为阳春三月的代称。

李渔论蔬食之美,列举了众所周知的四个优点,曰清、曰洁、曰芳馥、曰松脆……便打住了。话锋一转,他说人们往往不知道蔬食中"其至美所在,能居肉食之上者,只在一字之鲜"。而唯有一物,既有着清、洁、芳馥、松脆,又有着其他蔬菜不可比拟的甘鲜,那就是笋了。

好竹连山觉笋香

  李渔的《闲情偶寄·饮馔部》将蔬食列在了第一的位置，又将笋放在了"蔬食中第一品"的位置，我想，历代诗人们大概不会有什么异议吧？我，第一个举双手赞同。

蒸豚揾蒜酱,炙鸭点椒盐

—— 让人又爱又恨的大蒜

蒸豚揾蒜酱，炙鸭点椒盐

寒山子诗集（其一）
唐·寒山

怜底众生病，餐尝略不厌。
蒸豚揾蒜酱，炙鸭点椒盐。
去骨鲜鱼脍，兼皮熟肉脸。
不知他命苦，只取自家甜。

　　大蒜起源于中亚和地中海地区，早在6000年前，古巴比伦人就开始种植大蒜，并崇拜大蒜，他们用蒜汁涂身和擦洗婴儿，把大蒜串起来挂在脖子、墙壁上顶礼膜拜。国王更是食蒜成癖，大蒜也就成了老百姓经常进奉的贡品。后来大蒜便传到了埃及和整个地中海地区。

　　至今世界很多地区的人们都非常喜欢吃蒜。据说德国还有一年一度的大蒜节。节日期间，从实用的到观赏的，从吃的到穿的，统统带有大蒜特色，吸引了成千上万的大蒜美食家。组织者还会挑选美貌少女作为"大蒜皇后"，连她戴的"桂冠"也是用大蒜编制成的。而这位"皇后"的任务，就是在全德国巡回宣传吃大蒜的好处。

　　汉代时，大蒜被引种到中国，9世纪传入日本和南亚地区，16

世纪前叶在非洲和南美洲开始栽培，18 世纪传入北美洲，现已在世界各地广泛栽培。

《太平广记》卷一百四十二之"征应八"记载了这样一个关于蒜的故事："唐咸亨四年，洛州司户唐望之，冬选科五品，进止未出。闻有一僧来觅。初不相识，延之共坐。少顷云：'贫道出家人，得饮食亦少。以公名人，故暗相鹜，能设一顿鲙否？'司户欣然，即处置买鱼。此僧云：'看有蒜否？'司户家人云：'蒜尽。'此僧云：'既蒜尽，去也。'即起。司户留之，云：'蒜尽，遣买即得。'僧云：'蒜尽不可更住者，留不得。'司户无疾，至夜暴亡。蒜者算也，年尽，所以异僧告之。"

这个故事的结局有点崩坏，往神异的方向发展了。虽然故事原本大概是想告诉人们"不可机关算（蒜）尽"，但是我们也可以看出，没有蒜当佐料，就连鱼脍这种好东西也不值得一吃了，由此可见蒜在佐餐界不可或缺的地位，早早就确立了。

唐朝时，人们常把蒜加工成蒜齑或蒜酱，用于佐馔。很多唐朝人都酷爱食蒜，诗僧寒山有"蒸豚揾蒜酱，炙鸭点椒盐"的吟咏。简单的几句诗，却透露出这位僧人对肉食的佐餐搭配颇有品位：蒸制的嫩猪肉要蘸着蒜酱吃，油润的烤鸭呢则要配上椒盐。话说回来，肉类的确和大蒜是"绝配"，至今民间还有"吃肉不吃蒜，味道减一半"的俗语。

《太平广记》卷四十七引《续神仙传》，记载了一位异士宋玄白的故事："宋玄白，不知何许人也，为道士。身长七尺余，眉目如画，端美肥白，且秀丽，人见皆爱之。有道术，多游名山，自茅山出润州希玄观，复游括苍仙都。辟谷服气，然嗜酒，或食巇

蒸豚搵蒜酱，炙鸭点椒盐

肉五斤。以蒜齑一盆，手撮肉吃毕，即饮酒二斗，用一白梅。人有求得其一片蒜食之者，言不作蒜气，味有加异，有终日在齿舌间香不歇。人间得蒜食者颇多，而毕身无病，寿皆八九十。"

这位异士宋玄白非常能吃，一次吃肉可以吃五斤，吃的时候要就着一盆蒜酱。周围的人们向他要蒜来吃，不仅没有蒜气，还非常芬芳，吃了他的蒜的人周身无病且能活到八九十岁。这个故事似乎试图向人们传达吃蒜能延年益寿这个信息。

除了长寿，大蒜在古人那里还有其他意想不到的功能。《本草纲目》中有个壮阳益肾的方子，就要用到蒜：用白羊肉半斤，生切，加蒜薤吃下。其实不用什么益肾的功效，单单吃羊肉配蒜本身就是让人快乐的事情，不过生切嘛还是免了。

大蒜有百般的好处，只有一点麻烦，那就是吃了后会有味道。宋玄白故事里的人向他求得的蒜，"有终日在齿舌间香不歇"，这肯定又是神异的表述。因这一点，历来人们都争论不休。许慎《说文解字》里释蒜为"荤菜"，段玉裁注"菜之美者，云梦之荤菜"。清朝的徐承庆写了《说文解字注匡谬》，对段玉裁的注很不满，在里面批评了蒜的味道，并上升到对段的人身攻击："蒜味辛臭恶，乃菜之最下者，称为美菜真逐臭之夫也！"看来他很讨厌大蒜的味道。

《农书》的作者王祯就不一样了，他热烈地赞美蒜："可以资生，可以致远，施之臭腐则化为神奇，用之鼎俎则可代醯酱。旅途尤为有功，炎风瘴雨之所不能加，食饐腊毒之所不能害。此亦食经之上品，日用之多助者也。其可不广种之哉！"把一切对蔬菜的赞美话语都用上了。陶谷的《清异录》记载："蒜，五代宫中呼麝香草。"这就更有趣了，麝香之芳香浓郁，被誉为香料之王，蒜被称为"麝香草"，是赞美，是反讽，还是避嫌，很难评说。

爱大蒜的人爱得有水平，恨大蒜的人也恨出了新高度。《古今谭概》中有个很短的故事，只有三句话："宋后废帝好杀。游击将军孙超有蒜气，剖腹视之。"真让人一身冷汗，宋后废帝刘昱是南北朝著名的暴君，只活了十四岁，但在史书中留下了他很多残暴行径的记载。或许他恰好很厌恶蒜的味道吧，闻到属下有蒜气，竟然残暴地剖腹来看。

时至今日，关于蒜的争论也不曾休止，不过"爱蒜派""恨蒜派"完全可以达成某种平衡——爱蒜的人们可以在家的时候快乐地大吃特吃，社交场合下暂时忌口互相尊重。

《笑林广记·形体部》中有个关于"蒜治口臭"的笑话。"一口臭者问人曰：'治口臭有良方乎？'答曰：'吃大蒜极好。'问者讶其臭，曰：'大蒜虽臭，还臭得正路。'"不过古人早早为我们准备好了吃蒜不口臭的妙招，搜索古籍不难发现《物类相感志》中的偏方——"食蒜，令口中不臭，用生姜、枣子同食。"

不过我是不在乎吃蒜有没有味道的。每周末我都要吃一顿或简或繁的"火锅"，复杂的基本就是重庆火锅的家庭版，简单的就是用火锅底料煮点喜欢的菜品。但是，一定会做一大碗香油蒜泥的蘸料，而且不管菜能不能吃完，蘸料基本会吃个精光。这一吃法的美味之源有两个，其一肯定是滋味丰富的火锅底料，其二就来自这碗蒜泥为主的蘸料了：大量蒜蓉、香葱碎、香菜碎，少许小米椒碎，

蒸豚揾蒜酱，炙鸭点椒盐

几勺香油，几勺蚝油，做成蘸料，蘸什么吃都美味——真的是极大的快乐啊。

现代医学也证实了我的快乐之源：吃大蒜会让人体释放多巴胺和血清素等物质，这些物质会让人们感到快乐，所以按照经典的三段论我们可以得出明白无误的结论——吃大蒜让人快乐。

雨中剪韭且陶陶

——韭菜,春盘中最少不了的一味

雨中剪韭且陶陶

和韵送逸轩刘民
宋·文天祥

少日屠龙事已劳,送人千里发江涛。
蓬莱地近风方细,阊阖门开日正高。
春里看花须款款,雨中剪韭且陶陶。
金吾已办长安月,双凤扶云立海鳌。

南朝文惠太子问周颙:蔬菜里面什么最美味啊?

周颙答出了一句美食界的千古妙语:"春初早韭,秋末晚菘。"

——周颙的这句经典论断妙就妙在,他并未将任何珍奇难寻的蔬菜举为蔬食中的上品,而是巧妙地指出,寻常的韭菜与白菜,若是在刚刚好的时节里去品尝,一定会在你的唇角舌尖焕发出最巧妙的佳味,应季而食,方为大美。于是韭菜,这种滋味强烈,却寻常易得的家常菜蔬,似乎又多了一些值得细细品味的内容了。

韭菜在我国有着极为悠久的历史,《诗经·豳风·七月》有:"二之日凿冰冲冲,三之日纳于凌阴,四之日其蚤,献羔祭韭。"韭菜和珍贵的羊肉并列,早在周朝就已经被作为祭祀的供品了。

《礼记·王制》也有记载:"庶人春荐韭,夏荐麦,秋荐黍,冬荐稻。"依时节不同,分别用不同的时令食物去祭献宗庙。有意思的是,人们还给四季祭献的食品分别搭配好了食材,"韭以卵,麦以鱼,黍以豚,稻以雁"。后人注解道:"韭之性温,则阳类也,故以配卵,卵阴物故也。"说句玩笑话,这是不是韭菜炒蛋这道菜的雏形呢?

野生韭菜分布区域很广泛。古代地理名著《山海经》中就有"丹熏之山,其上多樗柏,其草多韭、䔇""边春之山,多葱、葵、韭""北单之山,无草木,多葱、韭"的记载。韭菜的栽培历史也非常悠久,《夏小正·正月》里也有"囿有韭"的记载。"囿"指菜园,《夏小正》中记载的是夏朝前期农耕方面的活动,也就是说,至少2500年前的春秋战国时代就有人工栽培的韭菜了。

《说文解字》这样注解"韭":"菜名,一种而久者,故谓之韭。象形,在一之上。一,地也。此与耑同意。"说韭菜种一次,可以多次收割,故而读音与"久"相同,宋代刘子翚有诗云:"一畦春雨足,翠发剪还生。"看韭字的形状,又好像一排排的菜苗生在"一"所代表的土地上。许慎从字音和字形两个方面解释了"韭"字的渊源。

周颙所谓"春韭秋菘",实在是极有道理的,韭菜虽说四季皆可食用,但春季新生的嫩韭滋味的确最美。历经了一个冬天的养分积累,早春的头茬韭菜,吸收了天地精华,颜色最绿,茎叶最嫩,香气和口感达到最佳。古人早就有"春食则香,夏食则臭"的评断;至今,民间还有着"早春韭菜一束金"的俗语。

苏轼诗句说"渐觉东风料峭寒,青蒿黄韭试春盘",古人们

雨中剪韭且陶陶

春季尝新的春盘中,最少不了的一味蔬菜,就是春韭了。韭菜因为含有挥发性硫化丙烯,所以有着辛辣味道和特殊香气,在春季食用尤其醒神开胃。只不过东坡诗中的"黄韭"也就是韭黄,是避光栽培的韭菜,不接受光照的韭菜无法合成叶绿素,叶片更为细嫩柔软,呈淡黄色,较之绿韭更为清雅脆嫩。

杜甫更是以"夜雨剪春韭,新炊间黄粱"的诗句,将春夜冒雨剪韭的美好固定在永恒诗意里。这句"夜雨剪韭"是有典故的,《格致镜原》引《郭林宗别传》:"林宗有友人夜冒雨至,剪韭作炊饼,今洛人效之。"一天晚上,大雨滂沱,友人范逵突然来访,郭林宗身披蓑衣头戴斗笠,冒雨到园子里割韭菜做面食来款待范逵,想必这样家常的食物会让友人倍感温暖,两人定是推杯换盏,谈笑甚欢了。

郭林宗冒雨剪韭款待友人的佳话让"剪韭"成为诗文中代表情谊真挚的意象。面对来访的友人,宋刘允成"炊粱留客款,剪韭荐时新";张埴也赶忙"呼儿剪韭为杯盘,脱套一段春宵欢";陈傅良却因为友人未至,感到很是失落,"今夜不来同剪韭,隔山明月事茫茫"。清代龚自珍在给朋友的书信中说,"今年尚未与阁下举杯,春寒宜饮,乞于明日未刻过敝斋蓊韭小集",希望友人能来做客,一起仿效前人"蓊韭"且小酌。就连被明宣宗称为"心如铁石"、视死如归的文天祥,也会在诗歌中表达出期待"春里看花须款款,雨中剪韭且陶陶"的温情一面呢。

这些诗人们忙着"剪韭",南宋诗人方岳则开始"种韭"了:"下秧已觉齿生津,坐想堆盘雨夜春。政恐厨人无变馔,庾郎贫不似吾贫。"才插好韭菜秧,就已经想见韭菜鲜美的滋味,而感到口舌生津了呢。

在诗人张耒的记忆中,韭菜是故乡的味道:"如丝苣甲叮春盘,韭叶金黄雪未干。旅饭二年无此味,故园千里几时还。"远在他乡的两年时光,很少品尝到这样的韭香,这是一种在他心里魂牵梦萦的故乡滋味啊。诗人陈著更是认为,韭香是一种能一洗俗尘的清新滋味:"酒味同甘山脉水,韭香一洗俗饕尘。"

韭菜虽好,却也不是人人都爱的。南朝医学家陶弘景就认为:"此菜殊辛臭,虽煮食之,便出犹熏灼,不如葱、薤,熟即无气,最是养生所忌。"《清异录》记载,杜颐非常喜欢吃韭菜,到了"食不可无韭"的地步,周围的人大概是厌恶韭菜的气味,"人恶其哝,候其仆市还,潜取弃之",就趁他不在家的时候,悄悄把他的韭菜给扔掉了。杜颐知道后怒骂曰:"奴狗奴狗,安得去此一束金也?"后世韭菜也得到了"一束金"的花名。

《天台山记》中也有个关于韭菜的故事。"赤城山有洗肠井,昔昙猷礼石桥,应真怪其腹中有韭气,猷出肠洗之,至今韭尚丛生焉。"昙猷法师弱冠之年远离故土,只身一人来到天台山修行弘法,这便是关于昙猷法师的一则小故事,大抵是因为韭菜有着特殊的辛辣气息,佛教认为韭菜属于荤菜,佛门弟子是不能食用这类蔬菜的。这本是印度婆罗门教的禁忌,认为吃了葱、蒜之类的蔬菜有臭味,无法讨神灵喜欢,后来大乘佛教也教导信众不食"五荤"。关于"五荤",不同宗教有不同的说法,《本草纲目》记载:"五荤即五辛,谓其辛臭昏神伐性也。炼形家以小蒜、大蒜、韭、芸薹、胡荽为五荤;

雨中剪韭且陶陶

道家以韭、薤、蒜、芸薹、胡荽为五荤；佛家以大蒜、小蒜、兴渠、慈葱、茖葱为五荤。"

佛门弟子不吃，但老百姓爱韭菜啊，时至今日，韭菜饼、韭菜饺子等都是人们钟爱的家常食物。我没想到的是，袁枚这样讲究的吃货，吃韭菜也会采用最家常的做法，他在《随园食单》里记载了如今家家会做的韭菜盒子："韭菜切末拌肉，加作料，面皮包之，入油灼之，面内加酥更妙。"他还觉得韭菜配虾米、蚬子之类的河鲜非常美妙："专取韭白，加虾米炒之便佳；或用鲜虾亦可，蚬亦可，肉亦可"；又说"剥蛤蜊肉，加韭菜炒之，佳"。

有天打开电视，我看到中国烹饪大师何亮正在教观众怎么挑韭菜，他说韭菜以露天栽培的优于大棚生长的。那么在市场上怎么挑选呢？要挑根部紫色的韭菜，紫根的韭菜多是露天栽培的，因为昼夜温差大，造成根部花青素比较多。此外，细叶韭菜要优于宽叶韭菜，细叶韭菜的辛辣、香度都要好于宽叶韭，而宽叶韭虽然产量大，但纤维粗，口感较差。

韭菜好吃，韭菜花也是美味。汪曾祺专门写过一篇《韭菜花》："北京的韭菜花是腌了后磨碎了的，带汁。除了是吃涮羊肉必不可少的调料外，就这样单独地当咸菜吃也是可以的。熬一锅虾米皮大白菜，佐以一碟韭菜花，或臭豆腐，或卤虾酱，就着窝头、贴饼子，在北京的小家户，就是一顿不错的饭食。"

韭菜开花的时候，碧绿叶子上浮动着白色的小花，其实远望也挺美，不承想被碎成齑粉，做成了面目模糊的韭花酱，不过，倒是为食物增添了一丝别样滋味。即使做成暗绿黏稠的韭花酱，韭菜

031

花还是很有个性的,它的辛辣只增不减。正是这份辛辣,让人开胃解腻,是现在吃铜锅涮肉不可或缺的一味佐料。老北京的涮羊肉,蘸料通常是芝麻酱,但少不了点上一点红色的腐乳汁,还有暗绿色的韭花酱。这两味虽然用量不大,但着实不可或缺,是蘸料中的点睛之笔。

涮羊肉据说是元代北方游牧遗风加上后人研究进化形成的吃法,元代《居家必用事类全集》就记载过韭花酱的做法:"取花半结子时,收摘去蒂,每斤用盐三两,同捣烂,纳磁器中。"现在韭花酱的做法也大同小异,采摘开花带籽的韭菜花,用石磨磨成糊状,加入盐调味,封在坛子里经过一段时间的发酵,就形成了这一辛辣开胃又回味悠长的风味。

至今,蒙古族在吃手把羊肉时也是要蘸食韭花酱的。

回头看《诗经》的"献羔祭韭",忽然感到古人的智慧。也许从那时起,韭和羊就结下了不解之缘呢。说到韭和羊,就不能不说杨凝式的《韭花帖》。杨凝式是五代时梁、唐、晋、汉、周五朝元老,官至太子太保,他长于歌诗,善于笔札,性情狂傲纵诞,人称"杨风子"。

一个秋日,杨凝式睡了一觉醒来,觉得腹中甚是饥饿。适逢有人馈赠一盘韭花,佐着羊肉充饥之后,觉得美味可口。为了答谢馈赠的美意,杨凝式当即写了一封谢札,其中有"当一叶报秋之初,乃韭花逞味之始。助其肥羜,实谓珍羞"。

翻译过来大概是这样的:

一片枯叶落下,告诉人们秋天已经来到了,这也是韭菜味道正香

雨中剪韭且陶陶

的时候。韭花使得小肥羊肉更加美味,这实在是一道珍贵的佳肴啊!

困则眠,饥有食,这是多美好的日子。况且杨凝式还挺懂得搭配,韭花配羊肉,这样的美味在饱睡后的秋日,令他身心舒畅,乘兴挥毫,被誉为五大行书之一的《韭花帖》就此诞生。

鲜味之美

烂煮春风三月初

——鲜笋趁鲥鱼,怎一个鲜字了得

烂煮春风三月初

笋竹二首（其一）
清·郑燮

江南鲜笋趁鲥鱼，烂煮春风三月初。
分付厨人休斫尽，清光留此照摊书。

私以为写美食的所有诗词中，郑板桥"烂煮春风"一语可谓妙绝。

作为一名江南才子，郑板桥一生爱竹成痴，对笋这种蔬食中的"第一品"也极为偏爱。他在诗中写了他最爱的江南风味："江南鲜笋趁鲥鱼，烂煮春风三月初。"江南出产的时令鲜笋，其美味自不待言，不过与鲜笋相比，鲥鱼恐怕是更为珍惜难得的食材。

鲥鱼在古代，有着"鰣""魱""鯦"等别名。《尔雅注疏》这样注释"鰣""当魱""鯦"："海鱼也，似鳊而大鳞，肥美多鲠，今江东呼其最大长三尺者为当魱"；王洙等修纂、司马光整理而成的《类篇》中："出有时，吴人以为珍，即今鲥鱼"。"鲥鱼"之名，来自它洄游的习性。古人发现，这种鱼"初夏时则出，余月不复有也"，鲥鱼栖于海洋，每年春末夏初离海溯江而上作生殖洄游，因其来去有时，故称鲥鱼。

古人很早就认识且珍视鲥鱼的美味了。诗人美食家梅尧臣《时鱼》诗云："四月时鱼逴浪花，渔舟出没浪为家。甘肥不入罟师口，一把铜钱趁桨牙。"鲥鱼早已成为江南最具代表性、最负盛名的名物之一，贺铸有词句道"苦笋鲥鱼乡味美，梦江南"。曹雪芹的祖父曹寅也酷爱鲥鱼，写诗赞美鲥鱼："手揽千丝一笑空，夜潮曾识上鱼风。涔涔江雨熟梅子，黯黯春山啼郭公。三月齑盐无次第，五湖虾菜例雷同。寻常家食随时节，多半含桃注颊红。"

李时珍细致地描述了鲥鱼的特征："鲥，形秀而扁，微似鲂而长。白色如银，肉中多细刺如毛，其子甚细腻。故何景明称其银鳞细骨，彭渊材恨其美而多刺也。大者不过三尺，腹下有三角硬鳞如甲，其肪亦在鳞甲中，自甚惜之。其性浮游，渔人以丝网沉水数寸取之，一丝挂鳞即不复动，才出水即死，最易馁败。故袁达《禽虫述》云：'鲥鱼挂网而不动，护其鳞也。不宜烹煮，惟以笋、苋、芹、荻之属连鳞蒸食，乃佳。亦可糟藏之。其鳞与他鱼不同，锻石水浸过，晒干层层起之，以作女人花钿，甚良。'"

鲥鱼与刀鱼、河豚齐名，并称"长江三鲜"。这三鲜各有千秋，都有着一大批拥趸，但很多人认为当以鲥鱼为最。实际上，我国的鲥鱼产区也并不只在长江流域，钱塘江流域、珠江流域等都有产出，其中钱塘江流域的富春江鲥鱼与长江鲥鱼齐名。

相传，东汉名士严光（字子陵）少年时与光武帝刘秀同窗，刘秀建立东汉王朝，登基称帝后，想要请隐居于富春江畔的严光出仕为官，辅佐自己。刘秀先后三次遣使去接他出仕，严光却以难舍垂钓之乐、鲥鱼之美为由，婉言谢绝了皇帝的封官，富春江鲥鱼也

烂煮春风三月初

因此名扬天下。"冷雨埋春四月初,归来饱食故乡鱼。"这是在富春江畔长大的、近代著名文学家郁达夫先生吟咏鲥鱼的名诗。郭沫若游富春江时,也曾经留下过"鲥鱼时已过,齿颊有余香"的诗句。

《调鼎集》称鲥鱼"爱鳞,一与网值,帖然不动,护其鳞也。起水即死,性最急也"。鲥鱼有个特性,就是出水即死,而死掉的鱼就会迅速腐败变质,难以保鲜。古代的皇帝为了吃一口新鲜的鲥鱼,采取的方法比"一骑红尘妃子笑"有过之而无不及。朱元璋当皇帝之后,将鲥鱼定为贡品。明代诗人何景明的《鲥鱼》一诗,描述的就是当时用冬季储存的自然冰保鲜,沿着京杭大运河用船递送鲥鱼进京的情景:"五月鲥鱼已至燕,荔枝卢橘未应先。赐鲜遍及中珰第,荐熟谁开寝庙筵。白日风尘驰驿骑,炎天冰雪护江船。银鳞细骨堪怜汝,玉箸金盘敢望传。"

为了满足皇帝的口腹之欲,确保尽快将新鲜的鲥鱼运到京城,明政府在南京成立了一个专门的机构——鲥鱼厂,专门负责鲥鱼的捕捞和运输。《万历野获编》写道:"其最急冰鲜,则尚膳监之,鲜梅、琵琶、鲜笋、鲥鱼等物。然诸味尚可稍迟,惟鲜鲥则以五月十五日进鲜于孝陵,始开船,限定六月末旬到京……其船昼夜前征,所至求冰易换,急如星火。"

于慎行也写过关于鲥鱼贡的诗:"六月鲥鱼带雪寒,三千江路到长安。尧厨未进银刀鲙,汉阙先分玉露盘。"清代的诗人们也在诗歌中记载了捕捞鲥鱼用以进贡的情景,比如清初吴嘉纪的诗句:"打鲥鱼,供上用,船头密网犹未下,官长已鞴驿马送。"鲥鱼的诱惑代代不休,站在权力金字塔顶端的人,勾勾手指就能得到无上美味,苦的就只能是老百姓了。

总之,鲥鱼一直都是王公贵族的专属,始终身价昂贵、价值不菲。宋代诗人贺铸,曾经有友人赠他鲥鱼,他品尝过后写下了《食鲥鱼》一诗,"上钩一尾夸先得,下箸千钱忍弃余",并且在这首诗的自注中写道"鲥鱼初得,尾直千钱"。明代吴宽也因得到赠送的二尾鲥鱼,写下《五月十五日蒙赐鲥鱼二尾》:"病卧书窗越几旬,朝来犹自食时新。江东到此如论价,须抵盘中二尺银。"清朝陆以湉的《冷庐杂识》一书记载道:"杭州鲥初出时,豪贵争以饷遗,价甚贵,寒婆不得食也。凡宾筵,鱼例处后,独鲥先登。"

我知道鲥鱼,是小时候读书,看到一本书里引用张爱玲的话,说人生有三恨,"一恨鲥鱼多刺,二恨海棠无香,三恨《红楼梦》未完"。后来才知道,这句话本脱胎于宋代陈思所著《海棠谱》。书中记载了一位名叫刘渊材的宋人逸事:"刘渊材谓人曰,平生死无恨,所恨者五事耳。人问其故,渊材欲说敛目不言,久之曰,吾论不入时听,恐尔曹轻易之。问者力请,乃答曰,第一恨鲥鱼多骨,二恨金橘太酸,三恨莼菜性冷,四恨海棠无香,五恨曾子固不能诗。闻者大笑,渊材瞠目答曰,诸子果轻易吾论也。"不过可以猜测,张爱玲一定也是位鲥鱼爱好者,才会作此语,鲥鱼滋味鲜美,可惜多刺,难以纵情享用。不过世间万事万物大抵总伴着些许遗憾吧,哪有什么圆满的,还是胡应麟说得好:"人生事事元堪恨,岂独鲥鱼骨太多。"

宋代浦江吴氏《中馈录》记载了一味"蒸鲥鱼":"鲥鱼去肠不去鳞,用布拭去血水,放汤锣内,以花椒、砂仁、酱擂碎,水、酒、葱拌匀,其味和,蒸之。去鳞,供食。"明代韩奕所著的饮食书籍《易牙遗意》中,也写到鲥鱼的处理方法:"鲥鱼去肠不去鳞。"经千百年来食客们百般验证,带鳞清蒸,的确是最适合鲥鱼的烹饪方法。

万历年间通州民间学者彭大翼撰著的《山堂肆考》中记载:"鲥鱼,一名箭鱼,腹下细骨如箭镞,其味美在皮鳞之交,故食不去鳞。"鲥鱼鲜美滋味的来源就在鳞片下面富含的脂肪,鲥鱼不去鳞,在清蒸的时候,鳞片下的油脂渗入肉中,肉质就更加滋润鲜美。清代美食家袁枚在《随园食单》中说,鲥鱼"蒸之最佳"。民间有谚语说"鲥鱼吃鳞,甲鱼吃裙"。那些老到的食客往往不放过一点鲜美滋味,总是会揭起鱼鳞放在嘴中吸吮,贪婪地品尝尽鳞片上那丝鲜味后,才肯将鳞片吐出。

考虑到鲥鱼难以保鲜的特点,人们也发明了用盐、酒糟保存鲥鱼的办法,让这种美味能稍稍在季节中停留久一些。清朱彝尊《食宪鸿秘》详细记载了糟鲥鱼的做法:"内外洗净,切大块,每鱼一斤,用盐半斤,以大石压极实,以白酒洗淡,以老酒糟略糟四五日,不可见水。去旧糟,用上好酒糟拌匀入坛,每坛面加麻油二盏、火酒一盏,泥封固,候二三月用。"

《金瓶梅》中也提到了"糟鲥鱼":"……落后才是里外青花白地磁盘,盛着一盘红馥馥柳蒸的糟鲥鱼,馨香美味,入口而化,骨刺皆香。"

"入口而化,骨刺皆香"的描述令人口舌生津,但或许也只能这样想象一下鲥鱼的滋味了。今天,野生鲥鱼已经成为一个只存在于诗词歌赋中的物种,由于鲥鱼生长的环境受到破坏,野生的长江鲥鱼已经绝迹三十多年,如今"鲥鱼的滋味"真的只是诗人们舌尖上的记忆了。

现在市面上商品名叫"鲥鱼"的鱼种,多数都是来自美洲的西鲱和来自东南亚的长尾鲥,是养殖的鱼种。我也曾品尝过这种"鲥鱼",真的是没有惊艳之感,想必一定是比古人尝到的长江鲥鱼、富春江鲥鱼差得太远了。此刻若回忆起宋荦的诗句——"眼前一事差强意,顿顿鲥鱼六十天",真的是让人很难不羡慕嫉妒恨了。

菊留秋色蟹螯肥

——蟹与诗与酒,便足了一生矣

鲜味之美

次韵田园居
宋·方岳

带郭林塘尽可居,秫田虽少不如归。
荒烟五亩竹中半,明月一间山四围。
草卧夕阳牛犊健,菊留秋色蟹螯肥。
园翁溪友过从惯,怕有人来莫掩扉。

对老饕们来说,秋季真是一个美好的季节,这时不仅橙黄橘绿、水果飘香,而且是一种备受推崇的美食——螃蟹最为肥美的时节。"秋风起,蟹脚痒",人们用千百年来食蟹的经验总结出来,秋天的螃蟹是最好吃的,民间还有"九月团脐十月尖"的说法,细致地区分了母蟹和公蟹最好吃的时候分别在农历的九月和十月。

宋代诗人真山民忆念着秋季的风景与美食:"江头风景日堪醉,酒美蟹肥橙橘香。"明代诗人黄淮说:"故园霜落暮秋时,酒绿橙黄蟹正宜。"明代诗人徐渭在《题画蟹》诗中说:"稻熟江村蟹正肥,双螯如戟挺青泥。"此外,"橙黄蟹熟正当时""橙蟹肥时霜满天"都是说秋季柑橘成熟、稻谷收获之时,正是吃蟹的最好季节。江南才子唐伯虎也在《江南四季歌》中留下"左持蟹螯右持酒,不觉今朝又重九。一年好景最斯时,橘绿橙黄洞庭有"的诗句。

菊留秋色蟹螯肥

左持蟹螯右持酒,又是一种什么姿势呢?——左手持蟹螯,右手持酒杯,这可是诗人们笔下最快意的时刻之一。据《晋书》记载,东晋人毕卓,是个放达不拘的人,曾经做到吏部郎,但经常因为饮酒而耽误公事。有一次,邻居酿好新酒,毕卓晚上到酒瓮中偷酒喝,被管酒的人抓获,用绳捆在那里,第二天早上一看,原来是毕吏部,就赶快为他松绑,毕卓竟拉着主人在酒瓮旁设置宴会,到喝醉才散去。他有一句名言:"得酒满数百斛船,四时甘味置两头,右手持酒杯,左手持蟹螯,拍浮酒船中,便足了一生矣!"

就是这样一个看似"不靠谱"的毕卓,却成为历代文人墨客反复书写的对象,也许那种放达、快意,就是诗人们最追求和羡慕的生活方式。"左持蟹螯右持酒"一语,更成为写螃蟹不可忽略的典故。徐似道说"持螯把酒与山对,世无此乐三百年",杨公远有诗说"持螯细咀仍三咏,把酒高吟快一生",这些诗人们觉得,这就是无上快意的人生啊。诗人王之道面前有酒,却无螃蟹可吃,他不禁感叹"无蟹犹空把螯手",陆游则说"有口但可读离骚,有手但可持蟹螯",我就该持着蟹螯享受这生活啊!读古人这些诗句,其中的参差对照也真是有趣。

写出名句"不如意事常八九,可与语人无二三"的南宋诗人方岳,当他面前摆上螃蟹与美酒,那些不如意事都可以随风而去了。我最喜欢他的一首《水调歌头·九日醉中》:"左手紫螯蟹,右手绿螺杯。古今多少遗恨,俯仰已尘埃。不共青山一笑,不与黄花一醉,怀抱向谁开。举酒属吾子,此兴正崔嵬。// 夜何其,秋老矣,盍归来。试问先生归否,茅屋欲生苔。穷则箪瓢陋巷,达则鼎彝清庙,

· 045 ·

吾意两悠哉。寄语雪溪外，鸥鹭莫惊猜。"

令诗人们如此迷恋的螃蟹，长得却一点也不像美味的样子。人们至今常常用"第一个吃螃蟹的人"来形容敢于尝试的勇士。细想想也真是，历史上第一个吃螃蟹的人，着实有着几分不同常人的勇气，能从这遍身甲胄、八足巨螯的外表下，窥见它们细嫩鲜美的内在。公认"最会吃"的中国古人，则在几千年前就懂得食用螃蟹了。《周礼·天官·庖人》记载："庖人掌共六畜、六兽、六禽，辨其名物。凡其死生鲜薧之物，以共王之膳，与其荐羞之物及后、世子之膳羞。"这段话后，东汉郑玄注"共祭祀之好羞"："谓四时所为膳食，若荆州之鱼，青州之蟹胥，虽非常物，进之孝也。"《周礼》中记载用以祭祀的美味"好羞"，按郑玄的注解为四时应季的膳食，比如"青州之蟹胥"。《释名·释饮食》这样解释蟹胥："蟹胥，取蟹藏之，使骨肉解之，胥胥然也。"吕忱《字林》说："胥，蟹酱也。"蟹胥也就是蟹酱。

宋代浦江吴氏《中馈录》中记载了"蟹生"的做法，也是一种以做酱的形式来保存蟹的方法："用生蟹剁碎，以麻油先熬熟，冷，并草果、茴香、砂仁、花椒末、水姜、胡椒俱为末，再加葱、盐、醋共十味，入蟹内拌匀，即时可食。"值得一提的是，书中另有一味"醉蟹"，感觉也很美味："香油入酱油内，亦可久留，不砂。糟、醋、酒、酱各一碗，蟹多，加盐一碟。又法：用酒七碗、醋三碗、盐二碗，醉蟹亦妙。"

醉蟹可谓是蟹与酒的巧妙结合了。宋代高似孙称赞醉蟹"介甲尽为香玉软，脂膏犹作紫霞坚"。自古以来，蟹与酒就是不可分

菊留秋色蟹螯肥

的良伴,螃蟹性寒,而酒性最热可解蟹寒,蟹与酒的搭配可说是天造地设了。陆游有诗说得好:"蟹黄旋擘馋涎堕,酒渌初倾老眼明。"有了螃蟹与美酒,让人忍不住垂涎欲滴,就连昏花的老眼都变得明亮起来了呢。宋代诗人方回更是说:"菊花与汝作生日,螃蟹唤吾入醉乡。"正是这鲜美的螃蟹在引逗着人入醉乡呢!

螃蟹易腐坏,不易保存,北魏贾思勰《齐民要术》记载了"藏蟹法",主要是用大量的盐来防腐:"九月内,取母蟹(母蟹脐大圆,竟腹下;公蟹狭而长)。得则着水中,勿令伤损及死者。一宿则腹中净(久则吐黄,吐黄则不好)。先煮薄糖(糖,薄饧)。着活蟹于冷糖瓮中一宿。着蓼汤,和白盐,特须极咸。待令瓮盛半汁,取糖中蟹。内着盐蓼汁中,便死(蓼宜少着,蓼多则烂)。泥封二十日,出之,举蟹脐,着姜末,还复脐如初。内着坩瓮中,百个各一器,以前盐蓼汁浇之,令没。密封,勿令漏气,便成矣。特忌风里,风则坏而不美也。"

螃蟹还可以酱制保存。元代《居家必用事类全集》中讲到了制作酱蟹的方法:"团脐百枚,洗净,控干,逐个脐内填满盐,用线缚定,仰迭入磁器中。法酱二斤,研浑椒一两,好酒一斗,拌酱椒匀,浇浸令过蟹一指,酒少再添,密封泥固。冬,二十日可食。"清代顾仲在《养小录》中也记录了酱蟹的制作方法,他说"食时以淡酒洗下酱来,仍可供厨,且愈鲜也"。用酒将腌制螃蟹的酱洗下来,仍可作为一种调料,而且愈发鲜美了。

除了用盐、酱、酒腌渍,还有"糖蟹",沈括在《梦溪笔谈》中提到,那位饮食上很奢侈、"食必方丈"的何胤,喜欢吃糖蟹。苏舜钦《小酌》诗中也写到了糖蟹:"霜柑糖蟹新醅美,醉觉人生

047

万事非。"乍一看字面意思,糖蟹居然是甜味的?陆游在《老学庵笔记》中为我们解答了疑惑,他说"唐以前书传,凡言及糖者皆糟耳,如糖蟹、糖姜皆是"。我对此说还带有疑惑,因为宋代陶谷《清异录》中记载:"炀帝幸江都,吴中贡糟蟹、糖蟹。每进御,则上旋洁拭壳面,以金缕龙凤花云贴其上。"这里糟蟹和糖蟹是并称的,说明还有些区别。不过可以确信的是,的确有人会把螃蟹做成甜味的菜肴,比如元代倪瓒在《云林堂饮食制度集》中记录的蜜酿蝤蛑,就是将煮熟的蟹剁碎放入背壳内,加入蜜糖和鸡蛋液,蒸着吃的。做法如下:"盐水略煮,才色变便捞起。擘开留全壳,螯脚出肉,股剁作小块。先将上件排在壳内,以蜜少许入鸡弹内,搅匀浇遍,次以膏腴铺鸡弹上蒸之。鸡弹才干凝便啖,不可蒸过。橙齑,醋供。"

上文的蝤蛑指的是梭子蟹科的青蟹,是一种海蟹。苏轼在任湖州太守期间,曾写诗给与他同科进士的丁公默,丁公默看到诗很高兴,为他送来了蝤蛑。苏轼于是写了一首名为《丁公默送蝤蛑》的诗:"溪边石蟹小如钱,喜见轮囷赤玉盘。半壳含黄宜点酒,两螯斫雪劝加餐。蛮珍海错闻名久,怪雨腥风入座寒。堪笑吴兴馋太守,一诗换得两尖团。"苏轼说,我们这里只有小如钱币的石蟹,见到丁公默送来的梭子蟹感到非常欣喜。赞颂了梭子蟹的美味后,他还不忘打趣道,由于自己是个"馋太守",才从朋友那里用诗换来了螃蟹呢。

身为美食家的苏轼自然是非常爱螃蟹的,他曾经感慨道:"左手持蟹螯,举觞瞩云汉。天生此神物,为我洗忧患。"有了螃蟹和美酒,一切烦恼都可以抛到脑后了。苏轼的老师欧阳修也对螃蟹

菊留秋色蟹螯肥

有着十足的热爱，即使躺在病榻上，仍然不能忘怀肥美的螃蟹，他在《病中代书奉寄圣俞二十五兄》一诗中写道："忆君去年来自越，值我传车催去阙。是时新秋蟹正肥，恨不一醉与君别。"欧阳修喜欢吃的螃蟹是河蟹，他一直惦记着颍州（今安徽阜阳）的螃蟹，"若无颍水肥鱼蟹，终老仙乡作醉乡"。他退休后，还真的没有回自己的故乡，而是到颍州去置业养老了，想必这个选择中，一定有螃蟹的加分项吧！

明代末年的张岱，也是吃蟹的方家，他认为螃蟹就应该不加调料，吃它的原汁原味："食品不加盐醋而五味全者，为蚶、为河蟹。河蟹至十月与稻粱俱肥，壳如盘大，坟起，而紫螯巨如拳，小脚肉出，油油如螾蜒。掀其壳，膏腻堆积，如玉脂珀屑，团结不散，甘腴虽八珍不及。"每至金秋十月，张岱就和朋友、兄弟、长辈一起约个吃蟹的饭局，名曰"蟹会"，一起煮螃蟹吃，每人六只，因为担心冷了有腥味就分批蒸熟，慢慢享用。搭配螃蟹的食物也极尽精细，有肥腊鸭、牛乳酪，如琥珀的醉蚶，用鸭汁煮的白菜，水果有谢橘、风栗、风菱，蔬菜有兵坑笋，酒饮玉壶冰，饭用新下的余杭粳白米，漱口用兰雪茶。

清代的李渔人称"蟹仙"，每年，螃蟹还未上市，李渔就早早地存好了买螃蟹的钱，由于自己嗜蟹如命，他戏称这钱为"买命钱"。他在《闲情偶寄》中说："向有一婢，勤于事蟹，即易其名为'蟹奴'。"对于吃蟹的方式，他也赞同原汁原味地吃："凡食蟹者，只合全其故体，蒸而熟之，贮以冰盘，列之几上，听客自取自食。"意思是蟹要整只蒸熟，再存在冰盘里，放在餐桌上由食客自己动手剥食。莼菜和蟹，也是一对良伴，李渔写道："陆之蕈，水之莼,皆清虚妙物也。予尝以二物作羹,和以蟹之黄,鱼之肋,名曰'四美羹'。座客食而甘之,曰:'今而后,无下箸处矣!'"他用菌子、莼菜、蟹黄、鱼腹肉做的"四美羹"令客人们大为赞叹,认为天下再也没有比这更美味的食物了。

清代另一位大美食家袁枚在《随园食单》里介绍了几道蟹肴——"蟹羹""炒蟹粉""剥壳蒸蟹"。他也认为食蟹的最高境界是品尝螃蟹鲜美的本味,所以将"清煮蟹"列为第一。"蟹宜独食,不宜搭配他物。最好以淡盐汤煮熟,自剥自食为妙。蒸者味虽全,而失之太淡。"奇怪的是他说蒸着吃味道太淡,要用淡盐水煮熟的螃蟹才是最好的。

螃蟹的别名很多,古人给蟹取"四名"曰:"以其横行,则曰螃蟹;以其行声,则曰郭索;以其外骨,则曰介士;以其内空,则曰无肠。"比如《西游记》中说螃蟹是"横行介士",《红楼梦》中说螃蟹是"无肠公子"。清代厉荃《事物异名录·饮食·杂肴》中引《食谱》:"藏蟹,含春侯。"称螃蟹味含春侯,这一名与螃蟹的另一个别名异曲同工,那就是"含黄伯"。春、黄,都是指螃蟹腹中的蟹黄。宋陶谷《清异录·笑舌虫》中记载了卢纯吃蟹被夹伤舌头的小故事:"卢绛从弟纯,以蟹肉为一品膏,尝曰:'四方之味,当许含黄伯为第一。'后因食二螯笑伤其舌,血流盈襟。绛自是戏纯:'蟹为笑舌虫。'"于是螃蟹又得名"笑舌虫"。

当代作家、诗人焦桐关于吃有着很多妙语。他曾说炸虾仁有种"坦诚而深刻的鲜甜味",这形容罕见,品一下却恰到好处。面对市面上体带脏污被绳所缚的螃蟹,他"以救风尘的姿态买回家",

菊留秋色蟹螯肥

在吃蟹的时候赞美那"辉煌的红脂",可谓妙极。

著名画家齐白石更是对螃蟹情有独钟,宁肯赊账也要一饱口福:"老夫今日喜开颜,赊得霜螯大满盘。强作长安吟咏客,闭门持盏把诗删。余居燕年久,商家渐渐相识,能赊货物。齐璜白石山翁并题记。"

脍飞金盘白雪高

——古人也爱生鱼片

脍飞金盘白雪高

观打鱼歌
唐·杜甫

绵州江水之东津，鲂鱼鲅鲅色胜银。
渔人漾舟沉大网，截江一拥数百鳞。
众鱼常才尽却弃，赤鲤腾出如有神。
潜龙无声老蛟怒，回风飒飒吹沙尘。
饔子左右挥双刀，脍飞金盘白雪高。
徐州秃尾不足忆，汉阴槎头远遁逃。
鲂鱼肥美知第一，既饱欢娱亦萧瑟。
君不见朝来割素鬐，咫尺波涛永相失。

宝应元年（公元762年），唐玄宗、唐肃宗父子相继去世，诗人杜甫所倚仗的至交老友严武从成都任上被召还朝，将要被任命为太子宾客。杜甫恋恋不舍，坐船一直送了三百多里，从成都一直送到了绵州（今四川绵阳）。恰好当时绵州的地方官是杜甫的从侄孙，于是就设宴招待他们。

吃的是什么呢？是刚刚打上来的鲂鱼，设宴的地方也就是观渔的所在，捕鱼结束，飨宴随即开始。"饔子左右挥双刀"，饔子就是厨师，只见厨师左右挥动双刀，给大家做生鱼菜肴。这是一种当众表演，颇有现在日本料理铁板烧的风格，都说日本保留了很多"唐风"，于此可见一斑。现捞、现杀、现切，这盘生鱼可谓绝顶新鲜。老杜观赏了渔人打鱼的壮观场景，近距离观察了厨师左右翻飞的高超刀工，鉴赏了如玉如雪的洁白鱼片堆在金盘中的食物与食器之美，并将这些全都写进了这一首《观打鱼歌》中，让人读后有身临其境之感，不禁也想品尝这迷人的美食了。

"脍飞金盘白雪高"的生鱼菜肴，显然在视觉上是极美的，但是味道如何呢？杜甫在另一首诗《阌乡姜七少府设脍戏赠长歌》里记载了姜少府在严冬时节派人从封冻的河里凿冰取鱼作成鱼脍宴招待宾客的场面，这首诗着重描写的是吃生鱼的过程："姜侯设脍当严冬，昨日今日皆天风。河冻未渔不易得，凿冰恐侵河伯宫。饔人受鱼鲛人手，洗鱼磨刀鱼眼红。无声细下飞碎雪，有骨已剁觜春葱。偏劝腹腴愧年少，软炊香饭缘老翁。落砧何曾白纸湿，放箸未觉金盘空。"细细的鱼丝拌着香葱，搭配软炊稻米饭食用，筷子甫一放下，才发现盛生鱼的盘子已经空了，可见生鱼的味道有多么鲜美诱人了。

脍与鲙

"脍"，本意为切细、切薄的肉。《说文解字》曰："脍，细切肉也。"《诗经·小雅·六月》有"炰鳖脍鲤"之句。《礼记·内则》记载了不同时节食用脍需要搭配不同的佐料："脍，春用葱，秋用芥。"《礼记正义》注释到："上云鱼脍芥酱，则谓秋时用芥。芥辛，于秋宜也。"吃生鱼的时候，春天要用葱佐餐，秋天要蘸芥

脍飞金盘白雪高

酱同食,先秦人吃生鱼用的佐料甚至注意到了味觉与时令的关系,可见脍已是先秦时期人们常吃的食物了。

从很多文献中我们也可以得知,很多"脍"类菜肴都是生食的。比如隋朝谢讽所著的《食经》中有"北齐武成王生羊脍"一菜。《汉书·东方朔传》中也说:"生肉为脍。""脍"大概能算得上是中国最古老的食物之一了。可以想见最早的"脍",应是在人类没有学会利用火,过着茹毛饮血生活的时候就有了,原始的生吞活剥难以咀嚼和消化,于是先民用简易的石刀、蚌片革除皮毛,剔去骨筋,割肉而食,这就是"脍"的雏形。

先秦时期,用于生食的肉类很多,牛脍、羊脍、鹿脍、鱼脍等都是有记载的食用方式。不过显然,鱼脍比起其他红肉,要更加柔嫩细腻,味道也更容易被人接受,因此,鱼脍逐渐成为"脍"类食物的主流。后来人们还创造出"鲙"这个字专门指代生鱼,"脍"和"鲙"两字经常混用。

《吴越春秋·阖闾内传》记载:"子胥归吴,吴王闻三师将至,治鱼为鲙。"吴王阖闾为了迎接攻楚凯旋的军队,置办鱼脍以慰劳伍子胥。有意思的是,"将到之日,过时不至,鱼臭。须臾子胥至,阖闾出鲙而食,不知其臭,王复重为之,其味如故。吴人作鲙者,自阖闾之造也"。伍子胥尝不出已经变味了的生鱼,说明在当时吴人根本不懂得这一食用方式,想必阖闾是特意请人学来一道吴地罕见的菜肴来款待爱将吧,自此以后,吴国人才开始食用鱼脍。

 鲜味之美

金齑玉脍,东南佳味

不过江南毕竟是鱼米之乡,鱼类的出产比周人所在的中原丰富许多,有着得天独厚的条件,很快,鱼脍就是江南风靡的美食了,还产生了一道代表性的名菜——鲈鱼脍。松江府出产的鲈鱼自古就备受赞誉。三国时期曹操大宴宾客就曾慨叹道:"今日高会,珍馐略备,所少吴松江鲈鱼耳。"深以吃不到吴地出产的鲈鱼为憾事。《后汉书·方术列传·左慈》对此事有详细记载,左慈用法术现场变出两条大鲈鱼,"皆长三尺余,生鲜可爱,操使目前鲙之"。曹操也让人用"现场表演"的方式切来分吃了。可见松江鲈鱼早在汉代便誉满天下,是古人心中十分珍贵的食材。

关于鲈鱼脍,有一个非常著名的典故。西晋时在洛阳做官的苏州人张翰(字季鹰)"有清才,善属文,而纵任不拘,时人号为'江东步兵'",他在洛阳任齐王司马冏的属官,官职不高,难以施展抱负,既对当时吴士在洛阳朝廷不能得志而失望,又对陆机、陆云无辜被杀而心寒,他曾对同郡人顾荣说:"现在天下战乱纷纷,凡有名气的人都想退隐。我本是山林中人,对官场难以适应,对时局又很绝望,看来,也该防患于未然,考虑一下以后的事了。"然而要断然放弃眼前的一切也不是很容易的事,他迟迟未作出最后的决定。

这天,"见秋风起,乃思吴中菰菜、莼羹、鲈鱼脍,曰:'人生贵得适志,何能羁宦数千里以要名爵乎?'遂命驾而归"。洛阳城里的秋风让他回忆起家乡的菰菜、莼羹和鲈鱼脍的美味,顿

脍飞金盘白雪高

时觉得乡情无法排遣。他想：人生一世应当纵情适意，既然故乡如此值得留恋，我又何必定要跑到几千里之外，做这一个受拘束的官，去博取什么名位呢？于是他毫不犹豫地辞官回乡了。从此"莼鲈之思"成了思念家乡的成语。宋代词人辛弃疾为之赋词曰："休说鲈鱼堪脍，尽西风，季鹰归未。"

南北朝时候，出现了"金齑玉脍"，苏轼的《和蒋夔寄茶》中就提到了这道有着美丽名字的菜肴，"金齑玉脍饭炊雪，海螯江柱初脱泉"。金齑玉脍相传是隋炀帝亲自命名的。隋炀帝到江都，松江献上了鲈鱼肉切丝，搭配细缕金橙等调料做成的鱼脍，隋炀帝一尝之下赞叹道："所谓金齑玉脍，东南佳味也。"

唐杜宝《大业拾遗录》记载了金齑玉脍的做法："作鲈鱼鲙须八九月霜降之时，收鲈鱼三尺以下者作干鲙，浸渍讫，布裹沥水令尽，散置盘内，取香柔花叶，相间细切，和鲙拨令调匀，霜后鲈鱼，肉白如雪，不腥，所谓金齑玉鲙，东南之佳味也。"金齑究竟如何调制呢？北魏贾思勰在《齐民要术》中详细记载了一种"八和齑"的调配方法。这是一种精细的美味酱料，要用到八种配料：蒜、姜、盐、白梅、橘皮、熟栗黄、粳米饭和酢，将这八种配料捣碎，用醋调成糊状，八和齑就做好了。注释说，因取熟栗黄的金色和味甜，俗谚则称此酱料为"金齑"。

脍不厌细，刀工第一

精细的蘸料是鱼脍美味来源的一部分，另外的重点就是新鲜的食材和精致的刀工了。孔子很讲究饮食，他说"食不厌精，脍不厌细"。可见，自古以来人们就认为"脍"要切得越细越好。此外，生食的鱼肉切薄切细有助于咀嚼和消化，也便于调料的附着，增添口感和滋味。

《齐民要术》上讲，切脍不能用水洗，因为沾了水味道就不好了。切鲙之前，要放上灰以吸去鱼体的血水，再垫上白纸以隔灰。《酉阳杂俎》记载："又鲙法，鲤一尺，鲫八寸，去排泥之羽。卿员天肉，腮后鬐前，用腹腴拭刀，亦用鱼脑，皆能令鲙缕不着刀。"人们认为用一尺长的鲤鱼或八寸长的鲫鱼做鱼脍是最好的，切生鱼的方法是，先切掉鱼的鱼鳍，然后从腮后鱼鳍前切割，先用鱼腹部位的脂肪擦拭刀具，也可用鱼脑，这是因为用脂肪擦拭刀可以使切出的生鱼薄片或细丝不粘在刀体上。

古人为吃到最佳的生鱼，练就了极致的刀工。曹植《七启》写道："蝉翼之割，剖纤析微。累如叠縠，离若散雪。轻随风飞，刃不转切。"潘岳的《西征赋》有云："饔人缕切，鸾刀若飞。"这都是用文学的方式描述了厨师切脍的高超技艺。唐代的《酉阳杂俎》记载了一位神乎其技的斫脍高手："进士段硕常识南孝廉者，善斫鲙，縠薄丝缕，轻可吹起。操刀响捷，若合节奏。因会客炫技，先起鱼架之，忽暴风雨，雷震一声，鲙悉化为蝴蝶飞去。南惊惧，遂折刀，誓不复作。"他能够把鱼肉切得像丝绸一样薄，像丝线一样细，甚至于一口气都能把鱼丝吹得飞起来。最神的是，有次在当众展示技艺的时候，忽然下起暴风雨，随着一声雷响，鱼丝纷纷化为蝴蝶飞走了。后世用"化蝶脍"来称赞那些刀工精妙绝伦的鱼脍。

《梦溪笔谈》中记载了一位厨师因为手艺不好险些丧命的故事：

"李璟使大将胡则守江州,江南国下,曹翰以兵围之三年,城坚不可破。一日,则怒一饔人鲙鱼不精,欲杀之。其妻遽止之……"险些丧命的厨师当天深夜就投奔了敌军,将城内虚实全部告诉了曹翰,后又引领着曹翰军队从依险而不设防的城西南角攻了进去。城池失守后,胡则全家都被乱军杀死。这位厨师可能只是引爆了此前长期累积的愤怒,不过作为厨师职业素养不达标,仍是件危险的事情呢。

唐宋诗词中的鱼脍

有唐一代,鱼脍成为很流行的食物,除了杜甫外,很多诗人都在诗歌中写到过食用鱼脍的场景。李白曾有《酬中都小吏携斗酒双鱼于逆旅见赠》一诗,就是写在旅途中遇到一名小吏,送来酒和鱼,做成鱼脍共食同饮的事情。"双鳃呀呷鳍鬣张,拨剌银盘欲飞去。呼儿拂几霜刃挥,红肌花落白雪霏。为君下箸一餐饱,醉着金鞍上马归",即使只是描写吃生鱼,李白都写得格外潇洒快意。

这位"谪仙人"把吃鱼脍称为是神仙般的享受,他在另一首诗中写:"吹箫舞彩凤,酌醴鲙神鱼。千金买一醉,取乐不求余。"听着音乐,饮着美酒,吃着生鱼,这种生活简直给个神仙都不换!

北宋年间,曾流传有杜庭睦的一幅《明皇斫鲙图》,画的内容就是玄宗皇帝亲自斫鲙。可以想见,以皇帝之尊亲自切鱼脍,对这一食物的风靡一定有着很大的推动作用。据说他最喜欢吃鲫鱼脍,曾专门派官员到洞庭湖取来鲫鱼放养到长安景龙池中,以备游

· 059 ·

宴时做鱼脍来吃。《酉阳杂俎》记载，唐玄宗曾经赐给安禄山"鲫鱼并鲙手刀子"，将自己喜欢的鲫鱼和切脍专用的刀具都赏赐给了这位宠臣。

宋代那些文人雅士们，一个个都爱吃爱玩，当然更迷恋鱼脍这种看起来好看、吃起来美味的菜肴了。欧阳修、梅尧臣、范仲淹、苏轼、黄庭坚等都是鱼脍爱好者。据叶梦得《避暑录话》说，梅尧臣家有一个老婢，刀工一流，做得一手好鱼脍，于是这一帮"损友"经常去他家蹭饭。"欧阳文忠公、刘原甫诸人，每思食鲙，必提鱼往过圣俞，圣俞得鲙材，必储以速诸人，故集中有《买鲫鱼八九尾，尚鲜活，永叔许相过留以给膳》。"欧阳修等人常常提八九条鱼去梅尧臣家，让梅家的女厨做鱼脍吃。

梅尧臣本人有《设脍示坐客》的诗句："汴河西引黄河枝，黄流未冻鲤鱼肥。随钩出水卖都市，不惜百金持与归。我家少妇磨宝刀，破鳞奋鬐如欲飞。萧萧云叶落盘面，粟粟霜卜为缕衣。楚橙作虀香出屋，宾朋竞至排小扉。呼儿便索沃腥酒，倒肠饫腹无相讥。逡巡瓶竭上马去，意气不说西山薇。"梅尧臣靠着一位好家厨，结交聚集起北宋文坛一众才子友人。

宋代有个叫丁谓的官员，也很爱吃鱼脍。他在东京汴梁的家里挖了一个池塘，池塘里养着几百条鱼，平时用木板盖着，有客人来的时候，就掀开木板钓上几条鱼，让厨师做成鱼脍招待大家。陆游也曾在《雨中小酌》中写，"自摘金橙捣鲙齑"，亲手制作鱼脍食用。

不仅文人官员爱吃鱼脍，汴梁的老百姓也爱吃。孟元老《东京

脍飞金盘白雪高

梦华录》卷七《池苑内纵人关扑游戏》记载了"旋切鱼脍"的吃法，与杜甫所见的类似。每年三月初一，京城西郊的金明池就会对市民开放，苑内有诸般艺人表演，还有许多渔人垂钓，钓得鱼后便高价卖给游客，"临水斫脍，以荐芳樽"，现做现吃的趣味使"旋切鱼脍"被当时游客视为"一时之佳味"，在宋代掀起了新的流行。

再美味的食物，也要吃得适量，《酉阳杂俎》写过一位吃鱼脍从来不知餍足的大胃王："和州刘录事者，大历中罢官，居和州旁县，食兼数人，尤能食鲙，常言鲙味未尝果腹。"他声称自己吃生鱼片从来没吃饱过，这就有点可怕了。《太平广记》记载，唐代永徽年间，有位叫崔爽的人，嗜吃食生鱼，每次要"三斗乃足"，直到后来口中吐出一状如蛤蟆的怪物，才吓得"不复能食鲙矣"。《齐谐记》也有类似的记载，只不过主人公是位女士："周子有女，啖脍不知足，家为之贫。至长桥南，见眾者挫鱼作鲊，以钱一千，求一饱食，五斛便大吐，有蟾蜍从吐中出。婢以鱼置口中即成水，女遂不复啖脍。"吃到这种程度，就不是对美食的欣赏，而是种亵渎了。

虽然没有做过普遍的调查，不过可以想见，现在能接受生食的人恐怕还是占少数吧。可在历史上，不吃生鱼曾经被认为是很奇怪的事情。东汉应劭在《风俗通义》中收录了当时各地的风俗和逸事，其中有一条记载很有趣，写道"祝阿不食生鱼"。祝阿（今山东齐河县祝阿镇）人不吃生鱼，在现代人看来并不是值得专门记上一笔的，在当时应劭看来，却是种奇风异俗，要作为典型事件记录下来，这代表着在东汉时期，吃生鱼是相当普遍的习俗，不吃生鱼反倒是很奇怪的事。祝阿人不食生鱼的习俗，一直坚持到隋朝，

在《隋书·地理志》中也有详细的记载。

东汉末年的陈登就是一位生鱼的重度爱好者。《后汉书·华佗传》记载,时任广陵太守的陈登突然觉得胸闷,请来名医华佗为其诊断,华佗诊脉后说,"府君胃中有虫,欲成内疽,腥物所为也"。华佗开了药,陈登吃下去以后,"吐出三升许虫,头赤而动,半身犹是生鱼脍"。陈登是因为嗜食生鱼而得了寄生虫病,最终他还是因再次病发而一命呜呼。

其实古人也早就认识到生吃鱼肉可能导致寄生虫病,苏轼在《东坡志林·卷一》中记载他自己有次眼睛发炎,别人告诫他不能再吃生鱼的事情,"余患赤目,或言不可食脍",可见宋人认为患红眼病时不能吃生鱼,否则可能加重病情。李时珍在《本草纲目》里就明确提到了吃生鱼的坏处,警示世人:"肉未停冷,动性犹存。旋烹不熟,食犹害人。况鱼鲙肉生,损人犹甚。为症瘕,为痼疾,为奇病,不可不知。"

自元代起,少数民族入主中原,很多中原居民南迁,整个中原地区移风易俗,很快改变了吃"鱼生"的喜好,这一习俗基本只在江浙闽广一带较完整地保留了下来。清代屈大均《广东新语》多次提到"鱼生":"有宴会,必以切鱼生为敬。食必以天晓时空心为度。每飞霜锷,泡蜜醪,下姜菱,无不人人色喜,且餐且笑。"倪云癯《羊城竹枝词》也写到广东人食用鱼生的情景:"雪花从不洒仙城,冬至阳回日日晴。萝卜正佳篱菊放,晶盘五色进鱼生。"

已故台湾作家高阳的《古今食事》中对广东鱼生的记载十分详尽:"大致凡鱼嫩无刺的淡水鱼,都可以做鱼生;广东的鱼生,

脍飞金盘白雪高

还要加上很多作料,最主要的是萝卜丝,须榨得极干,自然不辣不苦;其次是薄脆或麻花、馓子之类香脆之物,捏碎和入。调味品有盐、麻油、胡椒、红辣椒丝、芫荽、细丝切的橘树叶等,独不用酱油。食时中置大盘,倾入材料及调味品,大家一齐动手拌匀,雪白的鱼片及萝卜丝杂以鲜红的辣椒丝、碧绿的芫荽及橘树叶,颜色清新,更增食欲。"

"脍炙人口"至今还被用来形容食物非常美味。"脍"是切细切薄的生肉,"炙"则是指用火烤熟的肉,都是最早的人们能吃到的最富营养的食物。到今天,烤肉仍是很多民族、很多地区普遍接受和喜爱的饮食,但自从人类学会使用火,吃生肉的习惯就渐渐离大部分人远去了,烹饪过的食物显然更有利于人类的健康,只有少部分地区的人们还保留着吃生肉、生鱼的习俗。比如"刺身"也就是生鱼片,至今仍是日本最具代表性的美食,我国东北的赫哲族和广东地区的人们也还流行食用生鱼做成的菜肴。

有人认为,酒、盐、姜、山葵、芥末等佐料能杀死细菌和寄生虫,但无论是海鱼还是淡水鱼,生吃都面临寄生虫病的风险,吃淡水鱼的风险更高,实在不建议冒着风险享用这种美食,且让"脍"停留在那些美好的诗文中吧。

金盘堆起胡羊肉
—— 烤肉和北方少数民族饮食

金盘堆起胡羊肉

湖州歌九十八首（第七十四）
宋·汪元量

第五华筵正大宫，辘轳引酒吸长虹。
金盘堆起胡羊肉，御指三千响碧空。

《说文解字》这样诠释"美"字："美，甘也。从羊从大。"按照许慎的说法，"美"的意思是甘美、美味。这说明我们的祖先在造字的时候，早就意识到羊肉的滋味，足可作为"甘美"一词的代表了。明末清初屈大均套许慎的模式，在《广东新语》中说："东南少羊而多鱼，边海之民有不知羊味者，西北多羊而少鱼，其民亦然。二者少而得兼，故字以'鱼''羊'为'鲜'。"

羊在古时就是祭祀的重要食品，《礼记·王制》曰："天子社稷皆大牢，诸侯社稷皆少牢。"大牢用于非常隆重的祭祀，祭祀时并用牛、羊、豕三牲，一般只有天子才能施用，少牢用羊、豕各一，是诸侯、卿大夫祭祀宗庙时所用。

羊也是周天子的膳食之一。《周礼·天官·膳夫》记载，周天子的"六膳"也是包括羊的。《礼记·内则》中，记载了八种宫廷宴席菜肴，对这八种菜肴的原料、调料、烹制工艺乃至炊具及注意事项都有具体的描述,被后世称为"周八珍",其中,有一半的菜肴中可以见到羊的身影。

《左传·宣公二年》记述了一个因为吃不上羊肉引发的悲剧。春秋时期,郑国攻打宋国,宋国大将华元带兵迎战。开战之前为鼓舞士气,华元杀羊慰劳将士,结果忘了给自己的御手(驾车的人,相当于现在的司机)羊斟吃肉。开战后羊斟生气地说:"前几天给谁吃羊肉由你华元说了算,今天打仗的胜负可得由我说了算!"于是驾着华元所乘的战车直入郑国军阵,转瞬间宋师没了统帅,只能乖乖投降。正所谓"羊羹不遍,驷马长驱",一碗羊肉就决定了一场战事的胜负,从此也不难看出,在先秦时期,羊肉在饮食界的地位是很高的。

西汉扬雄在写《蜀都赋》时,罗列了当时各地的重要物产,其中有"江东鲐鲍,陇西牛羊"之句,证明当时陇西的牛羊已经被认为是当地的名产,甚至被当时的蜀人所欣赏。

曹植的《箜篌引》中写他早年设宴款待宾客的情形,"中厨办丰膳,烹羊宰肥牛"。可见三国时,羊肉仍是贵族阶层待客的必备美食。

魏晋南北朝时期,随着铁质炊具的大量使用,多民族的交流与融合,菜肴品种大量涌现。《清异录》抄录了隋朝谢讽《食经》中的53道菜肴,其中有"北齐武成王生羊脍""天真羊脍""烙羊"等诸多以羊肉为原料的菜品。《齐民要术》中对菜肴的烹饪法记载得更是详细精到,包含了很多羊肉菜肴,其中有一道颇具异域风情的"胡炮肉",制法如下:

金盘堆起胡羊肉

取一岁左右的肥羊羔,现杀现切,精肉和脂肪都切成细丝,加入豆豉、盐、葱白、姜、花椒、荜茇、胡椒调味。将羊肚肉洗净翻转过来,把切好的羊肉、羊脂装到羊肚中,装满后缝好。之后把羊肚放在用火烧红并移走炭灰的凹坑中,再盖上灰火,重新在上面点起火烧,约莫煮熟一顿米饭的时间,羊肚便熟了,吃起来香美异常。

这道"胡炮肉"一直流传了下来,至今仍是新疆和田地区一道著名的美食,人们通常称之为"肚包肉"。

唐代出现了"现点现杀"的羊肉吃法,叫作"过厅羊",是一道气派的宴饮大菜。一般是富贵人家在举办宴席的时候,直接派厨师将一头活羊牵到厅前,由宾客们选择自己想要品尝的部位,然后由厨师当场将羊宰杀,按照宾客们的选择,不同部位的羊肉上系上彩色的丝线,之后烹煮。羊肉烹熟后,宾客依照丝线的颜色,找到自己选中的那块羊肉,就可以大快朵颐了。

唐人认为羊肉有滋补作用,还发展出了很多食疗方。孙思邈《千金翼方》中记载了许多方子,比如以"羊肚肝肾心肺"等羊内脏为主料的"补虚劳方",以"白羊头蹄"为主料烂煮而成的"补五劳七伤虚损方"等。

唐代胡食风行,"玉盘初鲙鲤,金鼎正烹羊"是胡姬酒店中常见的菜式。有人统计了《太平广记》中有关唐代肉类饮食的105处记载,其中跟羊肉有关的有47处。虽然羊肉仍是比较高级的肉食,并不是平民日常都可吃到的,但毕竟从贵族的专属,逐渐向着市井生活靠近了。饮食文化学家王赛时说,"肥羊美酝"是唐代人的理想生活,其实,有美酒、有肉食,这不也是历朝历代人们理想生活的一部分吗?

况且,宋朝人民对羊肉的爱比唐朝人民又要炽热许多了,羊肉可以说是宋朝人最爱的食物。宋太祖赵匡胤就很喜欢吃羊肉,他大晚上跑到宰相赵普家去商量事情,赵普招待他吃的就是烤羊肉。赵匡胤请吴越王吃的"国宴"也是羊肉,据宋人蔡绦的《铁围山丛谈》记载,北宋建立不久,定都于杭州的吴越国王钱弘俶去东京城拜见赵匡胤,赵匡胤命令御厨烹制南方菜肴招待,御厨准备时间不足,仓促上阵,"一夕取羊为醢,以献焉,因号旋鲊"。本来应该长时间腌制的肉酱,在御厨灵活变通的处理方式之下,变成了"快手菜"。因此,宋代皇室大宴,都要上这道太祖吃过的羊肉名菜"旋鲊","首荐是味,为本朝故事"。

《后山谈丛》记载:"御厨不登彘肉。"李焘记载辅臣吕大防为宋哲宗讲述祖宗家法时说:"饮食不贵异品,御厨止用羊肉,此皆祖宗家法所以致太平者。"宋代开国皇帝本意是好的,为了防止后代皇帝在饮食上追求奇珍异味,规定皇宫一般只吃羊肉就行了,吃羊肉甚至上升到了祖宗家法的高度。除了是宫廷主要的肉食外,羊肉也是宋代官员俸禄的一部分,称作"食料羊"。

《东京梦华录》记录了当年东京汴梁大大小小的市肆中,供应的许多羊肉菜式,比如虚汁垂丝羊头、乳炊羊、罨生软羊面、排炊羊等,但这些并不是寻常百姓可以消费得起的。由于宋代疆域面积限制,无论是北宋还是南宋,国家都缺少大面积的草场,羊肉产量都非常有限。草场的匮乏还导致宋朝马匹不足,为了保障军事的

金盘堆起胡羊肉

需要,朝廷要求将有限的草场和草料大部分都用在马匹的饲养上,这进一步压缩了羊肉产量的增长。因此宋朝的羊肉,价格高得出奇,平常百姓真的很难吃上。

清代美食家袁枚写羊肉的时候,提到过宋仁宗:"羊肉切大块,重五七斤者,铁叉火上烧之,味果甘脆,宜惹宋仁宗夜半之思也。"这"宋仁宗夜半之思"是怎么回事呢?原来这位大宋皇帝就连普通的羊肉,也不是想吃就能马上吃到的。

魏泰曾在《东轩笔录》中写道,宋仁宗一日晨兴,语近臣曰:"昨夕因不寐而甚饥,思食烧羊。"有天早朝的时候宋仁宗跟大臣说:"朕昨天晚上睡不着所以觉得很饿,很想吃烧羊肉。"大臣当然不可理解啦:"皇上既然想吃烧羊肉了,为何不叫后厨做呢?"可宋仁宗说:"如果我半夜叫后厨给我做一次烧羊肉的话,他们就会知道我爱吃烧羊肉,所以每一天都会给我准备,这样的话就真的太浪费了。"

其实根据《宋会要辑稿》记载,在宋神宗时期,皇宫一年吃掉的羊肉就有"四十三万四千四百六十三斤四两",换算成整只羊的话,差不多就是每天吃个十多只,其他皇帝在位时,皇室的羊肉供应是很充足的。但在这样一个物质丰富、商业发达的时代,身为一国之君,能够管住自己并不算奢侈的口腹之欲,仁宗之"仁"可见一斑。

北宋第一美食家苏轼也是特别爱吃羊肉的,他曾写诗说,自己平生最爱吃烤羊肉:"平生嗜羊炙,识味肯轻饱。"苏轼在朝为官时,"十年京国厌肥羜,日日烝花压红玉",那时候天天吃小肥羊,都吃到吐了,哪知道后来被一再贬官南迁,竟有连羊肉也吃不上的时候呢。

在被贬惠州期间,苏轼就曾写信给苏辙,讲了他在惠州吃羊肉的趣事。当时惠州的市场上,有商家每日杀一只羊出售,这也是每日仅有的一只羊。苏轼想吃,奈何自己是被贬的官员,不好和当地权贵们抢着买羊肉。可是羊肉的美味又时刻让人挂念,令人心头痒痒啊,于是苏轼有时嘱咐杀羊的人,给他留下一般没人要的羊脊骨。回家后,苏轼先将羊脊骨煮熟,再捞出沥干水分用酒腌一下,最后放一点盐,用火烤到微焦,一点点剔着肉来吃,说是像吃蟹螯一般。

吃了还不忘给弟弟写信自嘲和调侃一下:"惠州市井寥落,然犹日杀一羊,不敢与仕者争买,时嘱屠者买其脊骨耳。骨间亦有微肉,熟煮热漉出(不乘热出,则抱水不干),渍酒中,点薄盐炙微燋食。终日抉剔,得铢两于肯綮之间,意甚喜之,如食蟹螯。率数日辄一食,甚觉有补。子由三年食堂庖,所食刍豢,没齿而不得骨,岂复知此味乎?戏书此纸遗之,虽戏语,实可施用也。然此说行,则众狗不悦矣。"

他说,老弟啊老弟,你看你现在生活倒是不错,天天吃着政府发的肥美羊肉,牙齿全咬进去也碰不到骨头,怎么能明白这种美味呢?我虽然开玩笑地写给你,但是你也不妨试一试。不过,假如这个方法真的流行了,那小狗们就要不开心了哈。——读到这里时,我真有点心疼东坡先生了呢。

苏轼虽也有落魄到吃不上羊肉的时候,可是想当年,在他名动京师的时候,随手写几个字都能换羊肉吃呢。南北宋年间的宋代

金盘堆起胡羊肉

宗室赵令畤写了一本笔记小说《侯鲭录》,里面载了很多名人逸事。其中写到有个叫韩宗儒的人,和苏轼关系很好,两人经常通信。韩宗儒很馋,俸禄里的羊肉不够吃,他就用苏轼的手迹去换羊肉吃,"每得公一帖,于殿帅姚麟许换羊肉十数斤"。后来这件事被黄庭坚悄悄告诉了苏轼,说昔日王右军字为换鹅字,调侃苏轼的字可以叫作"换羊书"。

后来苏轼调到翰林院,每日公事繁忙,案牍劳形,无暇他顾。有一天他连续接到韩宗儒几封信,都来不及回复,结果韩宗儒竟派人来催促,"督索甚急"。苏轼知道他是等自己的回信去换羊肉吃,就幽默了一下,托人带了个口信道"今日断屠",给韩宗儒传话说,今日不杀羊啦!

羊肉除了吃起来美味以外,还能用来酿美酒。北宋朱翼中在《北山酒经》中记述了白羊酒做法:"腊月,取绝肥嫩羯羊肉三十斤,连骨,使水六斗已来,入锅煮肉,令烂软,漉出骨,将肉丝擘碎,留着肉汁。炊蒸酒饭时,酌撒脂肉于饭上,蒸令软,依常拌搅,使尽肉汁六斗。泼馈了再蒸良久,卸案上,摊令温冷,得所拣好脚醅依前法酘拌,更使肉汁二升以来,收拾案上及元压面水,依寻常大酒法日数,但曲尽于酴米中用尔。"北宋养生大全《寿亲养老新书》引《宣和化成殿方》中羊羔酒造法:"米一石,如常法浸浆。肥羊肉七斤,曲十四两,诸曲皆可。将羊肉切作四方块,烂煮。杏仁一斤同煮,留汁七斗许,拌米饭、曲,更用木香一两同酝,不得犯水。十日熟,味极甘滑。"

晁公溯有诗句吟咏羊羔酒:"沙晴草软羔羊肥,玉肪与酒还相宜。鸾刀荐味下曲蘖,酿久骨醉凝浮脂。朝来清香发瓮面,起视绿涨微生漪。"读起来非常诱人。

到了南宋,国土面积锐减,养殖规模骤缩,羊肉还得"进口",所以羊肉价格越发出奇的贵了。《夷坚丁志·三鸦镇》记载,宋高宗绍兴年间:"吴中羊价绝高,肉一斤,为钱九百。"据计算,北宋神宗熙宁年间,京师地区活羊的价格为五贯(五千文)余,以一只中等的羊四十斤计,每斤一百三十文左右;到南宋一斤羊肉就要卖到九百文钱的高价了,价格翻了近七倍。南宋高宗年间的诗人高公泗作有一首《吴中羊肉价高有感》,语言虽然平实,但读来令人心酸不已:"平江九百一斤羊,俸薄如何敢买尝。只把鱼虾充两膳,肚皮今作小池塘。"南宋时期的一般官员都买不起羊肉了,更何况市井平民呢?北宋张耒写的《一百五歌》中,"富家烹羊贫荐鱼"一句就是例证。

陆游《老学庵笔记》中记下了当时的一句俗谚:"苏文熟,吃羊肉;苏文生,吃菜羹。"从另一个层面描写了羊肉之金贵,能熟读文豪苏轼的文章,就可以考中科举做官,还吃得上羊肉;不好好读书,就只能吃菜羹了。这虽然是调侃之语,但民间的俗谚是最直接反映真实社会生活的,羊肉之贵中含着的是家国之痛。

宋末明初的诗人汪元量在他的很多诗作中记录了南宋亡国前后的事情,当时汪元量以宫廷琴师的身份随谢太皇太后北行,"杭州万里到幽州",目睹了南宋奉表降元的悲惨一幕,也亲身经历了三宫北上,写下了《湖州歌九十八首》等具有强烈纪实性的诗歌作品。他在一首诗中描绘了元代皇家宴席的盛大场景,"金盘堆起胡羊肉,御指三千响碧空",还记叙了当时的宫廷饮食"每月支粮万

金盘堆起胡羊肉

石钧,日支羊肉六千斤"。这与南宋时期的羊肉之奢侈形成了鲜明的对比,令人扼腕。

由于元代具有鲜明的游牧民族特色,所以羊肉在元代,尤其是宫廷、贵族食谱中所占的比例就更大了。宫廷太医忽思慧《饮膳正要》记录的元代食谱中,含有羊肉的菜占了80%。忽思慧是位营养学专家,他还认为,羊的不同部位有着不同的补养效果,比如羊头可治骨痨、脑热、头眩;羊心可治忧恚膈气;羊肝可治性冷、肝气虚热;羊血可治妇女中风、血虚;羊肾可补肾虚、益精髓;羊骨可治虚劳、寒中、赢瘦;羊髓可治男女伤中,阴气不足,利血脉、益经气;羊酪可治消渴,补虚乏。他说羊的一身都是好的,唯独羊脑不可多食。

民间传说中,涮羊肉这道现在仍很受欢迎的美食,也是起源于元代。在这个故事里,元世祖忽必烈统帅大军南下远征,正值人困马乏,官兵饥肠辘辘,他特别想念家乡的菜肴清炖羊肉,于是吩咐部下杀羊烧火。正当宰羊割肉时,探马飞奔进帐,报告敌军逼近,饥饿难忍的忽必烈一心等着吃羊肉,他一面下令部队开拔,一面喊:"羊肉!羊肉!"厨师急中生智,飞刀切下片片薄肉,放在沸水里涮几下,待肉色一变,马上捞入碗中,撒下细盐。忽必烈连吃几碗翻身上马率军迎敌,结果旗开得胜。后来宴席时,他便令厨师如法炮制,选绵羊嫩肉切成薄片,沸水中涮熟,再配上各种佐料食用,从此"涮羊肉"就成了宫廷佳肴。

清代钱泳在《履园丛话》里写了一个美食家袁枚的趣事:"一日宴会,家人上羊肉,客有不食者。先生曰:'此物是味中最美,诸公何以不食耶?试看古人造字之由,美字从羊,鲜字从羊,善字

鲜味之美

从羊,羹字从羊,即吉祥字亦从羊,羊即祥也。'满座大笑……"在袁枚心中,羊肉可称得上"味中最美",客人竟然不吃,真是不能理解。袁枚的心思,或许代表了大多数人对羊肉的一种认可,我想,羊肉被推为历代人们心目中的"肉食之珍"应不为过吧。

侍女金盘脍鲤鱼

——由唐代禁食鲤鱼说开去

鲜味之美

洛阳女儿行
唐·王维

洛阳女儿对门居，才可颜容十五余。
良人玉勒乘骢马，侍女金盘鲙鲤鱼。
画阁朱楼尽相望，红桃绿柳垂檐向。
罗帏送上七香车，宝扇迎归九华帐。
狂夫富贵在青春，意气骄奢剧季伦。
自怜碧玉亲教舞，不惜珊瑚持与人。
春窗曙灭九微火，九微片片飞花琐。
戏罢曾无理曲时，妆成只是薰香坐。
城中相识尽繁华，日夜经过赵李家。
谁怜越女颜如玉，贫贱江头自浣纱。

唐朝段成式笔记小说《酉阳杂俎》记载了很多奇奇怪怪的有趣的事情，其中有这么一件，初看也觉得有趣："国朝律，取得鲤鱼即宜放，仍不得吃，号赤鲩公，卖者杖六十，言'鲤'为'李'也。"

说唐朝政府禁止吃鲤鱼，如果不小心从水里打了"赤鲩公"上来，绝对不能吃，要赶紧放生，谁敢贩卖鲤鱼，被官府抓住就要挨六十大板，因为鲤鱼的"鲤"相当于天子的姓氏"李"。

侍女金盘脍鲤鱼

作为一个尝尽各种形式主义之苦的现代人,细想想一点也不有趣,简直有点生气。岂有此理!唐朝的最高统治者姓李,所以老百姓就不能吃鲤鱼了?

除了《酉阳杂俎》外,《旧唐书·玄宗本纪上》及宋人方勺《泊宅编》中均有相关史料:唐玄宗曾两次以政府文件形式下诏"禁断天下采捕鲤鱼"。

这就涉及一个"避讳"的问题了。避讳是中国历史上一种特有的禁忌性习俗,"讳",是指不能直称或直接写出的名字。最初它规定,臣属人子不得直称君父尊长的名字,必须另以其他的字或音替代;其后避讳的范围扩展到政事职官、制度名物、语言文字、社会生活等各个方面。

"避讳"一事不仅覆盖范围广,绵延时间也特别长,《红楼梦》里的林黛玉随家庭教师贾雨村读书时,凡遇"敏"字,皆念作"密"字,写到"敏"字亦必减一两笔,令贾雨村颇为疑惑。后来贾雨村听冷子兴说起林黛玉的母亲"在家时名字唤贾敏",这才恍然大悟——原来她是在"避讳"。

可以说"避讳"这件事有百害而无一利,不仅时人不方便,给后人研究历史也带来很多困难,因为史书上常有因避讳而改易文字的地方,改变姓名、官名、地名、书名、年号等都是常有的,时常导致各种误认。

很好理解,中国古代"君权、父权、夫权"的绝对权威,造成了上上下下心态上的官僚主义,手握权力者认为天经地义,惯于做奴隶的人也觉得理所应当。君权思想让姓李的天子发出了骄傲蛮

鲜味之美

横却实则荒唐的禁令：不得吃鲤鱼！

可是为什么唐人的诗词中，仍然有很多关于鲤鱼，特别是关于吃鲤鱼的诗句呢？

王维《洛阳女儿行》："洛阳女儿对门居，才可颜容十五余。良人玉勒乘骢马，侍女金盘脍鲤鱼。"金盘脍鲤鱼，吃的是鲤鱼做成的生鱼片。

白居易《舟行·江州路上作》也写鲤鱼："船头有行灶，炊稻烹红鲤。饱食起婆娑，盥漱秋江水。平生沧浪意，一旦来游此。何况不失家，舟中载妻子。"这是在船上吃的炖鲤鱼了。

睿宗时代的诗人贺朝也写过："玉盘初鲙鲤，金鼎正烹羊。"玉盘、金鼎，用的都是高档餐具，这样的大菜硬菜，肯定不是一个人偷偷躲起来吃的，必须得是宴请宾客啊，是相当公开的吃法。

除了诗词中的记载，就在记载唐代禁吃鲤鱼一事的《酉阳杂俎》中，也详细介绍了鲤鱼鲙的做法，认为一尺长的鲤鱼或八寸长的鲫鱼是做鲙的首选材料，还要配合精湛的刀工才算完美。

这么看来唐朝人不仅仅是吃鲤鱼的，而且没少吃，吃得少了怎么可能总结出这么细致入微的经验谈，怎么练就这么高超的刀法？没准这条法律也就是规定一下，走个形式而已，没人把这当回事。

是啊，鲤鱼在我国的食用史那么悠久，还有着那么多优点，怎么可能因为这么荒唐的原因，说禁就禁了呢！

鲤鱼生长快，繁衍能力强，分布广泛，不论是在江河湖泊，还是水库池沼都可存活。顽强的生命力使它成为世界上养殖历史最

侍女金盘脍鲤鱼

悠久的鱼类之一,也成为我国养殖最早、最广泛的鱼种。生长快、产量大,耐寒耐碱耐缺氧,很多水域都可以捕捞到野生鲤鱼,作为家鱼也是养殖的好选择。

所以老百姓真捞到鲤鱼,岂有放回去的道理?所以那些"养殖专业户",当真就一条鲤鱼都不养了?不管你信不信,反正我是不信。我们历朝历代勤劳勇敢的吃货老百姓们怎么会被形式主义缚住手脚、锁住美味呢!

鲤鱼在我眼里倒算不上是特别的美味,但要知道自古以来,它有着大批忠实拥趸呢。《诗经·陈风》就有"岂其取妻,必齐之姜;岂其食鱼,必河之鲤"的句子。这句话代表了古人的一种审美判断:娶妻子就要娶山东的高挑美女,吃鱼呢就要吃黄河大鲤鱼。这是对鲤鱼的一种最高赞许了吧。

医学家一般都是营养学家,很懂得吃,南北朝医学家陶弘景说"鲤为诸鱼之长"。北魏《洛阳伽蓝记》说当时"洛鲤伊鲂,贵于牛羊",洛水产的鲤鱼甚至比牛羊价格还贵呢。

唐朝的李贺与天子同姓,他好像也丝毫不记得这些避讳,在诗里面写"郎食鲤鱼尾,妾食猩猩唇"。虽然现在看到"猩猩唇"会觉得很奇怪,但这是有典故的。《吕氏春秋》中有"肉之美者,猩猩之唇"。李贺在诗里把鲤鱼尾与猩猩唇并置,一定也深深赞同鲤鱼是"食之上味"。

其实,不仅唐朝人欢快地吃鲤鱼,此后历朝历代的人们也难抵鲤鱼的诱惑,清代《调鼎集》中记载了诸多鲤鱼食谱:"烧鲤鱼块:切块略腌透,晾干,用醋干烧,加姜米、葱花。……红烧鲤鱼唇尾:江鲤大者,唇、尾煮去骨,入甜酱、酒、姜、葱红烧。……"直到今天,河南、山东等地,糖醋黄河鲤鱼、红烧黄河鲤鱼、鲤鱼焙面等都被当地人尊为名菜。

钗镂银盘盛蛤蜊

——蛤蜊配小酒,自古是良伴

答朝士
唐·贺知章

钑镂银盘盛蛤蜊，镜湖莼菜乱如丝。
乡曲近来佳此味，遮渠不道是吴儿。

蛤，念 gé 的时候指蛤蜊。在中国古代，蛤或蚌泛称具两片相等的壳的软体动物。"蛤蜊"这个名称在生物学上还是有一席之地的，属于软体动物门（Mollusca），双壳纲（Bivalvia），异齿亚纲（Heterodonta），帘蛤目（Veneroida），蛤蜊总科（Mactracea），蛤蜊科（Mactridae）。中国沿海自然分布的蛤蜊科贝类主要有蛤蜊属（Mactra）、獭蛤属（Lutraria）、立蛤属（Meropesta）、勒特蛤属（Raeta）、异心蛤属（Heterocaridia）、尖蛤蜊属（Oxyperas）、波纹蛤属（Raetellops）和光蛤蜊属（Mactrinula）八属三十余种，其中最常见的重要经济种类有三种，即西施舌、四角蛤蜊和中国蛤蜊。

生物学语言总不是那么可爱，可爱的还是躺在菜单里的以下名字：花蛤、毛蛤、文蛤、白蛤、血蛤、鸟贝、蛏子、黄蚬子……在山东胶东半岛部分地区以及大连部分地区将蛤字读成（gá），把蛤蜊读成（gála），听起来格外生动有趣。比如"来盘花 gá"，"你吃不吃毛 gá"，"吃 gála, 哈啤酒"。这是地方方言而并不是多音字。

钑镂银盘盛蛤蜊

其实呢,蛤蜊真正的读音是 gé lí,上古时期,蛤蜊就存在于中国人的食谱中了。《韩非子·五蠹》写,上古时期"民食果蓏蚌蛤,腥臊恶臭而伤腹胃,民多疾病"。上古时期无污染的绿色食品瓜果蚌蛤,原本是多么好的食材,可是生着吃一样会伤身体,直到燧人氏教会大家钻木取火之后,蛤才真正成为一种营养丰富、滋味鲜美,同时又有益健康、广受欢迎的食材。

古人不仅会吃蛤蜊,还总结出了什么样的蛤蜊好吃,在《至正四明续志》中就给出了青蛤"壳口有紫晕者肥美"的"小贴士"。南宋吴自牧的《梦粱录》记载了酒烰鲜蛤、蛤蜊淡菜、米脯鲜蛤、清鲜蛤等多种诱人的蛤蜊菜肴。

那位半夜想吃烤羊腿的宋仁宗是位很会吃的皇帝。据记载,仁宗也很爱吃蛤蜊,但北宋国都在东京汴梁,并不临海,于是需要用快马将蛤蜊运往汴梁,类似"一骑红尘妃子笑"的样子。运输成本提高,价钱自然就高得离谱。《后山谈丛》记载,一年初秋,有人献给宋仁宗一些蛤蜊。这些蛤蜊从远道运到京城,一个价值一千钱。宋仁宗数一数蛤蜊,总共二十八个,不高兴地说:"平常我总是告诫你们要节俭,现在我吃一次蛤蜊,一共要花费二十八千钱,我心里怎么过得去呢?"说罢,宋仁宗放下筷子,再不肯吃蛤蜊,足证宋仁宗之"仁"的一面。

再看看另一个皇帝,隋炀帝。他也特别爱吃蛤蜊。《酉阳杂俎》记载了一段有趣的故事:"隋帝嗜蛤,所食必兼蛤味,逾数千万矣。忽有一蛤,椎击如旧,帝异之,安置几上。乙夜有光,及明,肉自脱,中有一佛二菩萨像。帝悲悔,誓不食蛤。"

隋炀帝原本是蛤蜊爱好者,有点到狂热的地步,在这个敲不开,却自己打开的神奇蛤蜊里看到了佛像和菩萨像,从此"悲悔不已",再也不吃蛤蜊了。

无独有偶,另一位帝王唐文宗也特别爱吃蛤蜊,据《杜阳杂编》记载,唐文宗也曾遇到类似的奇迹,一枚蛤突然自己敞开,"中有二人,形眉端秀,体质悉备,螺髻璎珞,足履菡萏,谓之菩萨"。隋炀帝在蛤蜊中看到佛像,也只是震惊并不再吃了,而唐文宗居然比隋炀帝还过分,以镶金檀香盒盛着这枚蛤蜊,恭谨送往兴善寺供奉,并令天下寺庙铸造观音大士像(《能改斋漫录》)。

南方沿海也确实流传着"蛤蜊观音"的传说。相传,唐文宗爱吃蛤蜊,沿海百姓月月进贡,弄得渔民苦不堪言。为完成进贡蛤蜊数量,常要冒着生命危险下海去捕捞蛤蜊,哪怕台风季节也要照常出海,许多渔船有去无回,致使家破人亡,百姓怨气冲天。观音菩萨知道人间苦难后,便隐身一只五彩大蛤蜊内,刀不能开,摔打不碎。宫廷御厨便拿此蛤蜊觐见文宗,文宗手托蛤蜊,蛤蜊竟慢慢自动打开,还有阵阵仙气飘出,定睛一看,里面竟是一尊珍珠观音宝像。见到蛤蜊内的观音宝像后,文宗大惊之余,忙下旨取消进贡蛤蜊,从此渔民又过上了安生乐业的生活。也许,这承载了百姓渴望取消苛捐杂贡的心声吧。

古人真是挺有趣的,对待蛤蜊的态度也是情态各异:有爱吃但不舍得吃的,有爱吃但吓得不敢吃的,还有爱吃就一定要找个

钑镂银盘盛蛤蜊

无法打败的理由,好尽情吃的。南朝何胤也是个著名的"吃货":"何胤侈于味,食必方丈。后稍欲去其甚者,犹食白鱼、鲻腊、糖蟹。使门人议之,学士钟岏议曰:'鲻之就腊,骤于屈伸,而蟹之将糖,躁扰弥甚。仁人用意,深怀恻怛。至于车螯、母蛎,眉目内阙,惭浑沌之奇;唇吻外缄,非金人之慎。不荣不悴,曾草木之不若;无馨无臭,与瓦砾而何异?故宜长充庖厨,永为口实。'"

何胤饮食奢侈,每顿饭的珍馐能摆满一丈见方的桌面。后来自己也想着要收敛一些,但仍然吃白鱼、鳝鱼干、糖蟹这种珍奇的美味。何胤大概是觉得心里过不去,便和门人商量,看到底哪些可以精简,哪些可以保留。其中学士钟岏发表了一段高论:"鳝鱼被晒成鱼干的时候,痛苦到遽然屈伸;蟹浸在糖里腌渍的时候,难受得挣扎乱动。仁者应心怀恻隐,因此这两种食物不宜再吃。至于蛤蜊、牡蛎之类的东西,没有眉毛眼睛,又一直闭着嘴,它们不懂喜忧,连草木都不如;又没啥气味,与瓦砾没有什么不同。所以啊,蛤蜊这种东西就是应该送到厨房,长久供人吃的。"

这个门人为爱吃的何胤找到了一个完美的理由,真是让人无法反驳啊。这也从侧面反映了蛤蜊确实非常美味,在美食界圈粉无数。

很多诗人都为蛤蜊留下过诗句。贺知章有"钑镂银盘盛蛤蜊,镜湖莼菜乱如丝"的句子,也说明在唐代蛤蜊确实是比较昂贵的食材,被盛放在银盘中以显示"身份"。

古人也爱"吃蛤蜊,喝小酒",皮日休就写过:"何事晚来还欲饮,隔墙闻卖蛤蜊声。"晚上想喝点小酒的时候,正好隔着墙听到卖蛤蜊的叫卖声,你说巧不巧,这下还不得称两斤,来一杯?

唐伯虎也爱这口："蛤蜊上市惊新味，鹈鴂催人再洗杯。"总之，蛤蜊自古就和酒是良伴啦。

宋代的孔武仲在《食蛤蜊呈子骏明叔》一诗里也写到吃蛤蜊喝酒："两君霜夜两相过，有酒无肴争奈何。蛤蜊买得虽不多，百枚包以一枯荷。"三四句真是明白如话，买的不多，一百枚大蛤蜊，一起吃吃吧。味道怎样呢？"天然甘露贮玉窠，不须易牙为调和。"本来就很鲜美，不用多加佐料了。怎么吃呢？"争先贾勇手自拿，莫笑擎盘无翠娥。"吃蛤蜊当然是用手拿着争抢着吃最香了，热热闹闹，哪里还用得着那些雅致的套路？

隔了一年，孔武仲又想起吃蛤蜊了，于是继续吃，继续作诗："去年曾赋蛤蜊篇，旅馆霜高月正圆。旧舍朋从今好在，新时节物故依然。栖身未厌泥沙稳，爽口还充鼎俎鲜。适意四方无不可，若思鲈鲙未应贤。"

关于蛤蜊，还有一个"食蛤"的典故。《南史·王融传》说，王融少年得志，十分自负，有天去拜访大臣王僧佑，遇到了另一位狂士沈昭略。沈昭略向主人打听这是谁家的少年。王融不高兴地说："我就像太阳一样，照耀天下，谁人不知？"沈昭略不想辩论，说："不知许事，且食蛤蜊。"

这里有转移话题、不再争辩的意思，就像我们遇到不想深谈的话题，也会绕过去打岔说："不聊这个了，喝酒喝酒。"同时，"且食蛤蜊"也表现出对这些身外事不想去格外关心。"且食蛤蜊"和现在的"吃瓜群众"一样成为不问世事的著名典故。

宋人丘葵的诗《磊落》就表达了这种"人间不值得，我当个

锬镂银盘盛蛤蜊

吃瓜群众吧"的消极思想。"磊落襟怀人不知,回头堪叹亦堪悲。杯残炙冷穷工部,齿豁头童老退之。十事有九不如意,百年逾八欲何为。早知人世暗如漆,只合灶间食蛤蜊。"

他说:哎,早已知道当今社会黑暗,只适合围着灶火吃蛤蜊啊。

陈寅恪1940年赴重庆参加中央研究院的会议,会后受到蒋介石的接见,事后作了一首诗《庚辰暮春重庆夜宴归作》:"自笑平生畏蜀游,无端乘兴到渝州。千年故垒英雄尽,万里长江日夜流。食蛤哪知天下事,看花愁近最高楼。行都灯火春寒夕,一梦迷离更白头。"

诗中写自己平生畏惧蜀道之难,没想到此次有机会来到重庆。面对千年故垒,万里长江,思慕古代的英雄,感慨抗日期间勇士不在。但作为一介书生又能如何呢?于是陈寅恪自嘲说"食蛤哪知天下事"。但其实心中依然有着看花之愁(花近高楼伤客心),在这万方多难的时刻,我仍然心系家国啊。

稍近虾蟆缘习俗

——蛙肉到底好不好吃

稍近虾蟆缘习俗

闻子由瘦（儋耳至难得肉食）
宋·苏轼

五日一见花猪肉，十日一遇黄鸡粥。
土人顿顿食薯芋，荐以薰鼠烧蝙蝠。
旧闻蜜唧尝呕吐，稍近虾蟆缘习俗。
十年京国厌肥羜，日日蒸花压红玉。
从来此腹负将军，今者固宜安脱粟。
【俗谚云：大将军食饱扪腹而叹曰：我不负汝。左右曰：将军固不负此腹，此腹负将军，未尝出少智虑也。】
人言天下无正味，蝍蛆未遽贤麋鹿。
海康别驾复何为，帽宽带落惊僮仆。
相看会作两臞仙，还乡定可骑黄鹄。

这天买了几只牛蛙，回家美滋滋地吃了一顿香辣牛蛙，忍不住想写写关于蛙的餐桌故事。

现在餐饮体系中常吃的蛙类叫作牛蛙，牛蛙原产于北美，因鸣叫声洪亮酷似牛叫而得名。1959 年，牛蛙从古巴引入我国，20 世纪 90 年代左右开始在我国被大范围推广养殖。近年来，牛蛙已成为我国水产养殖的重要水产品之一，价格也越来越平易近人，真是大众喜闻乐见的事情啊。

牛蛙在现代中国人的饮食体系中,早已不是什么奇怪的东西了,因为已经大规模推广养殖,而且低脂肪高蛋白,是比较健康的肉食,关键是没有腥膻气味,肉质细嫩,容易入味,口感味道都很好。

蛙类的食用,其实是历史很悠久的事情了。《周礼》有"蝈氏"的职官名,东汉郑玄作注的时候,是这么说的:"蝈,今御所食蛙也。"说明汉代的天子也是吃蛙的。《汉书·东方朔传》记长安"水多蛙鱼,贫者得以人给家足",贫穷人家更是将蛙肉当作天赐的恩物了吧。

宋代皇室也吃蛙,南宋陈世崇《随隐漫录》记载,司膳内人所书"上每日赐太子玉食批",也就是御厨记载的皇帝赐给太子的菜单,其中有一道"糊炒田鸡"。明朝刘若愚《酌中志》记载了明熹宗特别喜欢吃的东西:"先帝最喜用炙蛤蜊、炒鲜虾、田鸡腿及笋鸡脯,又海参、鳆鱼、鲨鱼筋、肥鸡、猪蹄筋共烩一处,恒喜用焉。"这里面就有田鸡腿。

虽然一直有很多人爱吃蛙,但奇怪的是蛙在古代饮食体系中一直不算是"主流",很多人仍觉得这算是怪异的吃法,甚至难以下口。《抱朴子·官理》里记了这么一句,"越人弃八珍而甘蛙黾",越人放着好东西不吃,要去吃蛙,在葛洪看来不容易理解。

北宋李或《萍州可谈》记载,"闽、浙人食蛙","中州人每笑东南食蛙"。李时珍《本草纲目·虫四·蛙》记载:"蛙好鸣,其声自呼,南人食之,呼为田鸡,云肉味如鸡也。"说明古代南方

稍近虾蟆缘习俗

人是比较爱吃蛙的，皇室喜欢吃什么都不难弄到，但普通北方人可能有点不习惯了。

苏轼被贬儋州时，在给弟弟子由的一封信里写了一首诗，写自己在儋州很少吃到肉食。其中有两句："土人顿顿食薯芋，荐以薰鼠烧蝙蝠。旧闻蜜唧尝呕吐，稍近虾蟆缘习俗。"

他跟弟弟说，自己在儋州的生活非常艰苦，当地人顿顿吃山药一类的块茎食物，偶尔吃点薰鼠、蝙蝠什么的，自己开始听到"蜜唧"这东西的时候都会呕吐，现在好些了，连虾蟆（蛙类）也可以稍微吃得下去了。

传说蜜唧是一种还没有睁眼的身上无毛的小鼠，以蜜喂养，吃时唧唧作响，故名蜜唧，岭南人以为佳品。苏轼开始听到这种吃法的时候恶心得想吐，是十分可以理解的，至于蛙肉是美味还是难以下咽，就见仁见智了。

北宋的梅尧臣卸任浙江建德县知县时，好友范仲淹任饶州知州，邀梅尧臣一同游庐山，在范仲淹款待梅尧臣的酒宴上，有一位来自江南的客人绘声绘色地讲起河豚如何味美，引起范仲淹的极大兴趣。但梅尧臣认为，为了享用河豚这道美味，竟要冒生命危险，是不值得的，当场就要辩论一番，于是即席赋诗一首，劝范仲淹不要冒险品尝河豚。

其中有一句是拿诗人柳宗元出来举例说事，写柳宗元被贬柳州后生活的情景："子厚居柳州，而甘食虾蟆。"他说吃蛇和吃蛙一样，虽然食物面目难看，但总不像有毒的河豚一样对性命有妨碍，但一个"甘"字仍能看出梅尧臣对吃蛙是不理解不赞同的。

其实柳宗元也很委屈啊，柳宗元是河东人，也就是现在的山西运城一带，应该不是自年少就吃得惯蛙肉的，但当时被贬到柳州——唐代的岭南可是极其荒凉、物质条件极差的——想必也是没有办法，才入乡随俗地吃起了蛙肉。

当时，韩愈也被贬谪到岭南，在潮州做官，与柳宗元算是同病相怜。柳宗元大概是曾与韩愈通过书信互相安慰，并且交流过吃蛙的体验吧，于是有次韩愈给柳宗元写了一首诗，叫作《答柳柳州食虾蟆》，也介绍了自己从"余初不下喉"，到后来"近亦能稍稍"的体验。看来当时的柳宗元已经比较爱吃蛙了，韩愈在诗中有点不解地问老友："而君复何为，甘食比豢豹？"

并不是所有唐人都视蛙为奇怪的食材，韦巨源《食单》记载了他于景龙年间官拜尚书令，在自己的家中设"烧尾宴"请唐中宗吃饭的菜单，其中有道菜叫作"雪婴儿"，制法为取青蛙剥皮去脏腑，整只裹以豆粉烹熟，因其裹粉色白，状如婴儿，故名。看来蛙是唐代的贵族和天子都吃的东西啊，不过古人起的这个菜名有点恐怖了。

确实啊，好多事不能细想……据说南宋时禁食青蛙，原因除了因为蛙是吃害虫的有益动物，还有一个原因，就是宋高宗的皇后宪圣皇后觉得青蛙太像人，不仅自己不忍心吃，还赞成宋高宗下令禁止吃青蛙。

然而，禁令归禁令，还是不能阻止爱吃的人们。当时有些人将冬瓜掏空，将青蛙放在里面，送到嗜食青蛙的人的家门口，表面上称"送冬瓜"，实际上是送田鸡。

稍近虾蟆缘习俗

说起吃，一定少不了袁枚，他的《随园食单》也是少不了蛙的。其中"水鸡"一则就是写青蛙的做法："水鸡去身用腿，先用油灼之，加秋油、甜酒、瓜、姜起锅。或拆肉炒之，味与鸡相似。"

当然，古代人吃的都是学名"黑斑侧褶蛙"的青蛙了，而且当时没有大规模人工养殖的手段，都是野生的，可能带有很多寄生虫和病菌。如今的青蛙是国家保护动物，人们更是不能捕杀和食用野生青蛙了。

但人工养殖的牛蛙不一样啦。2020年3月5日，国务院联防联控机制召开新闻发布会，介绍春季农业生产工作情况。农业农村部渔业渔政管理局局长张显良表示，陆生和水生之间的两栖爬行动物，如龟鳖类和蛙类，根据协商，明确由农业农村部按照水生动物管理。包括中华鳖、乌龟在内的绝大多数龟鳖，以及蛙类中的牛蛙和美国青蛙，可以养殖食用。

牛蛙养殖户、牛蛙锅餐馆、广大牛蛙爱好者们长吁一口气：太好了，我们可以继续愉快地吃牛蛙了。

李贺有诗曰："食熊则肥，食蛙则瘦。"让我们以科学精神"曲解"一下：牛蛙是低脂的优质蛋白，减肥人士可以尽情吃，吃了会瘦的。那还等什么，吃起来吧。

五谷丰登

面脆油香新出炉

——以胡饼为代表的饼食

面脆油香新出炉

寄胡饼与杨万州
唐·白居易

胡麻饼样学京都,面脆油香新出炉。
寄与饥馋杨大使,尝看得似辅兴无?

读古人诗,往往能在诗中发现些特别幸福的人,这些幸福的人都来自诗歌中那些温暖而感动的时分。比如白居易《寄胡饼与杨万州》一诗中的"杨万州"杨归厚,就是位幸福的、被挂念的人。元和十四年(公元819年),白居易离开江州到忠州任刺史,这期间他经常与万州刺史杨归厚书信往来,以诗传递友情——或许是因为二人都曾在长安做官的缘故,他们是比较有共同话语的朋友。这天白居易在忠州看到了市面售卖的胡饼,是模仿京都长安的样式做的,于是寄了一些给杨归厚,请他尝尝看,还不忘调侃下老友:请又饿又馋的杨大使尝尝看,这胡麻饼和京都辅兴坊买的胡麻饼比怎样啊?

这首诗不但人情味十足,而且"面脆油香新出炉"一句堪称描写食物的佳句——口感、味道、温度——食物美味的三大要素融汇在短短七个字中,表皮金黄、口感酥脆、香气扑鼻的胡饼从诗句中浮凸出来,热腾腾地引逗着人们的食欲。

五谷丰登

小麦很早以来就是我国重要的粮食作物,考古学家陈星灿先生认为,作为主食的小麦在中国的西部、中部、东部都有着差不多4500年到5000年的历史。考古成果表明,中国大约在战国时期就已经有了石磨,陕西临潼郑庄秦石料加工场遗址曾经出土了战国晚期的石磨一具。智慧的古人很早就懂得将小麦磨成面粉,便于消化吸收,也能制作出口感丰富的多样化食物,满足口腹之欲。

最早的时候,古人将所有面粉制品统称为"饼",汉代刘熙《释名·释饮食》中记载:"饼,并也,溲面使合并也。胡饼,作之大漫沍也,亦言以胡麻着上也。蒸饼、汤饼、蝎饼、髓饼、金饼、索饼之属,皆随形而名之也。"晋代束皙作有《饼赋》一文,里面写到了用面粉制作饼的工艺"重罗之面,尘飞雪白","面弥离于指端,手萦回而交错,纷纷驳驳,星分雹落,笼无迸肉,饼无流面"。

北魏贾思勰所著的《齐民要术》中,记载了二十多种饼食的制作方法,其中"髓饼"一条,也是非常诱人的:"以髓脂、蜜合和面,厚四五分,广六七寸,便着胡饼炉中,令熟。勿令反覆,饼肥美,可经久。"

有意思的是,《齐民要术》中还有一条目,名曰"胡饭",虽然名为"饭",实际也是一种"胡饼",和现在的大饼卷肉很像,用腌好的酸酱瓜、烤熟的肥肉,配上些生杂菜迅速卷在饼里,卷好后切成不超过两寸的小段,再蘸着胡芹和醋调成的料汁食用——酸黄瓜、烤肉、生菜、卷饼,加上"沙拉酱",古人接触"西方"食品,可比我们想象的早多了。

没错,胡饼确实是"西方"食品——西域传来的饼食。中国古代对北方边地及西域各民族人民一概称呼为"胡人",泛指外族

面脆油香新出炉

人或者外国人。通过西域传来的作物命名为"胡麻""胡桃""胡椒""胡萝卜",等等,外国食品通称为"胡食",包括"胡饼",等等。

唐代僧人慧琳在《一切经音义》中提及,"饆饠、烧饼、胡饼等皆为胡食,由西域胡人传入"。《梦溪笔谈》说"胡麻直是今油麻(芝麻)……"由于芝麻得自西域,汉唐时期人们称之为胡麻,胡麻饼就是沾有芝麻的饼。由于古代交通不甚便利,而白居易将胡麻饼寄给杨万州,似乎并不担心食物腐坏的问题,且胡饼本来就是西域传来的食物,推测这款胡麻饼应该和如今新疆地区常吃的馕类似,属于比较耐保存的饼食。

胡饼在唐代非常流行,但并不是唐代时才传入的。胡饼大约是汉代张骞通西域时传入中原的,汉代市面上已经有售卖胡饼的商铺。汉宣帝刘询少年时名叫刘病已,因为历史上著名的政治事件"巫蛊之祸",幼年时含冤入狱,少年时流落民间。"年长后喜游侠,遍历关中"。据记载,宣帝在落难的时候常常去饼店买饼,《汉书·宣帝纪》记载:"每买饼,所从买家辄大雠,亦以自怪。"最神奇的是,他每到一家饼店买饼之后,这家饼店的生意就立马变得红火起来,门庭若市,连他自己都感到奇怪。

宋代蔡京之子蔡绦所作的《铁围山丛谈》一书,就记载有西汉宣帝买饼事迹:"汉宣帝在厌微,有售饼之异,见于《汉书》纪,至今凡千百岁,而关中饼师每图宣帝像于肆中,今殆成俗。"由于传说中汉宣帝对胡饼的"带货能力"特别强,千百年后,他竟变成了饼铺这一行业共同敬奉的"饼师神"了。

五谷丰登

东汉的一位皇帝汉灵帝也是胡饼的忠实粉丝，他贵为天子而喜欢民间美食，造成了很强的带动效应，《续汉书》记载"灵帝好胡饼，京师皆食胡饼"。在当时的东京洛阳，胡饼因为皇帝的喜爱，成为风靡一时的食品，达官贵族们都要吃一吃胡饼才能显示跟得上潮流。胡饼吃得多了，总能悟出些门道，学会点窍门，掌握一门制作胡饼的手艺，在人不走运的时候也能派上点用场。东汉末年的学者、画家赵岐因为得罪宦官，曾经出走逃难，《后汉书·赵岐传》记载，他"自匿姓名，卖饼北海市中"。

隋唐五代时期，随着商业的繁荣发展、民族交往的增多，更多的西域食材、食品和烹饪手法传至中原，面点的花样也就更多了。单单一个胡饼，就发展出了很多不同的做法。有蒸的，也有烤的，还有煎的。烤制的胡饼这一类，有放在胡饼炉中烤的，也有放在地坑里烤的，还有放在鏊子里烤的。有原味的，也有甜的、咸的各种口味的；有带馅的，也有不带馅的……

还有把馅放在饼上面的。唐代的有钱人流行吃一种豪华版的"胡饼 plus"，叫作"古楼子"。《唐语林》中写到过这种豪华的胡饼："时豪家食次，起羊肉一斤，层布于巨胡饼，隔中以椒、豉，润以酥，入炉迫之，候肉半熟食之，呼为'古楼子'。"拿一斤羊肉，在大个儿的胡饼上层层码起来，撒上椒豉等配料，抹上酥油，放在炉中烤至羊肉半熟后拿出就可食用了。此种烹饪方法，与如今风靡全球的西方美食"Pizza"异曲同工。

唐代各民族广泛交流融合，这一时期各色"胡食"非常受追捧。皮日休在给好友陆龟蒙的诗中写过"胡饼蒸其熟，貊盘举尤轻"。"貊盘"是西域貊族的食器，貊族人食用的"貊炙"也就是烤肉，那时已经风靡中原了。这里提到的胡饼,就是蒸制的品类。

唐朝人有多喜欢吃胡饼呢?唐代韦绚的《刘宾客嘉话录》里全是刘禹锡侃大山的实录,里面记载了一位位高权重的宰相刘晏吃胡饼的故事:"五鼓入朝,时寒,中路见卖蒸胡之处,热气腾辉,使人买之,以袍袖包裙帽底啖之,且谓同列曰:'美不可言,美不可言。'"

刘晏是何等人物呢?他可是被写在《三字经》里作为历代读书人楷模的神童。"唐刘晏,方七岁。举神童,作正字。晏虽幼,身已仕。有为者,亦若是。"刘晏很小的时候就被称为神童,年少入仕,平步青云,担任过吏部尚书、同平章事等官职,最高做到尚书左仆射,是名副其实的大唐宰相。

就是这么一个高级官员,难以在众人面前掩饰他对胡饼这种市井小吃的热爱。唐代上朝的时间是五更,也就是凌晨三到五点之间,这天他一大早就要去上朝,天气很冷,路上闻到了蒸胡饼热腾腾的香气,饥馋难忍。考虑到自己的身份,不方便亲自下车去买,于是派人去买了一个,刚刚蒸好的胡饼热腾腾地烫手,只好就用袖子包起来大嚼,还不忘点评一下,对一起等着上朝的同僚们赞叹说,真是太好吃了,美不可言啊!

在早朝路上买一个热气腾腾的蒸胡饼,揣在袖子里边走边吃,津津有味,连一人之下万人之上的宰相都难以抗拒,可见唐代市面上售卖的胡饼一定是很美味的,更不用说老百姓该有多喜欢了。日本和尚圆仁在长安时曾亲眼见证了胡饼的风靡:"立春节,赐胡饼、寺粥。时行胡饼,俗家亦然。"

胡饼曾救过唐玄宗的性命。《资治通鉴》记载,安史之乱,

五谷丰登

玄宗西幸,仓皇路途,至咸阳集贤宫,无可果腹,"日向中,上犹未食,杨国忠自市胡饼以献"。胡饼还保障了鉴真和尚在茫茫大海上行船的时候,有充足的食物补给。据记载,鉴真和尚东渡日本带了胡饼两车,这么巨量的胡饼想必也是"基本款"的,类似今天的馕,这样才能方便保存吧。

一种食物传到一个地方久了,就会不断被改良,既应和着一时的美食风尚,也逐渐向着大家更乐于接受的方向发展。我们都知道宋代的美食已经发展到了一个新的高峰,胡饼这种被人们喜爱的食物不仅没有消失,还发展出了各种新花样。孟元老在《东京梦华录》中写到当时开封府饼店各种花样翻新的胡饼名目:"胡饼店即卖门油、菊花、宽焦、侧厚、油碢、髓饼、新样满麻。"不只有这些,还有什么"猪胰胡饼""白肉胡饼",胡饼不再仅仅和西域人喜欢的羊肉固定搭配,也有了各种中原人民喜欢的馅,中西结合的味道越来越浓厚了。

那些胡饼店的规模也真不小,"唯武成王庙前海州张家、皇建院前郑家最盛,每家有五十余炉"。张家胡饼店、郑家胡饼店,每家有五十多个炉子。"每案用三五人擀剂卓花入炉,自五更卓案之声远近相闻",其规模之大、场面之盛可见一斑。

宋代以后,蒸饼、汤饼等逐渐发展演变,并有了自己新的名称,比如"包子""馒头""馄饨"等面食名字也已经出现并逐渐固定。"饼"这个字也越来越向着现代意义发展,元代已经有了酥蜜饼、肉油饼、烧饼等不同的名称,区分着不同的做法。元、明之后,胡饼的名字已经不多见,而各种"烧饼"的名目日渐增多,直至今日。

面脆油香新出炉

要想吃到最接近白居易寄给杨万州的胡饼,有个好办法。在古代交通那么不便利的条件下,白居易似乎完全不怕胡饼寄到朋友那里会变质,说明这种胡饼一定是水分较少,很耐储存的。加上脆脆的口感、洒满芝麻的外壳……这不就是今天仍能经常吃到的馕吗?没错,1972 年,考古工作者在阿斯塔那唐墓中发现了一个直径 19.5 厘米的馕。馕呈圆形,出土时碎为 12 块,土黄色,已经脱水干化。其原料为小麦粉,是在馕坑中烤制而成的。它中心薄、边缘厚,中央戳有花纹,与现在维吾尔族家庭日常所吃的馕没有什么区别。

我们也可以去买上两个刚烤好,还热气腾腾的馕,品尝一下大唐流行的味道,也顺便体验一下杨万州的幸福。

雕胡饭熟醍醐软
——从餐桌上渐渐消失的菰米

雕胡饭熟醍醐软

鲁望以躬掇野蔬兼示雅什,用以酬谢
唐·皮日休

杖摘春烟暖向阳,烦君为我致盈筐。
深挑乍见牛唇液,细掐徐闻鼠耳香。
紫甲采从泉脉畔,翠牙搜自石根傍。
雕胡饭熟醍醐软,不是高人不合尝。

春天的阳光甚是温暖,皮日休也收到了朋友带来的礼物和春意——各种亲手采集的野菜,为诗人的餐桌增加了绿色和野趣。在皮日休这首诗中,除了细致地描写了各种野菜之外,还写到一种饭食——"雕胡饭熟醍醐软"。每次读到这句时,似乎能感到谷物的喷香和暖意扑面而来,忍不住也想尝一尝,然而皮日休格外珍视这种食物,他话锋一转,说"不是高人不合尝"。

被诗人如此珍视的"雕胡饭"到底是一种什么饭呢?

欲知雕胡饭,先问雕胡米。雕胡米,又叫作菰米,也就是植物菰的籽实。李时珍《本草纲目》引苏颂的解释:"菰生水中,叶如蒲苇。其苗有茎梗者,谓之菰蒋草。至秋结实,乃雕胡米也。古人以为美馔。今饥岁,人犹采以当粮。"关于"雕胡"这个名字的由来，李时珍这样说："菰本作苽，芰草也。其中生菌如瓜形，可食，故谓之苽。其米须霜雕时采之，故谓之雕苽，或讹为雕胡。"他认为雕胡是"凋菰"一词讹传而成。

也有人持不同的观点。游修龄曾撰文考证"雕胡"即"雕苽"，因为胡和苽同音，可以互用。雕是杂食的猛禽，也喜食菰米，故菰被称为雕苽（雕胡）。他用类比推理的方式，举例说《管子·地员篇》称菰米为"雁膳，黑实"，说菰米是雁很喜欢的谷物，子实为黑色。可以看出"雁膳"和"雕胡（苽）"是同样的命名方式。而且菰米在秋天成熟时，正是候鸟鸿雁之类从西伯利亚南下到长江流域越冬的天然的极富营养的食物。不管怎么样，这个名字流传下来了，一直沿用，《西京杂记》中也记载："菰之有米者，长安人谓之雕胡。"

菰是多年水生禾本科植物，是稻的近属，生长在浅水湖泊沼泽中。菰的叶子形如蒲苇，开淡色小花，也会抽出"稻穗"，每年秋季结出黑褐色、细长约寸许的籽实，就是菰米了。菰米在秋季是分批成熟的，籽实比较容易脱落，基本是"熟一粒掉一粒"，水边的居民随吃随采比较方便，但这些特性对大规模人工栽培来讲就是比较大的障碍了。

不过，在古代农业生产水平低下的情况下，不用耕种就能够有稳定收获的野生雕胡米受到人们特别的重视——野生的植物能够提供优质的淀粉，对先民来说已经是大自然的一笔恩赐了。中国的古人很早就采集和食用菰米，算起来应有几千年的食用历史了。《周礼·天官·膳夫》就有对菰米的记载："凡王之馈，食用六谷，

雕胡饭熟醍醐软

膳用六牲,饮用六清,羞用百二十品。"东汉郑玄注"六谷:稌、黍、稷、粱、麦、苽。苽,雕胡也"。我们现在常说"五谷杂粮",周人的"六谷"比我们多出来的那一种就是苽米。既然被列为"六谷"之一,说明周人已经将苽米作为一种重要的主食了。

现在的浙江湖州市,古称"菰城"。战国四公子之一的春申君黄歇,在楚考烈王十五年(公元前248年)在其封地内筑菰城县,菰城即是因为城西溪泽畔生长着茂密的菰草而得名。楚国大夫宋玉也曾经在《讽赋》中写,士人之女"炊雕胡之饭,烹露葵之羹"招待他。由此可知,战国时期菰米仍是中国南方人们常食的主粮之一。

菰米的食用方法与稻米基本一样,可以单独蒸煮或者与稻米掺合起来蒸煮为饭,叫作"菰米饭"或"雕胡饭",也可以和稻米、粟米等其他谷物一起煮粥吃。北魏贾思勰《齐民要术》中,就有作"菰米饭法":"菰谷盛韦囊中,捣瓷器为屑,勿令作末,内韦囊中令满,板上揉之取米。一作可用升半,炊如稻米。"煮菰米饭与煮稻米饭基本相同,只是将菰谷加工成菰米时却得费一番功夫:先将菰的谷实盛在牛皮袋里,再将碎瓷片放入皮袋里装满,将皮袋放在木板上揉搓,就可以去掉谷壳,得到菰米,拿来煮饭吃。

菰米又可以作羹,梁代沈约作有《咏菰》一诗,诗中称赞道:"匹彼露葵羹,可以留上客。"盛赞菰米羹可与露葵羹相媲美,可以用来招待上宾。菰米还可以做成饼食,左思《吴都赋》说"菰穗雕胡,菰子作饼",南朝陶弘景说"雕胡可作饼食",鉴于古人将一切面粉加水调和后制作成的食物都称为"饼",这里推测也可

· 107 ·

五谷丰登

能是将菰米磨粉后做成某种食品。

古人对食材搭配很是讲究,不仅仅是为了口味或营养,更多时候是礼制的外在体现,孔夫子都讲过,"不得其酱,不食"嘛。《周礼·天官》怎么规定菰米应搭配的食材呢?"凡会膳食之宜,牛宜稌,羊宜黍,豕宜稷,犬宜粱,雁宜麦,鱼宜菰",认为菰米要与鱼类搭配食用。《礼记·内则》说"苽食雉羹",是说菰米饭适合与野鸡羹搭配着吃。

虞世南在他编纂的《北堂书钞》中辑录了东汉刘梁《七举》的文字"菰粱之饭,入口丛流,送以熊蹯,咽以豹胎"之句。刘梁认为,雕胡饭需要什么样的食物来搭配呢?要用熊掌、豹胎来配它。这就把菰米这种食材放在了一个非常高的位置。三国时曹植在《七启》中开列了一组名贵的"菜单",其中自然也少不了菰米,开头第一句就是"芳菰精粺,霜蓄露葵",都是极精美芳馨的食物。张衡的《七辩》中也提到"会稽之菰",他认为这和"冀野之粱"都是非常"灼烁芳香"的食物,属于"滋味之丽也"。——历代名士都给了菰米那么高的评价,难怪皮日休说"不是高人不合尝"了。

如此被珍视的雕胡米是什么味道和口感呢?它有个最大的特点就是"滑"。《山家清供》的作者林洪说它"造饭既香而滑",这和杜甫诗句中所谓"滑忆雕胡饭,香闻锦带羹"的描述是一致的。陆游诗中的菰米之"滑"似乎更加诱人——"馋爱流匙菰米滑"。

西汉枚乘《七发》说:"楚苗之食,安胡之饭,抟之不解,一啜而散。""安胡"即雕胡,抟是把东西用手揉按成团,"一啜

雕胡饭熟醍醐软

而散"也证明了雕胡饭"滑"的质感。李时珍对菰米饭口感的描述比较有意思:"作饭香脆。"其实,这是因为菰米外表有一层黑灰色的外皮,这层外皮煮熟后口感是脆的,内部则柔软香滑。

菰本来是野生的,大约在汉代开始人工栽培。汉代的刘歆在《西京杂记》中记载了这样一个故事:"会稽人顾翱,少失父,事母至孝。母好食雕胡饭,常帅子女躬自采撷。还家,导水凿川自种,供养每有赢储。"会稽有个人叫顾翱,自幼丧父,侍奉母亲十分孝顺。他的母亲喜欢吃雕胡饭,于是顾翱就常常率一帮子女到处采集菰米。后来索性自己动手引水凿渠,亲自种植菰米,采收存储起来以便供养母亲。

《西京杂记》所记载的顾翱的事迹,是人工栽培雕胡的最早记录。六朝到隋唐,南方人口迅速增长,对粮食的需求也大大增加,这种几乎不需任何投资的粮食资源受到越来越多的重视,汉唐时期成为历史上食用雕胡米最兴盛的时期。

有唐一代的诗词,吟咏雕胡饭(或曰菰米饭)的特别多。唐代的那些诗人们,好像没有哪个不喜欢吃雕胡饭的。王维对雕胡饭有着极大的热情,他从早餐起就吃雕胡饭,"雕胡先晨炊,庖脍亦云至";热爱佛理的他去感化寺游玩,也要吃一餐雕胡饭,"香饭青菰米,嘉蔬绿芋羹";到了晚上置酒请朋友的时候,仍然少不了雕胡饭,"琥珀酒兮雕胡饭,君不御兮日将晚"。

唐朝人是怎么吃菰米的呢?也可以从唐人诗句中一窥究竟。除了做主食外,菰米还可以做成甜点。韩翃有诗句曰"楚酪沃雕胡",是用乳酪浇在雕胡饭上面一起吃;王维也有"蔗浆菰米饭",

· 109 ·

就是将清甜的甘蔗汁浇在菰米饭中食用,这些都是甜食了。美味的菰米饭也常常被唐人当作待客佳品,皮日休的好友陆龟蒙《大堤》诗中有云:"请君留上客,容妾荐雕胡。"

关于雕胡饭,以豪迈奔放著称的诗人李白却有着一段温柔记忆,而且久久不能忘怀。

五松山在今天的安徽铜陵,有年秋天,李白带着寂寥心绪出游,借宿在五松山下一位姓荀的老妇人家里。农家生活是劳碌而寒素的,但荀大娘还是舂米煮饭,给李白准备了一顿雕胡饭。颗颗晶莹的雕胡米,洁净的盘子上如水的月光,都让他感动着。也许当时的李白也处在落拓不得志的时候吧,他想起了韩信年少家贫,受餐于漂母的故事,再三辞谢,实在不忍心享用这一顿美餐。多年以后他写下《宿五松山下荀媪家》一诗,追忆那难忘的一夜:"我宿五松下,寂寥无所欢。田家秋作苦,邻女夜舂寒。跪进雕胡饭,月光明素盘。令人惭漂母,三谢不能餐。"这个时刻或许是我们能在诗中看到的,一生洒脱不羁的李白内心最柔软的瞬间。

宋代诗人陆游也喜欢早餐吃菰米饭,而且好像饭量还不小:"二升菰米晨炊饭,一碗松灯夜读书","一枕蘋风午醉,二升菰米晨炊"。

翻检历代诗词,宋以前的诗里面常常见到"雕胡""菰米"的影迹,自元以后就越来越少,到清代几乎没有人吟咏这种食物了,这种饭更是不出现在我们现代人的日常食谱中。古代诗文中那么常见,且那么诱人的"雕胡"和"菰米",却神奇地从现代人的食谱和语汇中消失了,这是为什么呢?

雕胡饭熟醍醐软

这是一个人为选择的问题。人们发现有些菰在生长过程中感染了菰黑粉菌病，这种病菌能分泌出一种"异生长素"，使之不能开花结果，茎节细胞因此加速分裂，并将养分集中起来，形成肥大的纺锤形肉质茎，这就是我们今天常见的蔬菜茭白。当然古人当时并不能完全弄清楚这些科学原理，他们只是发现这种肉质茎肥嫩洁白，外表有点像竹笋，于是尝试着去烹饪食用，果真很美味。

有学者研究，古人把茭白当作蔬菜来收割、入菜的时间，大约在秦汉时期，因为这一时期的文献《尔雅》上注："蘧蔬，似土菌，生菰草中，今江东啖之，甜滑。""蘧蔬"，据南宋罗愿所著《尔雅翼》解释道："又菰中生菌如小儿臂，《尔雅》谓之蘧蔬者。"

古人虽然早已发现这种感染菰黑粉菌形成的茭白可以食用，但一开始也只是采集现成的茭白，数量有限。由于茭白滋味鲜美，口感爽脆，身价迅速高过菰米，而且菰米本就难以采收，不适宜种植，所以大约自宋朝起，人们开始有意引入黑粉菌让菰长出肥硕的茭白，但因被黑粉菌感染的茭白不会再结实，就不会再产出菰米了。

至于那些野生的菰米呢，自唐宋以后，南方人口激增，需要发达的农业提供粮食，于是人们到处在湖泊边缘围湖垦田，大量的野生菰被清除用于种植水稻，稻米产量大增的同时，生长菰的浅水沼泽越来越少，可供采集的菰米也越来越少，现在，中国几乎很少有菰米出产了。目前，全球菰米的主产区是北美地区，占全球产量的90%之多。对现代人来说，菰米恐怕就更值得珍惜了。如今，想吃到古人的味道，只有去买那种商品名为"苏必利尔野米"的昂贵的北美菰米来尝了。

 五谷丰登

  此消彼长,有舍有得。经过人们的选择,美味的雕胡饭,已经彻底从我们的日常食谱里消失,而我们的餐桌上,从此多了一道脆爽可口的蔬菜茭白。到底应该庆幸呢,还是该叹息?

传得淮南术最佳

——豆腐,最中国的食物

五谷丰登

咏豆腐诗
明·苏平

传得淮南术最佳,皮肤褪尽见精华。
一轮磨上流琼液,百沸汤中滚雪花。
瓦缶浸来蟾有影,金刀剖破玉无瑕。
个中滋味谁知得,多在僧家与道家。

不看诗题的话,能猜到这首诗在描写哪种食物吗?

假如对食物的制作工艺稍微有些了解,恐怕不难猜出这首诗所写的是中国人发明的食物——豆腐,"一轮磨上流琼液,百沸汤中滚雪花"两句,已经很精确地写出了豆腐的制作方法:磨浆、煮浆、点卤,豆腐花就形成了。"瓦缶浸来蟾有影,金刀剖破玉无瑕"两句,则写出了豆腐的保存方式和形态特征,末句则说,这种美味的食物多为僧道所喜爱,是素斋的主要原料。

当然,如果对历史掌故多一点了解,会更容易看出,首句中"淮南术"三个字已经点出了诗题。豆腐是中国古人发明的,这点毋庸置疑,关于豆腐的起源,说法很多,流传最广的一种说豆腐是由汉高祖刘邦的孙子——淮南王刘安发明的。

民间传说中,淮南王刘安喜好黄老之术,招募许多方士在寿县八公山炼丹,没想到丹没炼成,却歪打正着在炼丹过程中发明了豆腐。南北朝梁谢绰所著的《宋拾遗录》说:"豆腐之术,三代前后末闻此物,至汉淮南王刘安始传其术于世。"明代的罗颀在《物源》中说,他所亲见的西汉古籍中有"刘安做豆腐"的文字。与他同时代的名医李时珍,想必认同这种说法,在《本草纲目》中也写道:"豆腐之法,始于汉淮南王刘安。凡黑豆、黄豆及白豆、泥豆、豌豆、绿豆之类,皆可为之。"

南宋大学问家朱熹对这一说法的流传应该是起了很大作用的,朱熹在《次刘秀野蔬食十三诗韵》组诗中专门写过一首《豆腐》:"种豆豆苗稀,力竭心已腐。早知淮王术,安坐获泉布。"他在诗题自注"世传豆腐本乃淮南王术"。由于朱熹在后世被捧到很高的地位,他所说的话被更多的人相信和传播下去。有趣的是,虽然曾专门写诗吟咏这种食物,朱熹本人却并不吃豆腐。

清人梁章钜在《归田琐记》中记载了朱熹不吃豆腐的原因:"相传朱子不食豆腐,以谓初造豆腐时,用豆若干、水若干、杂料若干,合秤之,共重若干;及造成,往往溢于原秤之数,格其理而不得,故不食。"最爱"格物致知"的朱老夫子为啥不吃豆腐呢?他是这么说的,因为造豆腐的时候,需要若干水,若干大豆,若干杂料,把这些原料放在一起称一下,共有若干重量。等拿这些东西造出豆腐来,豆腐竟然比原料还重。多出来的重量是哪来的?太古怪了,太不符合常理了,于是朱老夫子决定:坚决不吃豆腐!

现存典籍史料中并没有明确记载来验证豆腐是淮南王刘安发明的,很多学者也对淮南王发明豆腐的说法表示怀疑。大部分学者倾向于根据现有的文献记载,推断豆腐大约是在唐中期到五代之前出现的。目前我们能看到的文献中,最早的关于豆腐的记载见于五代时期陶谷的《清异录》:"时戢为青阳丞,洁己勤民,肉味不给,日市豆腐数个,邑人呼豆腐为'小宰羊'。"

这一记载说明,五代时,豆腐已经在皖南一带的市场上作为商品售卖,并且价格应该也不贵,属于清廉的官吏和老百姓普遍可以吃得起的便宜食物。此外,人们似乎还很了解豆腐的营养价值,认为它可作营养丰富的肉类替代品,将其称为"小宰羊"。无疑,五代时期的人们已经早就习惯了豆腐这种食物,它肯定出现在人们的生活中有一段时间了。

豆腐在历史上有许多别名,如豆脯、乳脂、黎祁、菽乳、菽豆、白虎、刀呱、甘酯、豆乳、水板、水判、水林等。陆游在《邻曲》中写"洗䤅煮黎祁",诗人自注说"蜀人名豆腐曰黎祁"。宋代诗人戴复古也有"瓦釜煮犁祈"之句。明代李诩的《戒庵老人漫笔》记载:"余邑先达孙司业大雅先生嫌豆腐之名不雅,改名菽乳。"

宋代及其后的文献中,豆腐的身影就时常出现了。《渑水燕谈录》记载北宋熙宁八年(公元 1075 年)"淮西大饥,人相食",当时朝廷"安抚先檄郡县,以厚朴烧豆腐,开饥民胃口"。可见豆腐很早就是平民食物了。市井之中,也有很多卖豆腐的店铺。陆游《老学庵笔记》记载有嘉兴人开的"豆腐羹店",只是不知道南宋时嘉兴人的豆腐羹,是吃甜的呢,还是吃咸的?

《宋史全文》记载了宋高宗赵构对大臣说的一段话:"朕常日不甚御肉,多食蔬菜,近日颇杂以豆腐为羹,亦可食也。水陆之珍兼陈于前,不过一饱,何所复求?过杀生命,诚为不仁,朕实不忍。"虽然豆腐是百姓常吃的,但也入得了宫廷食谱。百变的豆腐,穷人吃得,皇帝也吃得。

苏轼也提到过豆腐,他在《物类相感志》里说"豆油煎豆腐有味"。由于苏轼在美食上造诣极深,后人常常附会出一些冠名为"东坡"的菜肴。比如南宋林洪所撰的《山家清供》中,有一道名为"东坡豆腐"的菜肴,做法是:"豆腐葱油炒,用酒研小榧子一二十枚,和酱料同煮。又方纯以酒煮,俱有益也。"这大概是林洪自己的"菜品研发",借来东坡的鼎鼎大名增添菜品的"文化味"而已。

陆游倒是记录过东坡吃豆腐的事情,他在《老学庵笔记》中写:"一日,与数客过之,所食皆蜜也,豆腐、面筋、牛乳之类,皆渍蜜食之。客多不能下箸,惟东坡性亦酷嗜蜜,能与之共饱。"原来东坡吃的竟然是蜜渍豆腐!

制作豆腐的方法,直到明代李时珍才在《本草纲目》中有了较详细的记述:"水浸硙碎,滤去滓,煎成,以盐卤汁或山矾叶或酸浆、醋淀,就釜收入。又有入缸内,以石膏末收者。大抵得咸、苦、酸、辛之物,皆可收敛尔。其面上凝结者,揭取晾干,名豆腐皮,入馔甚佳也。"和现代制作豆腐的工艺大同小异,古人制作豆腐也是将大豆置水中浸泡后磨碎,滤去渣,煮熟后,放入凝固剂,使之凝成豆腐。

很小的时候,我就在家中一本古代笑话画册里看到过一则关于豆腐的笑话:一人留客吃饭,桌上只有豆腐一味,主人说:"豆腐是我的性命,觉他味不及也。"过几天,这人又来到客人家吃饭,客人记得他这个嗜好,就在鱼、肉等菜肴中都加入豆腐。没想到他只拣其中的鱼、肉大啖,客问曰:"兄尝云,豆腐是我的性命。今日如何不吃?"笑曰:"见了鱼、肉,性命都不要了。"

世上确实有特别喜欢吃豆腐的人,清朝美食家袁枚就算得上一个。袁枚在《随园食单》中曾写过一道价值千金的"王太守八宝豆腐",做法是将嫩豆腐切碎,加入香草屑、蘑菇屑、松子仁屑、瓜子仁屑、鸡屑、火腿屑,放在浓鸡汁中煮滚即得。孟亭太守告诉袁枚,这道方子是康熙皇帝赐给徐健庵尚书的食方,尚书取方子的时候,给了御膳房一千两银子。

在阅读古代饮食文献的时候,我意外发现《西陂类稿》记载:康熙帝南巡,时任苏抚的宋荦接驾,康熙曾有旨曰,"朕有日用豆腐一品,与寻常不同。因巡抚是有年纪的人,可令御厨太监传授与巡抚厨子,为后半世受用"。看来康熙皇帝很喜欢吃豆腐,常常把宫里好吃的豆腐做法赏赐给周围的人,可本来是皇帝免费赏赐的,到了御膳房那里受赏者却往往要被狠狠敲上一笔,我在饮食文化史的海洋中意外发现了御膳房致富的歪招呢。

还有一次,袁枚在扬州程立万家吃到一道煎豆腐,觉得味道"精绝无双"。豆腐两面黄干,没有丝毫卤汁,却透着隐隐的车螯鲜味,但盘中并没有车螯和其他食材。车螯是什么呢?是文蛤的一种,肉质鲜嫩,味道绝佳。吃到车螯味却看不到车螯,袁枚把这事告诉了查宣门,查宣门说:这个容易,我也会做,改天做好了请你尝一尝。这天袁枚与好友董莆一起来到查家,豆腐上桌一尝,大家哈哈大笑,原来他做的豆腐,全用鸡、雀的脑子做成,并不是真的豆腐,肥腻难当,成本比程家的豆腐高出十倍,味道也不如程家豆腐。后来程立万很快去世了,袁枚没得及上门讨教此菜的做法,深为遗憾。

袁枚是真正的知味之人,食物的好吃与否,只在合适的做法,并不在食材的贵贱。他对豆腐大加称赞,"不知豆腐得味,远胜燕窝"。

古人对豆腐,还有很多赞颂。清代褚人获在《坚瓠集》中,列举了豆腐的十个优点,称赞豆腐有"十德":"水者柔德。干者刚德。无处无之,广德。水土不服,食之即愈,和德。一钱可买,俭德。徽州一两一碗,贵德。食乳有补,厚德。可去垢,清德。投之污则不成,圣德。建宁糟者,隐德。"

略拣几种作解:所谓和德,姚可成《食物本草》:"凡人客寓或宦邸,初到地方,水土不服,先食豆腐,则渐渐调妥。"所谓贵德,徽州八公山豆腐,一两银子一碗。所谓厚德,《本草求真》:"豆腐,经豆磨烂,加以石膏及或卤汁内入而成,其性非温。故书皆载味甘而咸,气寒微毒,而谓寒能动气。……至云能和脾胃,正是火去热除以后安和之语。"所谓清德,《本草分经》:"豆腐甘咸寒,清热散血,和脾胃消胀满,下大肠浊气。"

对我自己来说,倒不用费那么多赞美的话语,豆腐似乎是我的一种乡愁。我的家乡是山东泰安,这里有一道名菜,被写成无数段子流传。

这道神奇的菜叫作"三美汤"。很多游客来到泰安的饭店,看到推荐菜上"三美汤"一名赫然在目,名字看起来很美,以为是什么高大上的佳肴美馔,便点一道试试。但当它端上来时,游客们却大失所望啦，于是便说饭店是标题党——看起来只是普通的白菜炖豆腐罢了！

这些段子的存在证明段子手们实在不理解食物的清简之美，看到家常的、素的、简约的，就连安下心来好好品尝一道菜，追问为何称其为"三美"的耐心和好奇心都没有了。其实若是饭店靠谱，这道菜吃起来绝对和过往在家吃白菜炖豆腐的体验不一样，完全值得好好品味。

只需要舀一勺，品一下就知道了。舌尖品尝到白菜独有的鲜甜，牙齿似有若无间触碰着豆腐的滑嫩，乳白色的汤汁滑进喉咙更是犹如饮甘泉一般——是的，白菜、豆腐、泉水，这就是"泰山三美"了，也叫"泰安三美"。如此清爽的食物吃的正是食材的本味，食材不同，成品高下立判。

这里面，泰安的豆腐是必不可少的。小时候就听老人们把泰安的豆腐称为"泰山神豆腐"，这个"神"字具体怎么来的，暂时无处可考。豆腐的品质取决于水质，泰山甘冽的泉水，自古就被誉为酿酒烹茶的上乘之水，可以这么说，泰山的水成就了泰安的豆腐。

由于泰山出产石膏，泰安豆腐自然是用石膏来点的，属于我们现在说的"南豆腐"之列。石膏豆腐最大的优点就是细嫩，但是也有着易碎的缺点，可泰安豆腐却不是这样。好的泰安豆腐托在手里颤巍巍的，细致嫩滑，看起来含水丰富，但是不向外控水；用刀去切，切面整齐不碎裂；拿去做菜也是如此，不管是煎炸还是炖煮，只要翻动手法不太粗暴，它还是比较容易保持完好外形的，甚至越炖越结实，这一点还真有点"神"呢！

自小我就爱吃豆腐，每天都盼着爷爷回家路上会买上一块，然后就可以盼着爷爷炖我最爱的砂锅豆腐了。切两片五花肉，泡一张粉皮，大葱爆香后，五花肉炒出油，加点酱油烹香，和切块的豆腐一起转移到砂锅里加水小火炖，出锅前几分钟放进泡开的粉皮，小火咕嘟咕嘟，出锅再撒几根青蒜苗，香气扑鼻且百吃不厌——这一直是我记忆里，冬天最暖胃暖心的一道菜。

而今在京多年，始终吃不惯北京售卖的各种豆腐，虽然每次去超市也都会带两块豆腐回来，但也是聊胜于无罢了。前面说到豆腐有治疗水土不服的"和德"。可是我的思乡病，却不是一方两方北京豆腐所能治愈的了。

经齿冷于雪

—— 古人的花样凉面

槐叶冷淘

唐·杜甫

青青高槐叶,采掇付中厨。
新面来近市,汁滓宛相俱。
入鼎资过熟,加餐愁欲无。
碧鲜俱照箸,香饭兼苞芦。
经齿冷于雪,劝人投此珠。
愿随金騕裹,走置锦屠苏。
路远思恐泥,兴深终不渝。
献芹则小小,荐藻明区区。
万里露寒殿,开冰清玉壶。
君王纳凉晚,此味亦时须。

  古人非常讲究养生,饮食宜忌具有很强的时令特点,同样一种食物,什么时节适宜吃,什么时节不宜吃,是古人节令饮食尤为讲究的。细究起来,无非还是为了疗疾、保健、驱邪这几类。

  先民们爱在酷热的夏天吃热面,据说有"避恶"之意,因为古人认为农历五月是恶月,吃热面可以驱除邪恶,可能是热汤面使人发汗,可以祛除人体内滞留的潮湿和暑气。魏晋南北朝时期,已经有了伏日吃汤饼的习俗，南朝梁宗懔《荆楚岁时记》记载："六月伏日，并作汤饼，名为辟恶。"这一习俗可以从古代医学著作中找到解释，汉代名医张仲景认为，"春夏宜发汗"，认为发汗可"助宣阳气"。

渐渐，人们的想法也发生变化，夏天又想吃面，又着实怕热，怎么办呢？《唐六典·光禄寺》中已经记载了唐代宫廷饮食中夏季"专供"的消暑食物："夏月加冷淘、粉粥。"冷淘，就是现在说的凉面，古人没有现代的制冷手段，夏日炎炎欲消暑，又想吃美食，便将面条煮熟之后，放在冰水或者井水之中浸凉食用。

可见冷淘至少在唐代就已经出现了，只是那时还不是民间常吃的食物。由于当时"长安冰雪，至夏月则价等金璧"，所以经冰镇的冷淘是很珍贵的食品。据传《唐六典》中记载"太官令夏供槐叶冷淘"，"凡朝会燕飨，九品以上并供其膳食"。这里提到的"槐叶冷淘"是皇亲、官员"VIP"专供的美食，我等普通人一般是尝不到的。

槐叶冷淘，顾名思义，是用槐叶汁和面做成的凉面。冷面现在仍是我国很多地区备受喜爱的夏季食品，可是槐叶冷淘是什么味道的呢？光凭想象是很难得出答案的，幸运的是诗人杜甫曾为这种面食专门赋诗一首，给我们描述了享用这道美食的体验："青青高槐叶，采掇付中厨。新面来近市，汁滓宛相俱。入鼎资过熟，加餐愁欲无。碧鲜俱照箸，香饭兼苞芦。经齿冷于雪，劝人投此珠。愿随金騕褭，走置锦屠苏。路远思恐泥，兴深终不渝。献芹则小小，荐藻明区区。万里露寒殿，开冰清玉壶。君王纳凉晚，此味亦时须。"

经齿冷于雪

多亏杜甫这首诗,我们才可以窥见"槐叶冷淘"这道美食的原材料、做法和口感:采槐树的嫩叶捣汁和面,做成面条,煮熟后放入冷水或冰水中过凉,然后捞起,调味,就可以得到一碗颜色鲜明碧绿,吃起来凉滑爽口的槐叶冷淘了。

槐叶冷淘的流行一直延续到宋代。有天,苏轼带着白酒、鲈鱼去友人那里,一起吃了一餐槐叶冷淘。正值枇杷初熟,美酒新成,东坡借着新酒,浇一浇心中块垒,低头看着碧绿的冷淘面浮在汤汁里,粉红色的鲈鱼片躺在冰盘里,不禁感叹:"醉饱高眠真事业,此生有味在三余。"

宋代诗人王禹偁大约是在滁州任职的时候,吃到了甘菊做的冷淘面,也写了一首诗《甘菊冷淘》,诗中记载的冷淘面"随刀落银镂,煮投寒泉盆。杂此青青色,芳草敌兰荪",芳香浓郁,颜色青碧,想来并不比槐叶冷淘差。他自己也说,唉,近年来吃肉吃多了感觉自己都俗气了,整个人都浑浊了,还是开始吃素吧。淮南这边的甘菊长在篱笆边,多么可爱啊,采一点来吃吧!先切面,再煮面,过冷水,拌上甘菊叶一起吃,又好吃又好看。子美啊子美,你喜欢槐叶冷淘,吃过之后还不忘了想要献给皇上,我现在吃的这道甘菊冷淘也很是美味,我也真想跟子美你聊一聊呢!

在夏日吃一碗清爽的凉面,这舒爽的感觉应该是众人皆钟爱的,因而冷淘这一做法很自然地流传了下去。《明宫史》记载:"初六日,吃过水面,……初伏、中伏、末伏日,亦吃过水面。"这里直接将"冷淘"用一个现在大家更熟悉的词"过水面"替代了。明代宦官刘若愚在《酌中志》记载了当时端午食俗,五月"初五日午时,饮朱砂雄黄菖蒲酒,吃粽子,吃加蒜过水面"。古代端午和夏至联系十分密切,可以窥见夏至吃凉面这一习俗的影子。

清代潘荣陛《帝京岁时纪胜》记载:"夏至大祀方泽,乃国之大典。京师于是日家家俱食冷淘面,即俗说过水面是也。乃都门之美品。向曾询及各省游历友人,咸以京师之冷淘面爽口适宜,天下无比。"炎热的夏季里,面条下锅煮熟,捞起来过一遍凉水,就是所谓的冷淘面了。明清时期,民间夏至吃凉面已经比较盛行。

研究淮扬菜的高岱明在《淮安饮食文化》中曾提到康熙、乾隆多次光临淮安湖心寺,不仅仅是因为要欣赏湖心寺的湖光水色,祖孙俩都是为了一碗别处没有的面条——用莲花汁浸渍的"莲汁冷淘面",这可能与其他康熙、乾隆的传说一般,不太可靠,但是"莲汁冷淘面"想必是道清雅可取的美食。

话说回来,槐叶味苦,性平,清肝泻火、凉血解毒;甘菊味甘、微苦,性微寒,治烦热,安肠胃,清热祛湿的效果一流;而莲花呢,《本草纲目》中记载莲花能活血止血、去湿消风、清心凉血、解热解毒。看来古人夏至食用凉面不仅仅是因为嘴馋贪凉,而是蕴含着很深的养生道理呢。

富二代倪瓒在《云林堂饮食制度集》也详细记述了一道奢侈的冷淘面法:"生姜去皮擂,自然汁花椒末,用醋调酱,滤清作汁。不入别汁。水以冻鳜鱼、鲈鱼、江鱼皆可,旋挑入咸汁内。虾肉亦可,虾不须冻。汁内细切胡荽或香菜或韭芽生者。搜冷淘面在内,用冷肉汁入少盐和剂。冻鳜鱼、江鱼等用鱼去骨、皮,批片排盆中,或小定盘中,用鱼汁及江鱼胶熬汁调和,清汁浇冻。"

倪云林的冷淘面固然清鲜雅致，但毕竟非有钱有闲之人不能为之。其实日常时常思念的，是家乡夏日常做的一道凉面。"冬至饺子夏至面"这句俗语对山东人来说，再熟悉不过了。山东夏至这天老百姓几乎家家户户都要吃过水的凉面。小时候每年夏至，爷爷都会为全家准备凉面，爷爷给它起名叫作"八宝凉面"。为何叫八宝？橙红的是胡萝卜咸菜细末，暗绿的是腌香椿芽末，粉红水灵的是西红柿碎，碧绿欲滴的是黄瓜丝，这是四样菜码；加上盐、醋、蒜汁、提前澥好的芝麻酱这四样调料，八宝凑齐。这"八宝"码在面上一搅和，一碗爽口解腻的八宝凉面就好了。如今人在异乡，虽然自己也算是擅调羹汤了，但每每思及小时候爷爷的凉面，又想到如今垂垂老矣需要人贴身照顾的爷爷，不免有点伤感的意思了。

花果飘香

世间珍果更无加

——荔枝到底有多美味

荔子

明·丘浚

世间珍果更无加,玉雪肌肤罩绛纱。
一种天然美滋味,可怜生处是天涯。

  这首《荔子》的作者是明代著名的政治家、理学家、史学家、经济学家和文学家丘浚,琼州琼台(今属海南)人,是"海南四大才子"之一。不过仅仅看这四句诗,倒真读不出什么辞藻方面的妙处,不难看出的是,作者对荔枝一定是真爱。

  我们知道,海南盛产菠萝、香蕉、木瓜、菠萝蜜、番石榴、杧果等多种热带水果,这些水果各有风味,都非常受欢迎。作为海南人的丘浚,对于品评水果一事应该是很有发言权了,他却对荔枝情有独钟,称赞它为"世间珍果更无加",任什么其他水果都比不上。诗的最后他也感叹,这样一种"天然美滋味",奈何生长的地方是那样偏远,难以被世人更广泛地欣赏品鉴到啊。也有人这样解读:只有在天涯海角这片得天独厚的热土上,才能生长出海南荔枝这种无比珍贵的天然美物啊。

  荔枝的忠实粉丝可真的不少,有的人赞美荔枝甚至还要"捧一个踩一个",为了赞美荔枝,把其他水果都要踩到泥涂里去了。

比如南朝的萧惠开曾经说:"南方之珍,惟荔枝矣,其味绝美,杨梅卢橘,自可投诸藩溷。"他声称南国的珍果唯有荔枝,其他什么杨梅啊枇杷啊都尽可以扔到厕所里去。这未免爱得有点过分了。

东汉王逸所作的《荔枝赋》是专门吟咏荔枝的第一篇文学作品,对荔枝给予了非常高的评价:"卓绝类而无俦,超众果而独贵。"唐代的张九龄也有一篇《荔枝赋》传世,其中称赞荔枝"百果之中,无一可比"。张九龄的家乡是韶州曲江,也就是今天的广东韶关,也是荔枝的产地,自然少时就深知荔枝的美味。他在中书省的时候,曾经大力赞美荔枝,但周围诸公根本没有人听过荔枝,所以也并不相信荔枝有多美味。张九龄借着写远在南国,北方少有人知晓的荔枝,也顺带抒发了一下怀才不遇的内心感慨。

当年的魏文帝曹丕也并不了解荔枝的美味,《艺文类聚》卷八十七:"魏文帝诏群臣曰:'南方有龙眼、荔枝,宁比西国蒲萄、石蜜乎?酢且不如中国凡枣,味莫若安邑御枣也。'"他觉得南方的龙眼、荔枝哪儿就有那么好吃了,还不如中国凡枣,更比不上御枣,更别说西域的蒲萄、石蜜了。

我国最早关于荔枝的文献记录是在西汉司马相如的《上林赋》中,文中写作"离支":"荅遝离支,罗乎后宫,列乎北园。"《文选》晋灼注曰:"离支,大如鸡子,皮粗,剥去皮,肌如鸡子中黄,味甘多酢少。"《上林赋》描绘的是长安附近的上林苑,原本是秦朝旧苑,汉武帝进行了扩建,南傍终南山,北滨渭水,周围三百里,内有离宫七十所。据记载,令各地献珍树异卉三千余种种植其中,放养禽兽,供皇帝射猎,可以说上林苑是当时全国最大、品种最多

世间珍果更无加

的皇家植物园。其中有间宫室叫作"扶荔宫",专门用来移植南国以荔枝为代表的花木,想必扶荔宫就是一间大型的温室了。

汉武帝为什么千里迢迢移栽原产于南国的荔枝呢?恐怕要从南越王赵佗说起。《西京杂记》记载:"尉陀献高祖鲛鱼荔枝。高祖报以蒲桃、锦四匹。"南越王赵佗归附汉朝后,就曾经从岭南将荔枝进献给汉高祖。想必是汉朝的皇帝尝过荔枝后一代代都念念不忘,于是汉武帝破南越后,马上想到要把荔枝移栽到北方的宫苑中来。不过汉武帝移栽荔枝的试验最终还是失败了,荔枝虽被呵护有加仍不免一棵棵枯死,于是朝廷就将荔枝改为岁贡,直接进贡鲜果。

明代李时珍这样诠释"离支"的含义:"按白居易云:若离本枝,一日色变,三日味变。则离支之名,又或取此义也。"这里李时珍引用的是白居易《荔枝图序》中的文字,虽只有短短一百二十九字,却极为精确、鲜活,被视为古代"说明文"中的经典:"荔枝生巴峡间,树形团团如帷盖。叶如桂,冬青;华如橘,春荣;实如丹,夏熟。朵如葡萄,核如枇杷,壳如红缯,膜如紫绡,瓤肉莹白如冰雪,浆液甘酸如醴酪,大略如彼,其实过之。若离本枝,一日而色变,二日而香变,三日而味变,四五日外,色香味尽去矣。元和十五年夏,南宾守乐天命工吏图而书之,盖为不识者与识而不及一二三日者云。"

这篇文章作于元和十五年(公元 820 年)夏,当时白居易在忠州(今重庆忠县)任刺史,荔枝主要在岭南出产,唐代的蜀地一带也有出产,但在北方非常罕见。为了对荔枝这种植物作"科普",白居易让画工绘制了荔枝图,并亲自为之作序,记载了荔枝的生长环境,摹写了荔枝的外形、味道,还指出了荔枝容易腐坏、不耐储藏的特点。读到这篇短文,即使从未见过荔枝的北方人,也可以从这层层叠叠、精妙准确的描述中认识到荔枝的色香味了。

荔枝对于环境的要求很高,高温高湿、光照充足是生长的必备条件,因此荔枝树移栽到北方难以成活。但它的滋味美好,又历来被文人赞美传颂,北方人想方设法要品尝到这种南国佳果。但它很难储藏,运送到北方需要耗费大量的人力物力,不是一般人可以做到的。

提到荔枝的美味和不耐储藏,就很难不讲到杨贵妃与"一骑红尘妃子笑"的故事了。《新唐书·杨贵妃传》记载:"妃嗜荔支,必欲生致之,乃置骑传送,走数千里,味未变已至京师。"正是由于荔枝的娇贵,摘下后就很容易腐坏,为确保爱吃荔枝的贵妃及时吃到新鲜的荔枝,须得用快马传送,接连数千里,才能让荔枝在色味未变的时候送到京师,让贵妃品尝到新鲜荔枝的味道。

这个故事被杜牧用精彩的笔法写进了《过华清宫绝句三首(其一)》一诗。华清宫是唐玄宗与杨贵妃寻欢作乐的行宫,故址在现在西安临潼区骊山上。杜牧并未正面描写玄宗对杨贵妃有多么宠爱,甚至前三句诗根本不提荔枝,从长安回望骊山,看到"山顶千门"一重接一重地次第打开,给人们埋下一个问号,"一骑红尘"是做什么?"妃子"为什么"笑"?原来任何人都想不到,"无人知是荔枝来"。由于这首诗手法精彩、传诵广泛,一下子将妃子爱荔枝,皇帝为博妃子一笑不惜兴师动众的前朝往事变成了妇孺皆知的事迹。

苏轼的《荔支叹》同样描述了杨贵妃吃荔枝的历史："飞车跨山鹘横海,风枝露叶如新采。宫中美人一破颜,惊尘溅血流千载。"至今,市面上仍有一品名叫作"妃子笑"的荔枝,通常是较早上市的,让人们每次在品味荔枝的同时,再次回想起这段历史。

其实,快马急送新鲜荔枝并不是唐玄宗为宠爱杨妃做出的一项新创举,据《后汉书·和帝记》记载,临武长汝南唐羌曾上书道:"旧南海献龙眼、荔枝,十里一置,五里一候,奔腾阻险,死者继路。"汉朝移栽荔枝到北方失败后,荔枝便作为贡品进献,为保证皇帝吃上一口新鲜的荔枝,耗费的人力物力是难以计算的,役夫们日夜兼程,很多人累死在路边。到了汉安帝时期,临武(今属湖南临武)县令唐羌不忍看着荔农、役夫等"邮传者疲毙于道",于是向朝廷为百姓直谏,罢贡荔枝,汉安帝还是很体恤人民的,回复说:"勿复受献。"向朝廷进贡荔枝自此取消,荔农、役夫们终于解脱了,唐羌也因此流芳千古。

清朝宫廷的饮食可以说极为奢侈了,清朝皇帝们自然也爱吃荔枝,清朝时候,地方怎么向朝廷进贡荔枝呢?雍正二年(公元1724年)四月初九日,闽浙总督满保、福建巡抚黄国材奏报说:"荔枝盛产于福建地方,小树插桶内种植者,官民家中皆有,其味不亚于大树所产者,此等小树木载船运至通州甚易,并不累及官民,亦无需搬运人夫。是以将臣衙门种植桶内之小荔枝树,于四月开花结果后,即载船由水路运往通州⋯⋯于六月初,赶在荔枝成熟之季,即可抵达京城。"

皇家所好,臣下们自然要竭力办到,历朝历代,莫不如此。

清朝的臣子就想到这么个用船运送荔枝树进京的法子，荔枝树开花结果之后上船，两个月水路，到了京城，正好成熟。乾隆一首名为《荔枝》（御制诗四集卷八十三）的诗，就是写这种运送方式的："分根植桶土栽培，度岭便船载以来。经宿败而人马毙，紫微诗句涉虚哉。"皇帝吃上了耗费民力的新鲜荔枝，竟还要嘲笑和怀疑一番前朝历史。诗后有一长长的注释，指出过去人们的错误。乾隆鉴于本朝荔枝由福建桶运而来的现实，指出杜牧"一骑红尘妃子笑"诗，以及"自南海七日而驰至长安"的说法不可信，因为那样一来，"其果必败不可食"。他还认为，唐书等记载多不实，"唐时驰进荔枝即真，亦断无不换人易马之理，一人一骑，岂能直驰数千里乎？"

不独皇帝们热爱荔枝，诗人文学家们也爱荔枝。杜甫有"重碧拈春酒，轻红擘荔支"的句子，可谓妙绝，用"轻红"形容荔枝，那种柔嫩、清鲜的感觉跃然纸上。黄庭坚《廖致平送绿荔支为戎州第一，王公权荔支绿酒亦为戎州第一》一诗中"试倾一杯重碧色，快剥千颗轻红肌"，也正是化用了这首杜诗的语意。"轻红"大概是描摹荔枝果肉外"膜如紫绡"的薄膜，而荔枝果肉莹白透光，因此欧阳修称荔枝为"水晶丸"——"荔子初丹，绛纱囊里水晶丸"。

福建仙游人蔡襄除了是一位政治家、文学家、书法家、茶学家，对荔枝也颇有研究。蔡襄写有《荔枝谱》一书，是世界上最早的一部果艺栽培学专著。全书共七篇，一原本始，二标尤异，三志贾鬻，四明服食，五讲慎养，六时法制，七别种类。详细记述了福建荔枝的品种、种植、贮藏、加工、运销等事项，罗列了品种优异的荔枝

世间珍果更无加

三十二品,如陈紫、江绿大、方家红、游家紫、小陈紫、宋公荔枝、蓝家红、周家红、何家红、法白石、绿核、园丁香、虎皮、牛心、玳瑁红、硫黄、朱柿、蒲桃荔枝、蚶壳、龙牙、水荔枝、蜜荔枝、丁香荔枝、大丁香、双髻小荔枝、真珠、十八娘荔枝、将军荔枝、钗头、粉红、中元红、火山,对农艺学及闽中荔枝的推广做出了杰出的贡献。

　　说了那么多荔枝的迷人之处,荔枝难道就没有缺点吗?当然不是,《随息居饮食谱》提到,荔枝"多食发热、动血、损齿,凡上焦有火者,忌之。食之而醉者,即以其壳煎汤,或蜜汤解之"。用中医的观点来看,荔枝性热,吃多了会"上火",《五杂俎》中就提到了吃荔枝过多降火的办法:"少以咸物下之即消矣。"现在人们也常常用盐水浸泡荔枝后食用,以祛内热。另外,荔枝一次吃得过多会出现头晕心慌、口渴汗出等症状,也就是上文所说的"食之而醉"。缓解这种吃荔枝"吃醉了"的办法,就是用荔枝壳煮水饮用,这就是古人"食物不消还以本物消之"的养生智慧了。

为问春风桃李,
而今子满芳枝

——桃与李:花芬芳,果宜人

为问春风桃李,而今子满芳枝

清平乐

宋·杨师纯

小庭春院。睡起花阴转。
往事旧欢离思远。柳絮随风难管。

等闲屈指当时。阑干几曲谁知。
为问春风桃李,而今子满芳枝。

有两种美丽的植物,千百年来在诗词里一直被一并书写、吟咏。它们既有着芬芳美丽的花朵,赏心悦目,又可以结出甜美的果实,沁人心脾。

这两种植物,常常一起沐浴着春风。"春风桃李花开日""桃李春风一杯酒"……是的,它们就是桃和李,这两个古诗词里同框出镜率最高的美人儿,已经携手笑看了几千年的春风。

桃和李这两种植物,都原产于中国。据考古研究,6000—7000年前中国南方早期新石器时代的河姆渡遗址,就有桃的植物遗存出土。在某些植物学书籍中,桃经常被写作原产于波斯,事实上桃是在汉代才开始沿着丝绸之路从中国传播到波斯的。《管子》

也有"五沃之土,其木宜梅李"的记载,说明至少在战国时期,人们就懂得怎样栽培李树了。

桃和李这两种植物,大概由于生长的地域、开花结果的季节都十分相近,所以一直被并称并举,成为中国传统诗文中一对重要的意象。《诗经·何彼襛矣》描写了王公贵族嫁女的场面:"何彼襛矣,华如桃李。"早在3000多年前,人们就常用桃李的花朵来形容和比拟美好的事物了。

桃李常常被一并用来形容女子之美。曹植《杂诗七首》之四有"南国有佳人,容华若桃李"。唐代崔颢《卢姬篇》写"卢姬少小魏王家,绿鬓红唇桃李花"。宋人晁补之《点绛唇》也有"檀口星眸,艳如桃李情柔惠。据我心里,不肯相抛弃"。

桃李花开繁盛,给人无限希望和热力。李白曾在桃李园中受到春之感召,留下不朽的名作:"况阳春召我以烟景,大块假我以文章,会桃李之芳园,序天伦之乐事。"

但桃李花期短暂,落花纷披的时候,望之令人易感时光飞逝,人生苦短,因此桃与李也常常出现在诗人们的"春愁"中,扮演着重要的愁思来源的角色。李白《杂曲歌辞》中有诗句"青轩桃李能几何,流光欺人忽蹉跎"。赵彦端在一阕《临江仙》首句便发出感慨:"十载长安桃李梦,年来镜净尘空。"

至于刘希夷那首著名的《代悲白头翁》:"洛阳城东桃李花,飞来飞去落谁家?幽闺女儿惜颜色,坐见落花长叹息。今年花落颜色改,明年花开复谁在?"更是句句悲叹,字字怜惜。

桃与李虽然在诗词中常常并肩出现,但其实它们美得截然不同。

为问春风桃李，而今子满芳枝

桃花的美是明媚鲜妍的。"桃之夭夭，灼灼其华"，《诗经》中简单的语言，已把桃花写得极尽明媚。这样明丽的花朵，寥寥数枝就足够美，"竹外桃花三两枝"的构图疏密得当，常常被画家拿来用作题材。

李花的美是素雅洁净的。"秾李花开雪满空"，洁白的李花常常被形容成雪，极淡雅又极繁盛。杨万里偏爱远远地欣赏那一树繁花，他认为："李花宜远更宜繁，惟远惟繁始足看。"

简单形容，就是"桃花红兮李花白"；抽象点形容呢，梅尧臣一句诗写出了两种花朵的鲜明特色："后园桃李花，灼灼复皎皎"；特别爱花的杨万里有一双西方画家的眼睛，能从色彩中看到明暗关系，"桃花红暗李花明"。

更有趣的是，当桃花李花穿插栽培的时候，有时会在大面积色块中出现一点亮度，形成一种参差的映照："桃蹊李径旧分栽，红白教他各自开。可是桃花逗颜色，一枝穿过李花来。"对桃花与李花，我没什么偏心，认为桃花适合出现在湖边，春水融融映着花的娇俏；李花更好是在宽阔的山坡，一树繁花衬着高而碧蓝的天。

人们除了对花朵钟情，当然也少不了对桃子、李子的喜爱。"投我以桃，报之以李。"《诗经》里早已有对这两种果实的记述，可见早在先秦时期，桃、李已经成为颇受人们重视的两类水果，由此还产生了"投桃报李"这个成语，比喻相互赠答，礼尚往来。

晋傅玄作有《桃赋》《李赋》，写桃子"华落实结，与时刚柔。既甘且脆，入口消流……亦有冬桃，冷侔冰霜。和神适意，咨口所尝"。形容桃子的口感是"既甘且脆，入口消流"。写李子"既

· 141 ·

变洽熟，五色有章。种别类分，或朱或黄。甘酸得适，美逾蜜房。浮彩点驳，赤者如丹。入口流濺，逸味难原"。形容李子的味道"甘酸得适，美逾蜜房"。

建元三年（公元前138年）汉武帝下令扩建秦时初建的皇家园林上林苑，据《西京杂记》记载，当时群臣百官纷纷进献名果奇树，其中包含十个品种的桃树："秦桃、榹桃、缃核桃、金城桃、绮叶桃、紫文桃、霜桃（霜下可食）、胡桃（出西域）、樱桃、含桃（其中胡桃、樱桃、含桃等品类名为桃，实则非桃，笔者注）"；十五个品种的李树："紫李、绿李、朱李、黄李、青绮李、青房李、同心李、车下李、含枝李、金枝李、颜渊李（出鲁）、羌李、燕李、蛮李、侯李"。随着嫁接和栽培技术的不断提高，桃树和李树品种不断增多，《齐民要术》中记载的桃树品种有近二十个、李树品种三十一个。

桃一身是宝，桃枝、桃叶、桃胶、桃花、桃皮、桃仁均可入药，桃还被认为有辟邪的作用，《荆楚岁时记》记载古代楚地有正月一日饮桃汤的风俗。原因是"桃者，五行之精，厌伏邪气，制百鬼也"。另外唐冯贽《云仙杂记》有："洛阳人家……寒食装万花舆，煮桃花（一说为杨花）粥。"这个风俗一直流行到明末，清代孔尚任的《桃花扇》中仍有这样的曲词："三月三刘郎到了，携手儿下妆楼，桃花粥吃个饱。"

白居易的《种桃歌》生动地写出了从吃桃到种桃，再到坐看桃花的过程："食桃种其核，一年核生芽。二年长枝叶，三年桃有花。忆昨五六岁，灼灼盛芬华。"当然，从开花到结果，还需要漫长的过程，种植三年以上的桃子才能结果，民间还有着"桃三李四"

为问春风桃李，而今子满芳枝

的俗谚。苏轼也曾"手种堂前桃李"，不知屡遭贬谪的东坡先生有没有吃到自己亲手种出的果子呢？

成熟的桃子甘甜，多汁，还带有美妙的香气，因此比起李子，桃子也许更受欢迎些。宋人吴淑在诸多水果中就独爱桃子，他赞美道："果实多品，惟桃可佳，夭夭其色，灼灼其华，或成仙而益寿，或制鬼而祛邪，或美后妃之德，或报琼瑶之华。"

正因为受欢迎，桃子也能引出悲伤的故事。"力排南山三壮士，齐相杀之费二桃"就讲述了这样一个故事。春秋时期齐景公身边有三个勇士公孙接、田开疆与古冶子，都恃功而骄，成为朝廷很大的威胁；当时的齐相晏子仅仅用了两个桃子，配合心理战的计谋，便顺利除去三人，造成了"两个桃子引发的血案"。

桃子的一个变种——蟠桃，是传说中的仙桃。在神话故事中，连神仙都喜爱这种水果，传说西王母在瑶池设宴款待各路神仙，请群仙品尝的就是蟠桃，宴会自然就叫作"蟠桃盛会"了。人间也有些幸运的凡人品尝过这种仙界佳果，传说凡间享用过蟠桃的有周穆王、汉武帝。

东方朔还曾偷过仙界的蟠桃。《汉武帝故事》云："海上有蟠桃，三千霜乃熟，一千年开华，一千年结子，东方朔尝三盗此桃矣。"《西游记》中的孙悟空也曾在王母娘娘的瑶池盛会中偷吃了不少的仙桃。

比起桃子的甜美，李子的味道层次更丰富些，未成熟的时候极酸，熟透时变得酸甜微涩、爽口开胃，是一种适合夏天的味道。古人也常常"浮甘瓜于清泉，沉朱李于寒水"，用冰镇过的李子作

花果飘香

为消暑的佳品。

关于李子,也有着神异的传说,《述异记》曰:"魏文帝安阳殿前,天降朱李八枚,唼一枚,数日不食。今李种有安阳李,大而甘者,即其种也。"

桃子鲜食味美,李子似乎更适合做成蜜饯食用。古人很早就发明了将李子做成干果蜜饯的方法,《齐民要术》记载了"作白李法":"用夏李,色黄便摘,取于盐中接之。盐入汁出,然后合盐晒令萎,手捻之令褊,复晒更捻,极褊乃止,曝使干。饮酒时,以汤洗之,漉着蜜中,可酒矣。"

《广群芳谱》也记载了李子干果的制备方法,有盐曝法:"夏月,李黄时摘取,以盐接去汁,合盐晒萎,去核,复晒干。用时以汤洗净,荐酒甚佳。"还可将李子蒸熟晒干,再用糖藏、蜜煎之法处理,皆可让李子多保存一段时间。

桃李两种水果始终被历代人们认为是果中佳品,明代于慎行曾在《赐鲜桃李》一诗中描绘了皇帝赐群臣桃子、李子的情景:"讲罢传宣殿左厢,分将苞品灿盈筐。宫桃剖出丹霞冷,仙李沉来碧玉香。"

《素问·藏气法时论》针对食物对人的补养功效有这样的论述:"五谷为养,五果为助。"桃李不仅花开同时,各自芬芳,而且桃子和李子两种果实在古人认为宜于养生的"五果"(桃、李、杏、栗、枣)中各占了一席之地。

桃李花朵芬芳,既可在盛开时悦人眼目;加之果实甘美,又可在收获季节沁人肺腑。春风桃李日,花芬芳;子满芳枝时,果宜人,谁又能不爱呢?

老夫自要嚼梅花

——有了梅花，不吃人间凡物

花果飘香

庆长叔招饮一杯，未醑，雪声璀然，即席走笔赋十诗（其一）
宋·杨万里

南烹北果聚君家，象箸冰盘物物佳。
只有蔗霜分不得，老夫自要嚼梅花。

"疏影横斜水清浅，暗香浮动月黄昏。"这大概是公认的写梅第一佳句，"仙气"十足。

梅花，自古以来都是以出尘的气质，站在白雪中，站在诗词里的。提起梅花，人们想到的都是"清雅""高洁""脱俗""傲骨"一类的关键词吧，用陈纪《念奴娇·梅花》中的词句说，就是"断桥流水，见横斜清浅，一枝孤裛。清气乾坤能有几，都被梅花占了。玉质生香，冰肌不粟，韵在霜天晓。林间姑射，高情迥出尘表"。

许多文人都把梅花比作姑射仙子，《庄子·逍遥游》中是这样描述姑射仙子的："藐姑射之山，有神人居焉。肌肤若冰雪，绰约若处子。不食五谷，吸风饮露，乘云气，御飞龙，而游乎四海之外。"

那么让这冰肌玉骨、仙气飘飘的梅花仙子染上人间烟火，甚至把它请上餐桌，大嚼一通，到底是附庸风雅呢，还是真名士自风流？这就莫衷一是了。

老夫自要嚼梅花

人们总说南宋的林洪是在"吃"一事上最为雅致的人,我们就先来看看他吃不吃梅花,吃的话又是怎么吃的吧。翻检一过,不出所料他的《山家清供》里真的有关于梅花的食谱,如"梅花汤饼""蜜渍梅花""汤绽梅""梅粥"。如果不嫌弃略有些麻烦而做作的话,确实称得上是道道雅致。

梅花汤饼:"初浸白梅、檀香末水,和面作馄饨皮,每一叠用五出铁凿如梅花样者,凿取之。候煮熟,乃过于鸡清汁内,每客止二百余花,可想一食亦不忘梅。后留玉堂元刚有和诗:'恍如孤山下,飞玉浮西湖。'"

——用白梅、檀香末浸水,用这饱含香气的水来和面做成馄饨皮,然后把面皮用模子压成梅花形状,煮熟后放入撇净油脂的清鸡汤中,想必色香味俱全,鲜美又雅致。

蜜渍梅花:"杨诚斋诗云:'瓮澄雪水酿春寒,蜜点梅花带露餐。句里略无烟火气,更教谁上少陵坛。'剥白梅肉少许,浸雪水,以梅花酝酿之,露一宿取出,蜜渍之,可荐酒。较之敲雪煎茶,风味不殊也。"

——梅肉浸雪水,又用梅花来酿制,轻微发酵后,用蜂蜜腌渍,作为下酒的小食。

汤绽梅:"十月后,用竹刀取欲开梅蕊,上下蘸以蜡,投蜜罐中。夏月,以热汤就盏泡之,花即绽,澄香可爱也。"

——这应该是将将要绽放的梅花花苞用蜂蜜浸渍,保留其花

 花果飘香

香,做成蜂蜜洛神花、蜜渍桂花一类的冲泡型饮品了,只不过制作更加精细,选材更加难得,热水一泡,花苞绽放。

梅粥:"扫落梅英净洗,用雪水煮白粥,候熟,入英同煮。杨诚斋诗曰:'才看腊后得春饶,愁见风前作雪飘。脱蕊收将熬粥吃,落英仍好当香烧。'"

——取脱落的梅花瓣洗净,白米用雪水煮粥,待熟后,放入梅花瓣滚一下,即可食用。

林洪写梅花菜肴,为什么老提到杨诚斋呢?那是因为这位杨诚斋与梅花,真有一段不得不说的故事啊。

杨诚斋也就是杨万里,特别爱梅花。——历史上并不乏因爱梅花而出名的人,比如林逋也很爱梅花,号称"梅妻鹤子",是把梅花当爱人来爱的,真的是爱到骨子里。而杨万里呢,则是爱梅花爱到肠胃里,特别爱吃梅花,光是描写各种花式吃梅花的诗就写了好多首。清人潘定桂在《读杨诚斋诗集九首》中感叹"公最爱梅,其中采梅诗最多"。

可是杨万里的吃法呢,确实不如林洪优雅。我们来看看他怎么吃。《夜饮以白糖嚼梅花》:"剪雪作梅只堪嗅,点蜜如霜新可口。一花自可咽一杯,嚼尽寒花几杯酒。先生清贫似饥蚊,馋涎流到瘦胫根。赣江压糖白于玉,好伴梅花聊当肉。"

白糖伴着梅花大嚼,还用来下酒,一朵花就能下一杯酒,吃到高兴处,梅花甚至可以当肉了。杨万里幽默得很有牺牲精神,把自己比作流着馋涎的"饥蚊",让人忍俊不禁。尤其把清雅的

老夫自要嚼梅花

梅花与自己贪馋的吃相并置,当仙气十足的"姑射仙子"遇上嘻嘻哈哈的名士老杨,这种错位倒生出了无比的轻松与诙谐,他的"解构主义"诗句还真是现代性十足啊。

其实不仅仅是这一首诗描写的情境,杨万里一生都身体力行地爱着梅花,走到哪儿爱到哪儿,当然也嚼到哪儿。

杨万里要外派做官,好友为他设宴饯行,设宴款待的地方周围有极盛的梅林,"谷深梅盛一万株,十顷雪花浮欲涨"。于是老杨置满桌佳肴于不顾,借着几分酒意,"醉登绝顶撼疏影,掇叶餐花照冰井",倚在梅树前,采摘梅花来吃。想必面对万株梅林,老杨不用再"一花自可咽一杯",应该是可以吃得酣畅淋漓了。

甚至,他觉得有了梅花,都不用吃人间的平凡食物了,"吾人何用餐烟火,揉碎梅花和蜜霜"。他自注说:"予取糖霜芼以梅花食之,其香味如蜜渍青梅,小苦而甘。"除了糖霜拌梅花之外,他还用蜂蜜配梅花吃,"瓮澄雪水酿春寒,蜜点梅花带露餐"。吃了这个会怎样呢?从人到诗都会带有仙气呢,"句里略无烟火气,更教谁上少陵坛"。

一次友人招饮,一杯酒没喝完,忽然下起雪来,雪片和梅花瞬间就激起诗人酣畅的思绪,顷刻之间便作诗十首,也许梅花吃久了真的染上了几分仙气,诗思直追谪仙。这十首诗里面,一大半都写到了梅花,先是"倩人和雪折庭梅",又是"小摘梅花浸酒壶"。梅景赏了,梅酒也喝了,最后诗人显然是有些醉了,"只有蔗霜分不得,老夫自要嚼梅花"。这老先生还真是有几分天真、几分不羁,加几分豪迈呢。

世间总有相似的人,张岱在《夜航船·嚼梅咽雪》中写到过一位爱嚼梅花的铁脚道人:"铁脚道人,尝爱赤脚走雪中,兴发则朗诵《南华·秋水篇》,嚼梅花满口,和雪咽之,曰:'吾欲寒香沁入心骨。'"这两位先生,如果跨过时间的鸿沟,可以互为知己了。

但人和人之间的差异是更大的。北宋人张耒是这样爱梅花的:"我爱梅花不忍摘,清香却解逐人来",爱梅花爱得小心翼翼,根本不忍摘它。张耒要是晚生几十年,遇到了嚼梅花的狂放老杨,想必会生一肚子气吧。

我倒觉得可以理解,毕竟,人们理解爱和表达爱,历来就有不同的方式嘛。有人觉得真爱"岂在朝朝暮暮",又有人觉得爱就是要做"比翼鸟""连理枝";有人觉得"爱是想触碰又收回手",又有人觉得爱是"愿得一心人,白头不相离"。

更何况,狂放的诚斋也有细腻的一面啊,半夜响起的雨声都会让他为梅花而担忧,担忧到不能入眠的程度,诚斋也曾有"夜来为梅愁雨声,挑灯起坐至天明"的清愁。

所以我想,当梅花遇到杨万里,他们应是用一种融入彼此骨血的方式让对方不朽了。

杨梅五月荐新尝

——色味俱佳的『君家果』

花果飘香

咏杨梅

明·钱福

怪底吴人不出乡,杨梅五月荐新尝。
西州一斗葡萄酒,南越千头荔子浆。
略着些酸醒酒困,了无点渰浣诗肠。
渠家妃子如相见,添得红尘一倍忙。

明孝宗时期的状元钱福,有点"诗红人不红"的意思。他的"明日复明日,明日何其多"两句诗,可谓家喻户晓,提起他的名字倒没那么多人知道。钱福曾经写过一首咏杨梅的诗,开头两句颇有些意思:"怪底吴人不出乡,杨梅五月荐新尝。"他感叹,难怪吴地的人都不舍得离开家乡呢,原来是恋着每年五月品尝新上市的杨梅啊。

钱福本人是松江府华亭县人,春秋时属吴地。而杨梅的原产地正是吴地,1973年浙江余姚发掘新石器时代的河姆渡文化遗址时,发现了杨梅属的花粉,说明7000年前该地区就有杨梅生长。

同样,杨梅也以吴地所产最负盛名。宋朝张端义《贵耳集》中记载了一个小故事:"闽士赴科,吴人赴调,各以乡产自夸。闽曰荔支,吴曰杨梅。有题壁曰:'闽乡玉女含冰雪,吴郡星郎

杨梅五月荐新尝

驾火云。'"一个闽人、一个吴人,在赶考和赴任的路上相遇了,两个人都拿自己家乡著名的物产来夸耀,闽地人说荔枝最好,吴地人说杨梅更佳,各执一词不肯相让。后来旁边有人听到二人的争论,写了一首诗题在墙壁上,将荔枝比作闽乡玉女,将杨梅称为吴郡星郎。自此,杨梅得到了"吴郡星郎"的漂亮诨名。

关于杨梅,还有一个"君家果"的典故。《世说新语·言语》记载:"梁国杨氏子,九岁,甚聪惠。孔君平诣其父,父不在,乃呼儿出。为设果。果有杨梅,孔指以示儿曰:'此是君家果。'儿应声答曰:'未闻孔雀是夫子家禽。'"

孔君平,即孔坦,字君平。梁国一户姓杨的人家里有一个九岁的儿子,非常聪明。这天孔君平来拜见他的父亲,恰巧他父亲不在,于是便叫他出来。他为孔君平端来水果,水果中有杨梅,因为孩子姓杨,孔君平就指着杨梅调侃说:"这是你家的水果。"杨氏子十分聪敏,便巧辩:"我可没有听说过孔雀是您家的家禽啊!"小孩子以孔雀回应,将这个"包袱"又抛了回去,调侃"杨梅是杨家果"一说并不在理。后来人们以"君家果"作为杨梅的别名,"君家果"一典也常常被用作形容年幼便有敏捷之才的孩子。

知道了这个故事,很多诗词就好理解了。例如明代杨循吉《初食杨梅》一诗中,就有"杨梅本是我家果"的句子。杨万里写杨梅的一首诗,也写得非常迷人:"梅出稽山世少双,情知风味胜他杨。玉肌半醉生红粟,墨晕微深染紫裳。火齐堆盘珠径寸,醴泉浸齿蔗为浆。故人解寄吾家果,未变蓬莱阁下香。"他这里也将杨梅叫作"吾家果",他们"老杨家"的可爱梅果。

· 153 ·

很多人都十分推崇杨梅,并喜欢将杨梅与荔枝进行比较。有人写诗说,"若使太真知此味,荔支应不到长安",引用了"一骑红尘妃子笑"的典故,感叹当初杨妃若是品尝过杨梅的美味,大概就不会对荔枝如此迷恋,那么当初千里迢迢递送到长安的珍果,恐怕就是杨梅了吧。

杨梅到底好在何处,让那么多人都在写诗赞美它呢?

首先吸引人的,应该是果子的美丽吧,在收获的季节,果实累累的杨梅树本身就是一种非常美的景象。宋代诗人史弥宁有一句咏杨梅的诗,"累累红紫玉低垂",写紫红色的杨梅如同玉石一般,累累挂在枝头。宋代诗人郭祥正咏杨梅的诗,同样写杨梅成熟的样子,就更妙了:"红实缀青枝,烂漫照前坞。"青青枝条缀着红色的果实,"烂漫"一词用以形容杨梅树颜色的明丽。而"照"这个字用得就更妙了,这种美丽的果子仿佛自带光芒一般鲜明、美丽、动人。

明代的朱应登作有《杨梅图赋》,将杨梅的明艳照人写得充分、细致,极尽赞美之词:"骊珠骈首,夜光溢目。焜焜韡韡,烂若龙烛。掩奔星之流彩,夺明霞之灏魄。鲛人见而宵泣,翔禽骇而昼伏。譬之魏侯照乘之珠,赵氏连城之璧。"虽然用这么多灿烂的词汇形容一种水果,似乎有点"过"了。但总之,色香味的"色"字,杨梅是占定了。

不仅颜色漂亮,杨梅的外观还十分有特点,它的外果皮是很多囊状体密集而生,有粒状的突起,并不像很多水果是表皮光滑的,摸起来有特殊的质感。"谁道玉肌寒起粟"就是形容杨梅如玉的

杨梅五月荐新尝

质地,又带着一粒粒"粟"般的突起。元代张雨写杨梅的形、色,用了短短八个字"鹤顶朱圆,丰肌粟聚",就形容得很精准了。古人很聪明地用一种事物来形容它——丹顶鹤的丹顶。南宋诗人方岳《咏杨梅诗》中也用到了这个比喻:"粟粟生寒鹤顶殷。"

如果仅仅是好看,杨梅也不会受那么多人推崇。有人这样形容杨梅的色和味:"味方河朔葡萄重,色比泸南荔子深。"要知道,在古人心中,葡萄和荔枝,就是两种"标杆式"的佳果,杨梅在色与味两个维度上,都可以与这两种水果比肩,可见它受到了何等的欣赏。

杨梅的滋味最妙处,在酸甜二味的均衡,就像方岳诗中写的那样:"众口但便甜似蜜,宁知奇处是微酸。"很多水果都是甜如蜜的,然而杨梅的"奇"处,也是它的诱人之处,正是甜中藏着的那些酸。成熟的杨梅,甜味、酸味都十分浓郁,汁液又非常丰沛,一口咬下去的瞬间,细小果粒在口腔爆裂,酸甜在舌尖交织融汇,很少有人能抵挡这种滋味的诱惑。

与青梅等酸味水果类似,杨梅可以蘸盐食用,以增进风味,佐酒更佳。李白有诗写杨梅佐酒:"玉盘杨梅为君设,吴盐如花皎白雪。持盐把酒但饮之,莫学夷齐事高洁。"

杨梅还可以制作成各种蜜饯小食,一年四季都可以食用。市井小说《金瓶梅》中,提到了一种食物,叫作"衣梅",这是用杨梅为原料做成的精致小吃。西门庆这样向应伯爵介绍它:"你做梦也梦不着,是昨日小价杭州船上捎来,名唤作衣梅。都是各样药料,用蜜炼制过,滚在杨梅上,外用薄荷、橘叶包裹,才有这般美味。"

花果飘香

《广群芳谱》中有"糖杨梅":"以梅三斤为率,用盐一两,腌半日,沸汤浸一夜,控干。入糖二斤,薄荷叶一大把,轻手拌匀。日暴,汁干,收。"《齐民要术》记载了腌渍杨梅以便贮存的"藏杨梅法":"择佳完者一石,以盐一斗腌之,盐入肉中仍出,曝令干燥。取杬皮二斤,煮取汁,渍之,不加蜜。渍梅色如初,美好可堪数岁。"

杨梅还可以泡酒,汉代东方朔《林邑记》中就已有对杨梅酒的记载:"林邑山杨梅,其大如杯碗,青时极酸,既红味如崖蜜,以酝酒,号梅香酎。非贵人重客,不得饮之。"现在,酒浸杨梅已经不算是贵人重客才能享用的珍贵饮品了,江南人家,谁家不会浸点杨梅酒呢?李时珍《本草纲目》中说,杨梅"能涤肠胃除恶气,烧灰服,断下痢甚验",认为杨梅可以治疗腹泻。很多南方朋友大概都有这样的经验,夏天吃坏肚子腹泻,老人会拿出一两颗烧酒浸的杨梅,吃下去确实有止腹泻的奇效。

杨梅汁酸甜生津,是消暑开胃的好饮品。《清供录》记载了一种饮料"杨梅渴水"的做法:"杨梅不计多少,掬搦自然汁,滤至十分净,入砂石器内,慢火熬浓,滴入水,不散为度。若熬不到,则生白醭。贮以净器。用时,每一斤梅汁,入蜜三斤,脑麝少许,冷热任用。如无蜜,毬糖四斤,入水熬过亦可。"杨梅原汁小火蒸发掉水分,熬到极浓稠,放在干净的容器里,喝的时候用梅汁加蜜糖,可以加些麝香、龙脑之类芳香开窍的香料,之后兑水调和就可以饮用了。

说来也奇怪,人和人的口味真是千差万别,再好的东西,总有

杨梅五月荐新尝

人不爱。杨梅这么好吃的水果,也偏偏有人不喜欢。——明代画家、书法家文徵明就特别不喜欢吃杨梅。有趣的是文徵明就是苏州人,苏州本就是杨梅的产地,苏州人没几个不爱吃杨梅的,因此大家觉得很不理解,甚至认为这是种怪癖。明代郎瑛《七修类稿》中记载:"吴文徵明不食杨梅,士人诮之。"作为一个吴地人,居然不吃杨梅,文徵明甚至为此受到周围士人的讥笑,他只得作诗以解嘲:"天生我口惯食肉,清缘却欠杨梅福。"

明代的陈鉴在《虎丘茶经注补》一书中把文徵明不吃杨梅的事情当作正经事"记录在案":"文衡山素性不喜杨梅,客食杨梅时,乃以虎丘茶陪之。"文徵明号衡山居士,世称"文衡山"。他自己虽然不喜欢吃杨梅,但想必苏州人招待客人,家中自然是少不了杨梅的。每当客人来时,文徵明就用杨梅招待客人,客人吃得很开心,他自己就喝上一盏虎丘茶,"以茶代梅"地陪客人,既不失礼,也不勉强自己吃不爱的食物。

有意思的是,文徵明的曾孙文震亨一点也没有遗传到自己曾祖的口味偏好,他十分喜欢杨梅,并且擅长品味,认为苏州西郊光福山出产的杨梅可以称得上是"天下奇味"。他在自己的著作《长物志》中对杨梅大加赞美:"吴中佳果,与荔枝并擅高名,各不相下。出光福山中者最美,彼中人以漆盘盛之,色与漆等,一斤仅二十枚,真奇味也!"想必是他品尝了各处的杨梅,吃出了经验,他认为其他山头出产的杨梅质量都要次一等:"出他山者,味酸,色亦不紫。有以烧酒浸者,色不变而味淡,蜜渍者色味俱恶。"

读宋代诗词,看到欧阳修的《端午帖子》有"杨梅粽里红"的句子,苏轼也写过"时于粽里得杨梅",司马光也写过"懒开粽

花果飘香

叶觅杨梅",我推测古人习惯在端午包粽子时加入杨梅等时令果品,起码是北宋时期曾经有过这样的风尚,但现在好像没见过有放杨梅的粽子了。

青梅煮酒斗时新

——青梅带酸，最是佐酒良伴

花果飘香

诉衷情
宋·晏殊

青梅煮酒斗时新,天气欲残春。
东城南陌花下,逢着意中人。

回绣袂,展香茵,叙情亲。
此情拚作,千尺游丝,惹住朝云。

梅子原产中国,是蔷薇科杏属的植物,我国亚热带特产水果,在广东、福建和浙江等地都有大量种植,后传入日本及东南亚地区,世界上主要的产梅地是中国和日本。《广群芳谱》中对梅子有着详细的描述:"梅实似杏,大者如小儿拳,小者如弹。熟则黄微,甘酸可啖,生纯青酸甚。多食泄津液,生痰损筋蚀脾,伤肾弱齿。为脯含之口,香造煎堪久。"

梅子至今已有3000多年的栽培历史,1975年,中国考古人员在安阳殷墟商代铜鼎中发现了梅核,这说明早在3200年前,梅子已被中国古人用作食品。

不过最早的时候,梅子主要用于调味。《尚书·说命下》有:"若

青梅煮酒斗时新

作酒醴，尔惟曲糵。若作和羹，尔惟盐梅。"这是武丁任命傅说时所说的话。盘庚将商都迁至殷以后，商朝只兴盛了很短的一段时期，等到商高宗武丁即位时，国力已经衰微。武丁下决心振兴朝纲，可是朝中却找不到一个能协助他改革国政的大臣，为此他一直忧虑。一夜，武丁梦见了一个叫说的圣人，此人状如囚徒，却口称腹有良谋，武丁醒后命人按梦中模样画成图像，四处寻访，结果真的在一个叫傅岩的地方找到一个叫说的奴隶并带回朝中。说的确给武丁提了不少关于治国方面的建议，武丁便任命说为宰相。说执政以后，修政行德，使商朝政治、经济、军事和文化都得到了迅速发展。武丁在位五十九年，在说的辅佐下，商朝后期达到了极盛，武丁也因此被誉为"中兴明主"。因说曾居于傅岩，所以称他"傅说"。

武丁将傅说比作酿酒的酒曲、调味的盐梅，以厨事比喻治国，也赞美傅说对治国的重要性，就像烹调中要用到的盐和梅子一样不可或缺。从这个比喻中不难看出，先秦时期梅子曾经和盐一样，是烹调中必不可少的调味品。《左传》也点出过梅子的用法："和如羹焉，水火醯醢盐梅，以烹鱼、肉。""醯醢"是醋和酱，梅子在当时是与醋、酱、盐等调味品并列的，用来烹调鱼、肉等食物。

这与我们现代人对梅子的认知可能有点出入。但想想粤式餐厅里的烧鹅，斩好上桌时一定会配一碟梅子酱作为蘸料，当皮脆肉嫩的金黄烧鹅蘸上酸甜解腻的梅子酱，入口的刹那，各种细腻滋味在口腔中碰撞，微甜酸爽和水果清香恰到好处地中和了油脂的肥腻，和咸味、脂香搭配在一起，又提升了味觉的丰富程度。这时你一定会赞叹古人的烹调智慧。

花果飘香

与其他水果的甘甜不同,梅子是以酸爽著称的。我们自小就熟知的"望梅止渴"典故,故事中的曹操正是利用了梅子的酸味,令士兵们一想起来就口舌生津,以达到暂时止渴的效果。

晏殊的一阕《诉衷情》以"青梅煮酒斗时新"为首语,残春天气,青梅煮酒,好趁时新。在春游时候与意中人不期而遇,欣喜之情溢于言表。古人在青梅上市的春末夏初,喜欢以青梅为佐酒之物,举行节令性宴饮活动。南朝诗人鲍照也写过"忆昔好饮酒,素盘进青梅"的诗句,或许略带酸涩的新鲜青梅,恰恰与时光那留不住的意象相匹配吧。

在《三国演义》中有"青梅煮酒论英雄"的著名桥段,这个"望梅止渴"的小故事就是曹操此时向刘备叙述的:"适见枝头梅子青青,忽感去年征张绣时,道上缺水,将士皆渴;吾心生一计,以鞭虚指曰:'前面有梅林。'军士闻之,口皆生唾,由是不渴。今见此梅,不可不赏。又值煮酒正熟,故邀使君小亭一会。"

当时刘备学圃于许,以为韬晦之计,曹操以青梅佐酒,邀刘备共论天下英雄,"青梅煮酒论英雄"的典故由此流传千古。很多诗人都曾在诗文中引用这个典故,比如苏轼曾在《赠岭上梅》诗中写:"不趁青梅尝煮酒,要看细雨熟黄梅。"

很多人都误认"青梅煮酒"是将青梅放在酒里一起煮,其实不是这样的,在这里青梅是佐酒的小食,煮酒就是温酒,古代的酒度数普遍不高,古人温酒可以提升酒的清澈度,增加口感。况且,在阴云漠漠的时候,喝一盏温热的酒,一定是周身舒泰的。用现代科学眼光去分析,"煮酒"就更有道理了,甲醇的沸点是 64.7 摄氏度,乙醇的沸点是 78 摄氏度,水的沸点 100 摄氏度,给酒加热,

青梅煮酒斗时新

甲醇最先挥发掉,酒的品质也就大大提升了。

《齐民要术》引《诗义疏》云:"梅,杏类也,树及叶皆如杏而黑耳。实赤于杏而醋,亦可生啖也。煮而曝干为苏,置羹臛齑中,又可含以香口。亦蜜藏而食。"新鲜的青梅过于酸涩,除了作调味品和直接食用外,通常人们都是把它用蜜渍、用盐腌,做成小零食,或者泡青梅酒、做青梅酱等来吃。

《居家必要》中有"梅酱"的做法:"熟梅十斤,烂蒸去核,每肉一斤加盐三钱,搅匀。日中晒待红黑色收起,用时加白豆、蔻仁、檀香些少,饴糖调匀,服凉水,极解渴。"听起来似乎可以调凉水,做成美味解渴的"果茶"。另有一味"糖脆梅":"青梅每百个以刀划成路,将熟冷醋浸一宿,取出控干。别用熟醋调沙糖一斤,半浸没,入新瓶内以箬扎口,仍覆碗。藏地深一二尺,用泥上盖过,白露节取出换糖浸。"

糖脆梅的做法让我想起了云南白族姑娘们巧手制作的"雕梅",先用石灰水把盐梅浸泡,取出晾干表面水分,再以一双巧手用刻刀在梅肉上雕刻出连续曲折的花纹,小小青梅在指尖轻轻翻飞,从空隙处挤出梅核,就变成中空带花纹的梅子,轻压成菊花状的梅饼,然后一层层放入陶罐,撒上砂糖,再用上等红糖、蜂蜜浸渍数月,待梅饼呈金黄色时就可取出食用了。

明代高濂在他的养生学著作《遵生八笺》中,记载了一种非常"硬核"的梅子吃法:"青硬梅子二斤,大蒜一斤,或囊剥净,炒盐三两,酌量水煎汤,停冷浸之。候五十日后,卤水将变色,倾出再煎其水,停冷浸之,入瓶。至七月后食,梅无酸味、蒜无荤气也。"虽然他描述"梅无酸味、蒜无荤气",可是仍然很难想象这"蒜梅"

到底是什么样的微妙滋味。

陆游在《山家暮春》中写道："苦笋先调酱,青梅小蘸盐。佳时幸无事,酒尽更须添。"青梅在这里是蘸着少许的盐吃,作为下酒菜。这一吃法和现在南方很多地区用酸味的水果拌盐和辣椒粉吃很是近似,取其鲜爽刺激,开胃爽口。

杨万里则一向比较喜欢甜食,曾自称喜欢用白糖蘸梅花佐酒,他在《清明呆饮二首》一诗中就提到了青梅蘸糖的吃法:"雪藕新将削冰水,蔗霜只好点青梅。""蔗霜"就是甘蔗制的白糖了,至于没蘸糖的青梅,给他留下的当然是"梅子留酸软齿牙"的印象了。冯梦龙编撰的《古今谭概·谬误部》中曾记录了这样一则趣事:"长洲刘宪副瀚之族,有兄弟二人,初本孪生,貌极相肖。市有鬻青梅者,梅甚大,其兄戏与决赌云:'能顿食百颗。'市人云:'果尔,当尽以担中梅相饷。'刘食其半,佯称便,旋入门。而其弟代之出,食至尽。众莫能辨,遂为所胜。"如果真的是一人一顿吃掉一百颗青梅的话,满口牙齿都要酸掉了吧。

"结子青青亦带酸"的青梅,因了李白的一句诗,也成为小儿女天真无邪青涩时光的代名词。李白在《长干行》里写道:"郎骑竹马来,绕床弄青梅。同居长干里,两小无嫌猜。"于是世间多了"青梅竹马""两小无猜"两个成语,那些纯真的年少时光,纯洁无瑕的感情也在青梅的香气中被永远留存了下来。

女词人李清照的《点绛唇》中,也有个经典的场景:"见客入来,袜划金钗溜,和羞走。倚门回首,却把青梅嗅。"少女遇到翩翩少年郎,出于礼教慌乱躲避,却又忍不住倚门回首,借着嗅闻青梅的姿态回头顾盼,少女的娇羞灵动跃然纸上。

青梅煮酒斗时新

梅子虽然原产中国，但在日本备受珍爱，日本人将它的吃法进一步发扬光大了。据资料记载，约公元630—894年，日本遣唐使从中国将青梅带回了日本，到约1534年，日本开始有地区种植青梅，并且对青梅进行简单的加工，而青梅真正开始在市场贩卖，大概是1907年。此时，大部分农户都是在自己家中腌渍青梅，仅有部分青梅被商人和加工业者收购。到1961年时，日本酒税法修改，农户自家酿制的梅酒也得到了政府许可，青梅的食用方法再次丰富，需求量大增。

如今在日本，青梅的吃法仍是极其丰富的，比如腌渍的紫苏梅干可以做饭团或茶泡饭，还有各种梅酒、梅酱、梅膏、梅片、青梅饮料等等。日本人对梅子那叫一个真爱，简直到了"日常迷信"的程度。日本人喜欢在白饭或是饭团中塞进一个梅干，说是梅子能起到杀菌的作用，使饭能保存更久；在养病时喜欢吃白粥加梅干，说是可以调理肠胃；甚至据说在太阳穴处贴上一粒梅干，连头疼都会消失。

我与梅子最亲密的接触，恐怕就是每个夏天都要喝的酸梅汤了。清代郝懿行的《都门竹枝词》写京都的风物人情，其中便说道："底须曲水引流觞，暑到燕山自然凉。铜碗声声街里唤，一瓯冰水和梅汤。"在清代，酸梅汤已经是非常普及的大众饮品了。

酸梅汤最主要的一味配料就是乌梅。乌梅配以降脂降压的山楂、益气润肺的冰糖、化痰散瘀的桂花、清热解毒的甘草，将这些材料放入水中文火慢熬，便成色如琥珀、甘爽沁心的酸梅汤了。夏天饮上一盏冰镇过的酸梅汤，才叫真正的透心凉、心舒畅。

你也许要说了，乌梅和青梅有什么关系呢？当然有啦。乌梅是梅的成熟果实加工之后的产品,也称酸梅、黄仔、合汉梅、干枝梅,也是一味中药。将成熟的青梅用小火炕焙,当梅子焙至六成干时,上下翻动使其干燥均匀,炕焙两三天后果肉呈黄褐色并且表面有皱皮的时候,再焖上三天,待表面完全变成黑色,乌梅便制作完成了。这一做法古已有之,贾思勰《齐民要术》中就记载了"作乌梅法":"以梅子核初成时,摘取笼盛于突上。薰之令干即成矣。乌梅入药,不任调食也。"《本草纲目》也提及:"梅实采半黄者,以烟薰之为乌梅。"

宋代吴自牧撰写的《梦粱录》描述了当时杭州的茶肆:"插四时花,挂名人画,装点店面。四时卖奇茶异汤,冬月添卖七宝擂茶、馓子、葱茶,或卖盐豉汤,暑天添卖雪泡梅花酒,或缩脾饮暑药之属。"其中"缩脾饮"的主料也有乌梅,这是一种解伏热、除烦渴的消暑饮料。

清代王士禛作有《董起男送风雨梅戏占为谢》一诗:"吴中五月梅黄雨,想象千年舶棹风。珍重遗来看软齿,不须将醋浸曹公。"农历五月,梅雨季节就到了。江南地区每年6、7月份都会出现连绵阴雨的气候现象,由于这一时期正是梅子黄熟的时候,人们给这一天气现象起名叫作"梅雨",这一时段便被称作梅雨季节。

说起梅子,有位词人的雅号正是"梅子"。北宋词人贺铸,填有一阕《青玉案》,其中末尾几句"若问闲愁都几许,一川烟草,满城风絮,梅子黄时雨",连用三种意象表现出愁思的广度、密度和长度,构思奇妙,被时人认为"语精意新,用心良苦"(《碧鸡漫志》),"兴中有比,意味更长"(《鹤林玉露》),因此词得到一枚"贺梅子"的雅号。周紫芝《竹坡诗话》记载:"贺方回尝作《青玉案》,有'梅子黄时雨'之句,人皆服其工,士大夫谓之'贺梅子'。"

在日常读诗中还曾发现一个有趣的细节,赵师秀的名句"黄梅时节家家雨",所写的正是梅雨时节潮湿的天气,符合我们一般的认知,陆游的"梅子熟时风雨频"似乎可以作为佐证。而曾几却在《三衢道中》写:"梅子黄时日日晴",那么梅子黄的时候,到底是"家家雨"还是"日日晴"呢?

对此我曾颇为疑惑。后来有懂气象学的小伙伴给出了这样的解释:因为长江中下游地区天气深受季风的影响,而我国的夏季风又是不稳定的。在正常年份下,长江中下游6月份进入阴雨连绵的梅雨季节,于是就有"黄梅时节家家雨"的天气。但在有些副热带高压偏强的年份,副热带高压北移速度加快,于是长江中下游在6月份就会处于副热带高压控制的地带,盛行下沉气流,空气干燥,也就带来了"梅子黄时日日晴"的天气了。

夕餐秋菊之落英

——鲜花变佳肴,不只是文学修辞

夕餐秋菊之落英

离骚（节录）
先秦·屈原

朝饮木兰之坠露兮，夕餐秋菊之落英。
苟余情其信姱以练要兮，长顑颔亦何伤。

鲜花和厨房，乍听起来仿佛是仙到云端和俗到尘世的两件事物，可鲜花走进厨房，摇身变成佳肴，这事儿可是古已有之。

最早吃花的人已不可考。但屈子一定热爱这种美馔，他的理想生活是"朝饮木兰之坠露兮，夕餐秋菊之落英"。虽然这只是一种文学的修辞，但是这说明先民早已知道很多鲜花是可以入馔的，且菊花确实是入馔佳品。

后世真正风雅和附庸风雅的人越来越多，花馔在古人特别是文人士大夫的生活里越来越常见。宋人林洪《山家清供》、明人戴羲《养余月令》、近人徐珂《清稗类钞》均载有花馔十余种。

《山家清供》所列有：梅花汤饼、锦带羹（文冠花）、紫英菊、檐卜煎（栀子花）、蜜渍梅花、金饼（菊花）、梅粥、雪霞羹（芙蓉）、广寒糕（桂花）、牡丹生菜、不寒齑（梅花）、醒酒菜（梅花）、菊苗煎等。

花果飘香

《清稗类钞·饮食类》所列有：晚香玉竹荪羹、面拖玉簪花、藤花作馅、玫瑰花作馅、广寒糕、甘菊花饼、玉兰花饼、拌金雀花、红香绿玉、凤仙花梗炒面筋等。

吃花的方法、水平不断翻新，文人们在将鲜花放进厨房的过程中也更多强调精神愉悦和艺术享受。

以上花馔的名目大都听起来过于风雅，我绝大部分是没有吃过的。记忆中自己所吃过的花朵，都是特别接地气的。小时候最喜欢坐在爷爷家前院小花园里搜罗一串红，采用地毯式搜查的手法，一根根拔过去，只为吸芯子里一滴蜜，觉得清甜但全然不过瘾。直到有一天我发现了美人蕉，拔下来深深嘬一口，那甜蜜真的算是芬芳浓郁了。

这只是浅尝，要说真正的吃呢，槐花大概是从小吃过最多的花朵了，一簇簇宛如碎玉，比碎玉又带几分清香，可以洗好加面粉上屉蒸熟，也可调和面糊煎成槐花饼，还可以做馅儿包包子、饺子，每种吃法都宜少加佐料，品其回味的清甜。

我们常吃的槐花是洋槐花，白色的那种，此外洋槐还有两个常见的变种：红花刺槐，花为粉红或紫红色；金边黄槐，花为金黄色。这两种槐花无毒，但营养价值不高，味道不佳，不建议食用，主要做观赏绿植来栽培。国槐花可入药，但不适宜烹饪食用，可能会导致腹痛发烧。

另有一种时常吃的花朵，就是黄花菜了，黄花菜在花园里的时候叫作萱草，《诗经》中"焉得谖草，言树之背"，就是说的它。苏东坡也有诗写它："萱草虽微花，孤秀能自拔，亭亭乱叶中，

夕餐秋菊之落英

——芳心插。"

嵇康《养生论》:"合欢蠲忿,萱草忘忧。"《诗经疏义汇通》说:"萱草味甘,令人好欢,乐忘忧。"所以萱草又有个好听的名字——忘忧草。

可到了餐桌上,它被赠予了"黄花菜"的名字,真的是"菜"得彻底了。变成食物后,再美的花朵也仿佛接地气起来。

鲜黄花菜中含有秋水仙碱,人体摄入后,秋水仙碱会转化为有毒的二氧秋水仙碱,所以人们食用鲜黄花菜时须用沸水焯久一些,以免中毒。干制品可破坏秋水仙碱,所以大家常吃的都是干黄花菜。此外,我倒觉得黄花菜和鲍鱼、花菇类似,鲜品口感不过尔尔,干制再水发后,反而香气暴增,跃成佳品。

北京人吃豆腐脑、打卤面,离不了黄花菜。黄花、木耳堪称绝配,若加上香菇丝、五花肉、青蒜末,卤汁一收,所有食材或含蓄或激烈的芳香融合汇聚,那真叫妙!黄花菜的香,并非植物本身的芳香,而是经时间微微沉淀,一种变得更韧、更耐回味的香气。

茉莉花炒蛋是现在每个云南菜馆的标配,做法也很简单,把轻微烫洗过的茉莉花骨朵当葱花一样用,混合蛋液调好味,下油锅翻炒即可,类似做法还有紫藤花炒蛋、石斛花炒蛋等等。

总感觉茉莉这种花朵,做成"碧潭飘雪",在茶杯里看一两朵花载浮载沉就已经很好,那种幽香只需要一丝丝便已经足够,下油锅历练后的茉莉失掉了仙气,全无之前的冰雪精神。因茉莉不像槐花那般素朴又温和,百般搭配都很相宜。这道菜我倒爱不起来,尝过一两次就罢了。

其实云南的鲜花美馔可远不止这一种，滇菜本就有"无花不成宴""无花不成席"的说法，玫瑰花饼早已行销海内外，玫瑰糖、玫瑰酱等也都是容易买到的佐餐好物。其余金雀花、玉荷花、白杜鹃、芭蕉花、芋头花、石榴花也都常常入菜，只是北方地区还很少吃到。

云南菜中，单单是南瓜花的做法就有很多：油炸南瓜花、南瓜花煎蛋、花生南瓜花汤、啤酒酿南瓜花、青椒炒南瓜花、生苦瓜拌南瓜花、南瓜花饼、南瓜花粥、南瓜花肉馅包……掰着指头可以数上十几种乃至几十种。

说起南瓜花，我倒是很爱的。单看南瓜花的"面相"，就知道它是温柔敦厚的，令人亲近。即使挂上厚厚的蛋糊，油锅里走上一遭，也依然温和润泽，不腻不燥。没有扑鼻的芳香迷人魅人，却靠着绵软香甜的口感和清热滋补的功效感人化人。

恰逢时令，去山东老家的一些农家菜馆，我会点上一盘南瓜花。山东人的农家菜没有太多花样，一般就是拖面糊下锅炸了，端上来的南瓜花仍然是朴实敦厚的样子。味道呢？淡淡的，外酥里嫩，有种滋养人的香甜，吃到肚里是熨帖的。

《广群芳谱》中提及玉兰花馔，"花瓣洗净，拖面，麻油煎食最美"。后人也发明了玉兰花瓣夹一层豆沙，裹面粉下油锅炸的甜点。济南小吃炸荷花也是异曲同工，将鲜嫩的荷花瓣同样炮制即可。油炸玉兰花我没有吃过，张茂吴咏玉兰花的诗句"但有一枝堪比玉，何须九畹始征兰"倒是印象深刻。

夕餐秋菊之落英

想起小区里有几株白玉兰，树不高大，但花朵肥白硕大，极盛的时候让人惊叹。玉兰这种花，叶未繁，花先发，花型挺拔优雅，气度不凡，它花开有多盛，谢的时候就有多辉煌，遽然变色，零落坠地，若玉山将崩。这景象看了着实让人伤心。

也许比起看玉兰零落、委于泥涂的景象，倒不如用肚腹埋葬它们更令我心安了。

露为风味月为香

——美人在骨不在皮，荷花也是

露为风味月为香

莲
宋·苏轼

城中担上卖莲房，未抵西湖泛野航。
旋折荷花剥莲子，露为风味月为香。

都说美人在骨不在皮，我看花也差不离。世上万千花朵有着万千种美，几乎每种都能令我心折，不过美和美之间，也是有着千差万别的。这令我念念不忘的荷花，就是美在了骨子里，清洁、孤独、傲然。无论多大的荷塘，都很难令人感到喧闹，它们美，而美得毫不自知，只是自顾自地美下去。

很多人都分不清楚荷花与睡莲，觉得它们无论看起来还是听起来都是挺相近的。荷花，学名为 Nelumbo nucifera，在原来的植物分类中，它曾经属于睡莲目。不过随着植物分类学的发展，人们认识到，莲和睡莲在外形上虽然相似，但结构终究相差甚远，因此莲重新被划分至山龙眼目，莲科，莲属。话说莲属植物全世界只有两种，美洲还有一种美洲黄莲（Nelumbo lutea）。莲，真是十分符合自身气质的孤独物种了。

也难怪荷花和睡莲难以被分清，荷花实在有太多美丽的名字了，其中一个，就是"莲"。《西洲曲》中即有"采莲南塘秋，莲

· 175 ·

花过人头"。

不同颜色的莲花,有着不同的气质:青莲,"遗庙青莲在,颓垣碧草芳"(温庭筠《题翠微寺二十二韵》);白莲,"白鸟白莲为梦寐,清风清月是家乡"(皮日休《鲁望以轮钩相示缅怀高致因作三首》之二);红莲,"绿竹含新粉,红莲落故衣"(王维《山居即事》)。

历代的人们赠这种美丽的植物以不同的名字。《尔雅》:"荷,芙蕖其根藕也。"郭注云:"别名芙蓉,江东呼荷。"汉代许慎《说文解字》中这样解释:"菡,菡萏,芙蕖华。未发为菡萏,已发为芙蓉。""莲,芙蕖之实也。""茄,芙蕖茎。""荷,芙蕖叶。""蔤,芙蕖本。""藕,芙蕖根。"原来就连未开的花苞都有自己美丽的名字。后来还有水芝、藕花、水旦、水芸、泽芝等不同的名字,倒越发啰唆起来,没有单一个"荷"字清雅。

我国历来有以鲜花入馔的传统,荷花怎么能例外?济南有道名菜就是炸荷花:两片鲜嫩荷花瓣中,酿入薄薄一层豆沙馅,之后拍粉、挂蛋清下锅油炸,真真是烈火烹油、鲜花着锦。我觉得这种略嫌粗暴的方式,多少有些唐突佳人了,所以虽然有所了解,也不肯专门去尝试这道菜。

荷叶虽不能直接当作蔬菜食用,但人们乐于用它当作食物的容器,一起上蒸锅,只为取其清香。"青箬裹盐归峒客,绿荷包饭趁墟人"。明末屈大均在《广东新语》中记载了荷包饭的制作方法:"东莞以香粳杂鱼肉诸味,包荷叶蒸之,表里香透,名曰荷包饭。"被荷叶包着蒸过的食材带有夏日荷塘的清新气息,荷叶糯米鸡、荷

露为风味月为香

叶蒸排骨都是常见的吃法,就连"叫花鸡",在包裹黄泥之前都定要裹上一层荷叶才可以。可见就连丐帮的美食同好,对待吃都不肯马虎呢。

至于藕,更是广受欢迎了,生食、烹食、煮粥、炖汤都很受欢迎,甚至"粉身碎骨浑不怕",即使捣碎过滤做成藕粉,依然无比甘甜、滋润。北方人常哄孩子说,吃藕可以"长心眼",无非是希望孩子多吃点有营养的食物,也顺带寄托了希望孩子聪颖的小心愿吧。

莲子的"心"是苦的,不过有些人认为苦代表着"去火",吃莲子时特意连心一起吃掉。我小时候遇到街上贩卖新鲜莲蓬的,一定要央求大人给自己买上两个,倒不是因为特别爱吃,只是那种一粒粒剥食的新鲜感着实迷人。小时候读诗有点不解,"低头弄莲子,莲子清如水",莲子为什么"清如水"呢?当捧着新鲜莲蓬慢慢剥食时,渐渐又有点懂了。莲蓬剥出来的莲子肉,那么白嫩,那么水灵,剥开一粒莲子,只能尝到一点点甜,这种精巧的清爽只在舌尖,转瞬即逝。对于一个并不生在水边的孩子来说,吃莲子给我一种仪式感和珍贵感。

于是极为盼望苏轼诗里的意象:"城中担上卖莲房,未抵西湖泛野航。旋折荷花剥莲子,露为风味月为香。"泛舟西湖,有漫天的荷塘可以任人随意攀折亲近。剥一颗最新鲜的莲子——露的清新,月的爽朗,那一刻都通过一颗小小的莲子沁入心田。

荷花的美,古往今来被吟咏得不能更多了。据日本学者市川桃子在《莲与荷的文化史》(2014年中华书局出版)一书中的统计,在《先秦汉魏晋南北朝诗》《全唐诗》《宋诗钞》《元诗选》《明

177

诗综》中,荷这种植物出现的次数都名列前茅。荷花的倩影在《先秦汉魏晋南北朝诗》中出现353次、《全唐诗》中出现2071次、《宋诗钞》中出现504次、《元诗选》中出现483次、《明诗综》中出现352次,分别位列诗歌中出现植物排行榜的第二、第四、第五、第四、第四位。在水生植物中,荷花排名就更靠前啦,荷花是历代诗文引述最多的水生植物,没有之二。

毛诗早有"山有扶苏,隰有荷华"之句。屈子更是"制芰荷以为衣兮,集芙蓉以为裳"。不仅是远远欣赏,已经把荷穿戴披挂起来了。再后来,关于荷的名句更是不胜数了,可以是"荷风送香气,竹露滴清响"的幽静,也可以是"卷舒开合任天真"的自在,当然,也少不了采花大盗"醉折荷花想艳妆"。荷花的迷人不止在于盛放之际,"秋阴不散霜飞晚,留得枯荷听雨声",即使是枯荷,都有着不同凡响的美。

要说最著名的"接天莲叶""映日荷花"虽然郎朗上口,但是挤挤挨挨的终归俗了。荷花还是疏疏朗朗的更好些,有了空隙,风才能透过,才有"一一风荷举"的潇洒,才有"秋池暗度风荷气"的"气"在。

卢延让有句"凉雨打低残菡萏,急风吹散小蜻蜓"。真的呆头呆脑,又呆又萌。不知道这种句子是否也要"捻断数茎须"呢,我忍不住偷笑了。元稹更是可爱,"暗梳蓬发羞临镜,私戴莲花耻见人"。四十岁就发量稀疏了,自己深为羞耻,又想"聊发少年狂",簪朵莲花臭美一下,于是只能自己偷偷对镜了。

李渔对荷花的论述可谓十分精到了:"自荷钱出水之日,便为点缀绿波,及其茎叶既生,则又日高一日,日上日妍。有风既作

露为风味月为香

飘摇之态,无风亦呈袅娜之姿,是我于花之未开,先享无穷逸致矣。迨至菡萏成花,娇姿欲滴,后先相继,自夏徂秋,此则在花为分内之事,在人为应得之资者也。及花之既谢,亦可告无罪于主人矣,乃复蒂下生蓬,蓬中结实,亭亭独立,犹似未开之花,与翠叶并擎,不至白露为霜而能事不已。此皆言其可目者也。可鼻,则有荷叶之清香,荷花之异馥,避暑而暑为之退,纳凉而凉逐之生。至其可人之口者,则莲实与藕皆并列盘餐而互芬齿颊者也。只有霜中败叶,零落难堪,似成弃物矣,乃摘而藏之,又备经年裹物之用。是芙蕖也者,无一时一刻不适耳目之观,无一物一丝不备家常之用者也。"

可悦人之目,又可人之口,名字美、形态美、气质美、味道美,荷花、莲子、莲衣、莲房、莲须、莲子心、荷叶、荷梗、藕节……荷的一身均可食用、药用,还有什么植物比荷更奉献、更无私、更磊落的吗?即使将荷花折了、莲子摘了、藕节挖了,它依然那样滋养着人们,毫不折损自己的高贵,也不吝惜自己的亲近。

荷花可目、可鼻、可口、可用,还十分"可听",夏日多雨,荷花和雨特别相配。荷不仅仅是颜色和芳香让人喜爱,就连声音都是迷人的,那种"雨声滴碎荷声"的天气里,多么适合打开后窗,在雨声和荷声的交响中小憩。当然我在这偌大的京城并无房产,也更不可能有荷塘和后院,想想罢了。

恰是搓橙破橘时

—— 芬芳怡人的柑橘类水果

恰是搓橙破橘时

小饮示座中
宋·陆游

镜里萧萧两鬓衰，闲人正与老相宜。
谁知篆烛焚香夜，恰是搓橙破橘时。
莫道闭门无逸气，尚能为客诵新诗。
君看江海宽多少，是处皆堪理钓丝。

小时候，读到"荷尽已无擎雨盖，菊残犹有傲霜枝。一年好景君须记，正是橙黄橘绿时"的时候，觉得一首短短的诗，除了枯荷和残菊，就是写了橙子、橘子两种水果，本应"平平无奇"，没想到组合在一起却如此动人。尤其"橙黄橘绿"的清新色调，被拿来形容秋之时节，真是妥帖，真是令人难忘。自此，总觉得秋季带着一种金绿的色调、柑橘类水果的气息。

后来再读到陆游"谁知篆烛焚香夜，恰是搓橙破橘时"，简直觉得妙不可言了，陆游并不描写吃橙子吃橘子这件事，只是描写吃水果前的准备：仅仅是"搓橙""破橘"两个小动作，就有一阵芬芳自文字中袭来。

是啊，篆烛焚香的闲适秋夜里，面前摆几个金黄灿烂、芬芳怡人的水果，这时的橙子、橘子不一定被拘囿在食物的躯壳里，不

花果飘香

一定非要马上被吃掉,在手里把玩着、轻轻嗅闻着,就已经十分美好。宋代的周南认为"橙橘青时最有香",这也是把柑橘类水果当作闻香、摆设和把玩的雅物。

面对芳香可爱的橙子,陆游有时候把它们揣在袖子里把玩:"饥坐炮燔多巨栗,醉归怀袖有新橙。"(《幽居》)有时候搓搓橙子,还不忘闻闻自己的手指头:"照水须眉见,搓橙指爪香。"(《明日又来天微阴再赋》)更有时候啊,他还把橙子放在枕边闻着香味入睡:"梦回有恨无人会,枕伴橙香似昔年。"(《悲秋》)

橙子、橘子等都是柑橘属植物,是芸香科植物中最主要的一属。常见的柑橘类水果包括橘子、柑、柚、枸橼、甜橙、酸橙、金橘、柠檬等。按照现代植物学研究,柑橘属家族成员众多的品种,如柚子、橙子、柑、柠檬等,大多数都是由宽皮橘、野生柚以及香橼三大野生种通过相互杂交、杂交后代再杂交和定向选种培育而来的。其中我国云南西南部,印度阿萨姆地区都是柑橘类植物原生种的起源中心。

因此,中国古人很早就认识到柑橘类水果的芳香可爱,有意识地将野生橘树进行人工栽培。《尚书·禹贡》记载:"厥篚织贝,厥包橘柚,锡贡。沿于江、海,达于淮、泗。"意思是,东南沿海各岛的人穿着草编的衣服。这一带把那筐装的贝锦,那包裹的橘柚作为贡品,进贡的船只沿着长江、黄海到达淮河、泗水。4000年前的夏朝,长江流域已经种植柑橘了,那时候的橘子、柚子一定没有我们现在吃到的甜美、丰盈,可是已经被人们当作珍贵的贡品了。

自古以来,南国就盛产柑橘,《格致镜原》引《山海经》:"洞

恰是搓橙破橘时

庭之山,其木多橘",洞庭是古代柑橘类最负盛名的产区,楚地更可以称为橘的故乡了。司马迁在《史记·苏秦传》中写,荆楚之地盛产橘柚:"齐必致鱼盐之海,楚必致橘柚之园。"可见早在汉代以前,楚地即已以产橘柚而闻名遐迩了。唐代诗人顾况曾有诗句"洞庭橘树笼烟碧,洞庭波月连沙白",宋代王安石也有诗句写楚地的橘:"甫里松菊盛,洞庭柑橘垂。"

《史记·货殖列传》中还有这样的记述:"安邑千树枣;燕、秦千树栗;蜀、汉、江陵千树橘……此其人皆与千户侯等。"当时家有千棵橘树,其收入差不多等于一个千户侯。

北魏农学家贾思勰曾经举过三国时期东吴大将李衡的一个例子,来讲述"十年树木"的经济思想。李衡在武陵龙阳的沙洲上建造宅院,并种了一千株柑橘树。他临死时叮嘱儿子说:我在沙洲里面有一千棵橘树,这些"木奴"不要求你提供衣服和食物,每年每"人"还创造一匹绢的价值,这就足够你用的了。到了吴国末年,柑橘有了收成,一年收获几千匹绢的价值。这就是太史公(司马迁)所说:"江陵千树橘,与千户侯等。"

李衡巧妙地把橘树比喻成"木奴",一群只生产价值又不知索取的"奴隶",从此"橘奴"的别名也流传了下来。杜甫有诗曰"加点瓜薤间,依稀橘奴迹"。金朝诗人张子羽也有"病眼只贪书味永,渴心频梦橘奴香"的名句。

据说李衡一直打算置办家产,但他的妻子始终不同意,认为地位高贵但能安守清贫才好。李衡只好偷偷派了十户门客去武陵沙洲种植橘树,直到临终前才告诉自己儿子。自己虽一世清贫,因种了橘树也算是福泽后人了,如此有经济头脑的李衡正是楚人,荆州南郡襄阳人氏。

楚地的橘如此具经济价值,可是在北方却难以栽培。《晏子春秋》说"橘生淮南则为橘,生于淮北则为枳",说的就是橘树的这种特性——只有生长于南方的橘树才能结出甘美的果实,假使移栽到北方,就只能结出苦涩的枳实了。

在深爱楚国故土的诗人屈原看来,这种"受命不迁,生南国兮"的秉性,正与自己矢志不渝的爱国情志是相通的。在他遭谗被疏、赋闲郢都期间,看到楚地常见的橘树,就以橘树作为砥砺志节的榜样,写下了吟咏橘树的名篇《橘颂》:"后皇嘉树,橘徕服兮。受命不迁,生南国兮。深固难徙,更壹志兮。绿叶素荣,纷其可喜兮。曾枝剡棘,圆果抟兮。青黄杂糅,文章烂兮。精色内白,类任道兮。纷缊宜修,姱而不丑兮。嗟尔幼志,有以异兮。独立不迁,岂不可喜兮?深固难徙,廓其无求兮。苏世独立,横而不流兮。闭心自慎,终不失过兮。秉德无私,参天地兮。愿岁并谢,与长友兮。淑离不淫,梗其有理兮。年岁虽少,可师长兮。行比伯夷,置以为像兮。"

清人林云铭论及此篇,说:"看来两段中句句是颂橘,句句不是颂橘,但见(屈)原与橘分不得是一是二,彼此互映,有镜花水月之妙。"也正是自屈原始,"南国之橘"成为古典诗词中的常见意象,蕴含着志士仁人"独立不迁"的气节,也赋予了橘树独特的文化内涵,千百年来被无数文人墨客歌咏着。三国魏陈王曹植、晋代文学家潘岳、南朝宋文学家谢惠连、南朝梁文学家吴均都分别写过《橘颂》,从各自的视角赞美橘树品格,抒发自身情怀,每一

恰是搓橙破橘时

篇都佳句迭出、异彩纷呈，都散发着沁人心脾的橘香。

古人除了在文学上歌颂柑橘，在科学研究上也走在了前面。南宋韩彦直的《橘录》即是国内最早的柑橘专著。

韩彦直是南宋抗金名将韩世忠的长子，曾任司农少卿一职，农学方面颇有造诣，后来长期担任地方官，特别是在永嘉（今浙江温州）任知州时，由于当地盛产柑橘，他有条件进行深入的调研和探访，写成了此书，因此又名《永嘉橘录》。

《橘录》首次将柑橘类植物按照植物学特性分为柑、橘、橙三大主要类别，并详细记载了当时温州一带的二十七个柑橘品种。其中柑有八种：真柑、生枝柑、海红柑、洞庭柑、朱柑、金柑、木柑、甜柑；橘有十四种：黄橘、塌橘、包橘、绵橘、沙橘、荔枝橘、软条穿橘、油橘、绿橘、乳橘、金橘、自然橘、早黄橘、冻橘；还有橙属五种：橙子、朱栾、香栾、香圆、枸橘。

柑、橘、橙，包括之前提到的柚等类别，都是适宜食用的水果。古人除了把它们当作水果，还发明了许多别开生面的吃法。

苏轼有诗句"点酒下盐豉，缕橙芼姜葱"，这里橙子作为食物的佐料出现，芳香的橙具有开胃的功效。

王昌龄诗中写到橙齑："冬夜伤离在五溪，青鱼雪落鲙橙齑。武冈前路看斜月，片片舟中云向西。"橙齑就是把橙子捣成酱，常用来搭配鱼类食用。关于橙齑，陆游的诗句更多，"久惭旅饭糜仓粟，常忆新橙捣脍齑"，还有"橙黄出白齑美，菰脆供盘玉片香"，每句都能让读诗的人口舌生津。

林洪《山家清供》中记载了宋人名肴"蟹酿橙"的食谱："橙用黄熟大者，截顶，剜去穰，留少液。以蟹膏肉实其内，仍以带枝顶覆之,入小甑,用酒、醋、水蒸熟,用醋盐供,食香而鲜,使人有新酒菊花、香橙螃蟹之兴。因记危巽斋积赞蟹云:'黄中通理,美在其中;畅于四肢,美之至也。'此本诸《易》,而于蟹得之矣,今于橙蟹又得之矣。"

柑橘还可以酿酒。北宋时,安定郡王孟忠厚曾用洞庭黄柑酿制成酒,名为"洞庭春色"。苏东坡受邀品尝之后大赞不已,誉之为"色香味三绝",醉后欣然作《洞庭春色赋》和《洞庭春色》诗,一时传为佳话,"洞庭春色"后来也成为"沁园春"词牌的别名。

柑橘类水果既可以酿酒,又可以泡茶。关汉卿写过:"好茶也,汤浇玉蕊,茶点金橙。茶局子提两个茶瓶,一个要凉蜜水,搭着味转胜,客来要两般茶名。"古人饮茶的风尚和现代人有较大差异,喜欢在茶汤中放各类干鲜果品,加各种调味料,橙子入茶清新怡人,也是很受钟爱的饮用方式。

柑橘有香气,有甘美,也有着热闹悦目的好颜色。

宋孝宗就曾作诗描绘柑橘将熟未熟的景色:"碧玉枝柯柑橘林,开花结子未成金。何当烂熟经霜露,更约提壶一访寻。"柑橘未熟的时候,果实和叶子都是碧绿的颜色,远望去可不是碧玉一般的枝柯嘛。

至于柑橘成熟的时候,那就更美了,白居易曾写诗咏洞庭橘,收获了很多和诗。其中周元范《和白太守拣贡橘》写道:"离离朱实绿丛中,似火烧山处处红。"正描写了绿叶朱实的鲜明对比,望之令人欣悦。

张彤的《奉和白太守拣橘》也很精彩:"凌霜远涉太湖深,

恰是搓橙破橘时

双卷朱旗望橘林。树树笼烟疑带火,山山照日似悬金。行看采掇方盈手,暗觉馨香已满襟。"橘子成熟时的明丽色调、橘果丰收的馨香怡人跃然纸上。

四季食俗

春日春盘细生菜

——立春：咬一口春天的气息

春日春盘细生菜

立春
唐·杜甫

春日春盘细生菜，忽忆两京梅发时。
盘出高门行白玉，菜传纤手送青丝。
巫峡寒江那对眼，杜陵远客不胜悲。
此身未知归定处，呼儿觅纸一题诗。

唐大历二年（公元767年）的立春日，杜甫在夔州（今重庆奉节），看到面前摆着的"春盘"，不由得忆起了当年在长安、洛阳梅花开放的春日，人们过立春日的热闹场景。可是经过安史之乱之后，如今自己困居在夔州，尚不知何时能回到长安，眼前又是一个春日，自己却无法回到过去那样喜庆祥和的氛围中了，客心悲愁之际，只有呼来小儿觅纸题诗遣怀，追忆那些逝水年华。

诗中的"春日"，就是立春之日。《史记·天官书》里说："立春，四时之卒始也。"这一时节天气转暖，万物生发，欣欣向荣。立春，被认为是春季的开始，是古人心里非常重要的一个日子，并不像现在只是一个节气名称。在这一天，古人要举行充满仪式感的庆祝活动，迎接春天的到来，因此这个日子在杜甫诗里也被赋予了

四季食俗

格外重要的意义。

在这样重要的日子里,杜甫在诗中写到的食物是"春盘"。"春盘"是什么呢?这要从唐朝立春日时的习俗说起,这天人们要食春饼、生菜,称为"咬春""尝春"。唐《四时宝镜》中记载:"立春日,春饼、生菜,号春盘。"唐人用蔬菜、果品、饼饵等装在大盘中,全家分食用,或馈送亲友,取迎新、迎春之意,这就是"春盘"。立春食用和馈赠春盘的习俗在唐代非常盛行,白居易在《六年立春日人日作》一诗中也写过,"二日立春人七日,盘蔬饼饵逐时新"。

这一习俗的由来,要追溯到更久远的时代。东汉崔寔在《四民月令》中叮嘱人们:"凡立春日,食生菜不可过多,取迎新之意也。"不难得知,立春日吃生鲜蔬菜的习俗在汉代就已经普遍存在了。《杜诗详注》中引《摭言》:"东晋李鄂,立春日命以芦菔、芹芽为菜盘相馈贶。"可见从东晋开始,用春盘互相馈赠的"迎春"的风俗已经出现。

要说到春盘的渊源,一般认为是由"五辛盘"演变而来,春季食用辛辣芳香的蔬菜,可以从庄子那里找到线索。庄子曾说"春月饮酒茹葱,以通五脏",可见那时的古人已有春天吃葱养生的习惯。

"辛"被古人列为五味之一,古人认为辛辣的食物有发散、行气、行血等作用。在阳气刚开始生发的春季,食用些辛辣的蔬菜,可以温中散寒、醒神顺气,大概还有着让人们从味蕾上体会到春天的温暖和振奋的作用吧。

春日春盘细生菜

到了后世,"五辛盘"作为元旦迎新的节日食物出现,如晋代周处《风土记》记载:"元日造五辛盘。"注云:"五辛所以发五藏之气。"南朝梁庾肩吾《岁尽应令诗》也提到,"岁序已云殚,春心不自安。聊开柏叶酒,试奠五辛盘"。

"五辛"是什么?李时珍在《本草纲目》中说:"五辛菜,乃元日、立春,以葱、蒜、韭、蓼蒿、芥辛嫩之菜,杂和食之,取迎新之义,谓之五辛盘。"《本草纲目》中还解释道,释家以大蒜、小蒜、兴渠、慈葱、茖葱为五辛,而道家则以韭、薤、蒜、芸苔、胡荽为五辛。

唐代的诗词中,依然有"五辛盘"这种说法,薛能《除夜作》中说"茜斾犹双节,雕盘又五辛"。宋庞元英《文昌杂录》卷三记载,"唐岁时节物,元日则有屠苏酒、五辛盘、胶牙饧",也逐渐有了菜色更丰富、制作更精美的春盘,比如杜甫心心念念的"春日春盘细生菜"。

明人申时行有《立春日赐百官春饼》诗,诗曰:"紫宸朝罢听传餐,玉饵琼肴出太官。斋日未成三爵礼,早春先试五辛盘。"五辛盘用到的可以是五种生菜,也可以是七种,但并不拘泥于特定的数量和种类,芹菜、韭菜、萝卜之类的蔬菜都很常见,也有粉皮等食材的加入。明朝进士田汝成所著《西湖游览志余·熙朝乐事》中说到"立春之仪",要"缕切粉皮,杂以七种生菜,供奉筵间"。

宋代春盘也在立春前一日享用,是宫廷、民间都十分流行的食物。《皇朝岁时杂记》记载:"立春前一日,大内出春盘并酒,以赐近臣。盘中生菜,染萝葡为之装饰,置奁中。"宋代周密《武林旧事·立春》提到"后苑办造春盘供进,及分赐贵邸、宰臣、巨珰,翠缕红丝,金鸡玉燕,备极精巧,每盘值万钱"。春盘从单调的辛辣到色、香、味水平提高一大截,菜品更加丰富。

从苏轼诗作中"青蒿黄韭簇春盘""喜见春盘得蓼芽""蓼芽蒿笋荐春盘"等描述,可知宋代的"春盘"是蓼芽、蒿、笋、韭等菜蔬的集合,很多南方的新鲜菜蔬也加入春盘的花团锦簇中了。

宋代的春盘里,除了各色蔬菜之外,还有春饼。南宋朱淑真《立春古律》中就写到用生菜卷饼的吃法:"生菜乍挑宜卷饼,罗幡旋剪称联钗。"杨万里在《郡中送春盘》一诗中,对春盘有更加细致的描写:"饼如茧纸不可风,菜如缥茸劣可缝。韭芽卷黄苣舒紫,芦菔削冰寒脱齿。"薄如茧纸似乎能吹弹得破的春饼,细细切就如丝如缕的蔬菜,韭芽嫩黄、莴苣青紫,清凉爽脆的萝卜在唇齿间如咀冰嚼雪。——吃春盘不仅是眼睛的享受,味蕾的舞蹈,也是唇齿和听觉的盛筵。

清代潘荣陛《帝京岁时纪胜·正月·春盘》:"新春日献辛盘。虽士庶之家,亦必割鸡豚,炊面饼,而杂以生菜、青韭菜、羊角葱,冲和合菜皮,兼生食水红萝卜,名曰咬春。"就算是平民百姓,也会在立春日这天采买鸡肉、猪肉,蒸好薄饼,准备生菜、青韭、羊角葱等等,作为春饼的原料,这天也会生吃水红萝卜,叫作"咬春"。

萝卜之前还只是春盘里诸多蔬菜之一,在明代则正式独立出来,和春饼平起平坐,甚至成为"咬春"仪式中的主角。人们认为它可以解除春困,消食定喘,清热顺气。李时珍认为它有"消谷和中""去邪热气"的功效。到了清代,"咬春"仪式更加隆重。《长安宫词》记载,立春日,宫中会用两个大盘,各盛装两条生萝卜,

春日春盘细生菜

在萝卜上镂刻出精细文字,制成对联,分送给两宫"咬春",是"沿袭前明之遗制"的做法。

清人作有《咬春诗》:"暖律潜催腊底春,登筵生菜记芳辰。灵根属土含冰脆,细缕堆盘切玉匀。佐酒暗香生匕筷,加餐清响动牙唇。帝城节物乡园味,取次关心白发新。"可见当时"咬春"的风俗在民间是相当浓郁的。

细细品味,"咬春"这个词真是个神奇的发明,中国的劳动人民把春天的新鲜蔬菜、活泼气息,春天馈赠给人们的一切美意,用一个脆生生的"咬"字去体验。用这种最素朴、最热辣,也最直接的方式"咔嚓"咬一口,咬去疲惫,埋下韧劲,勤恳恳劳作,热腾腾生活。

民国时期的《北平风俗类征·岁时》载:"立春,富家食春饼,备酱熏及炉烧盐腌各肉,并各色炒菜,如菠菜、韭菜、豆芽菜、干粉、鸡蛋等,且以面粉烙薄饼卷而食之。"这是清末民初北京人家吃春饼应景咬春之节俗,至今北京仍传承着此食俗,俗话有"打春吃春饼"之语。

今天的老北京人,仍然保持着吃春饼的习俗。春饼吃法是丰俭由人的,最简单的吃法是和用韭菜、豆芽、菠菜、粉丝等炒成的"合菜"一起吃;讲究点儿还要有荤有素,荤的是蒜黄肉丝,素的就是绿豆芽青韭,加点菠菜;更讲究的,除了合菜、热炒,还要配上各种冷荤,比如酱肘子、松仁小肚……

说到"咬春""尝春",想起宋代的《岁时广记》还记载了一种以春为名的食物,颇为有趣:"人日京都贵家造面茧,以肉或素馅其实，厚皮馒头馊馅也，名曰探官茧。又立春日作此，名探春茧。馅中置纸签或削木书官品，人自探取。贵人或使从者以卜异时官品高下。"这种"探春茧"中空有馅，人们常常在中间放写有官品的木签，用来占卜新年官运是否亨通。早在五代时就有这一习俗，王仁裕《开元天宝遗事·探官》记载："都中每至正月十五日，造面茧，以官位帖子卜官位高下。"欧阳修也有词句"来时擘茧正探官"，看来连醉翁之意在山水之间的欧阳永叔也不能免俗啊。

这种"探春茧"和外国中餐馆常见的"幸运签语饼"（Fortune Cookie）很是相似——外国人总觉得这种元宝状的可爱点心是地道的中国特产，而中国人大多是来到国外才在中餐馆第一次见到这种食品——渴望在美食中寻求到别样的小惊喜，大概是古今中外人们的普遍心态，看来这种食物的渊源真的要上溯到"探官茧""探春茧"去呢。

清代《调鼎集》一书中曾记载了一种油炸的春饼："擀面皮加包火腿肉、鸡肉等物，或四季应时菜心，油炸供客。又咸肉腰、蒜花、黑枣、胡桃仁、洋糖、白糖共碾碎，卷春饼切段。"这里的春饼采用了面皮包馅后油炸的做法，基本和今天我们惯吃的春卷已经无二致了。

现在人们可以吃到的"春味"就更多了，超市里随时可以买到速冻的大包春卷，甚至有各种免洗的、可以直接拿来拌沙拉的新鲜蔬菜，在食物越来越精细、越来越速食化的今天，我们似乎很难理解杜甫当年的失落与渴望，"咔嚓"咬一口水萝卜的热闹春意离我们也真的越来越远了。

汤饼一杯银线乱

——夏至：面面俱到，才算夏天

四季食俗

过土山寨
宋·黄庭坚

南风日日纵篙撑,时喜北风将我行。
汤饼一杯银线乱,萎蒿数箸玉簪横。

人们推测,夏至应该是现在的二十四节气中最早被测定的节气之一。中国古代最早是使用"土圭日影"法来测定一年中白昼最长和最短的日子,《周礼·地官》中说:"(大司徒)以土圭之法,测土深,正日景,以求地中。"公元前7世纪,先人采用土圭测日影,发现这一天白昼最长,夜晚最短,确定了"夏至",后来发展为二十四节气之一。

每年的夏至从6月21日(或22日)开始,《恪遵宪度抄本》记:"日北至,日长之至,日影短至,故曰夏至。至者,极也。"夏至这天,太阳直射地面的位置到达一年的最北端,几乎直射北回归线(北纬23°26'),北半球的白昼时间达到最长。

夏至日祭祀神明,早在周代就有记载。《周礼·春官·神仕》:"以冬日至,致天神、人鬼,以夏日至,致地祇物魅,以禬国之凶荒、民之札丧。"古人认为,夏至这一天,阳气达到极盛,阴气自此生发,因而冬至日阳气生而祭天神人鬼,夏至日阴气升而祭地祇物魅。因

汤饼一杯银线乱

此这天,周天子要亲自带头举行隆重的祭祀仪式,拜祭土地和万物之神,意在祈求消除灾荒、疫疠与饥馑。这一礼仪一直延续至清代,《帝京岁时纪胜》说"夏至大祀方泽,乃国之大典"。现在坐落于北京安定门外的地坛,就是明清皇帝夏至祭祀地神的地方。

随着时代的发展,土地祭不仅仅是天子的仪礼,也成为民间的一项重要习俗。民间土地祭多在土地庙、田间等处进行,祭祀供品以面食为主,用新小麦做成面条供奉,含有让土地神尝新之意,一来表达对今年丰收的感谢,二来祈求来年消灾解难、再获丰收。

除了祭祀神明之外,古人在夏至日还要祭祀祖先。因为夏至是农业生产上十分重要的节气,夏至来临,日照时间达到最长,气温也将逐渐达到一年中最高,这时是农作物生长最快的时节,大麦、小麦收割,人们沉浸在丰收的喜悦中,不忘记祖先保佑;并且夏至前后也是发生病虫害、水旱灾害最频繁的时期,为了禳灾避难,保佑五谷丰登,先人们往往把心愿寄托于祖先,举行祭祖仪式保佑风调雨顺。

夏至祭祖的习俗自先秦时期就有了,《管子·轻重己》:"以春日至始,数九十二日,谓之夏至,而麦熟。天子祀于太宗,其盛以麦。"至明代时,江南地区犹存遗风,《吴江县志》记载:"夏至日,作麦粽,祭先毕,则以相饷。"夏至日江南地区做麦粽,祭祀祖先完毕后,互相馈赠。

民国三年石印本浙江《东阳县志》记载:"夏至凡治田者不论多少必具酒肉祭土谷之神,束草立标插诸田间就而祭之,谓'祭田婆'。"至今,浙江金华地区仍有祭田公、田婆,祈求丰收的风

四季食俗

俗。清光绪二十二年刻本《锡金识小录》记江苏"夏至日，荐新麦。晨煮麦粥供家祠及五祀"。北方一些地区还保留着夏至荐新、尝新麦的风俗。笔者是山东人，还清晰记得小时候，夏至前后麦收时节，学校门口会有小贩售卖煮熟的麦穗，十根麦穗扎成一小束，售价很便宜。小学生们纷纷掏出零用钱买上一束，和伙伴分食，劳动和收获的快乐就这样通过一束小小的麦穗传递给每个人。

在夏至这个古老的节气，中国大部分地区都有着一个共同的食俗，那就是吃面，时至今日，"冬至饺子夏至面"（南方说"冬至馄饨夏至面"）这句俗语人尽皆知，夏至吃面，无论南北都极为盛行，这在某种程度上也是古代祭神、祭祖之传统的演变和遗存。

这里说的吃夏至面，主要指的是面条。说到面条，可以说是我国非常古老的食物之一了。2005年10月13日英国出版的《自然》杂志（第437卷第7061期第967页）上，发表了中国学者们关于喇家遗址4000年前面条的发现和研究报告《中国新石器时代的小米面条》（Millet noodles in Late Neolithic China），立刻在全球引发了强烈关注。经鉴定，这"面条"的主要成分是小米、黄米，而且这碗面条里还有油脂成分，是调过味的。这碗4000年前的面条似乎是世界上最早的面条了。这碗"面条祖宗"是碗非主流的小米面条，自古以来，面条通常是以小麦为主要原料的。

"面"，繁体字写作"麪"或者"麵"，《说文解字》："面，麦末也。"将小麦磨成粉，就成了面。这种面做成的各种食物，就是面食。最早见于典籍记载的面食起于汉代，东汉刘熙《释名》"饼"中提到了很多面食的命名，那时候，人们把所有面食通称为饼，

汤饼一杯银线乱

有蒸饼、汤饼、蝎饼、髓饼、金饼、索饼之类。据考证,那时候的"汤饼""索饼"很可能跟今天的面片、面条差别不大了。

西晋的束皙是一位"面控",尤其喜欢冬日早晨吃热汤饼,他的《饼赋》说:"玄冬猛寒,清晨之会,涕冻鼻中,霜凝口外。充虚解战,汤饼为最。"他还在《饼赋》中特意描述了下人侍候他吃汤饼时的馋相,闻到气味直流口水,眼巴巴地看着,想吃又吃不到。

冬日吃碗热汤饼很容易理解,夏至吃面是怎么来的呢?除了祭神、祭祖的风俗演变之外,最直接的原因是夏至开始收新麦子啦。小麦传入中国后,黄河流域的先人们最早依循着春种秋收的方式耕种,渐渐发现小麦这种作物可以在秋末耕种,夏至前后就可以收获。汉代时期的中国人首先发现并成功培育了宿麦这一品种,也就是著名的冬小麦。冬小麦秋天耕种,到夏至这天就可以收割,在很大程度上解决了夏秋之际粮食青黄不接的问题。一冬的储粮已经告罄,眼下新麦子又可以收割了,就像范成大《夏日田园杂兴十二绝》其中之一所写:"二麦俱秋斗百钱,田家唤作小丰年。饼炉饭甑无饥色,接到西风熟稻天。"

所以,夏至这天收麦子,是农耕生活中的头等大事。农人最直接的想法肯定是尝尝新,体验一下收获的幸福感了。清人潘荣陛的《帝京岁时纪胜》写道:"麦青作捻转,麦仁煮肉粥。"中原很多地区,至今仍会在夏至时节吃这种叫作"碾转"(碾同捻)的面食,它是用新鲜青小麦在石碾子上转呀转做成的,因此得名。新麦子刚下来,来不及磨成面,就想尝尝鲜,怎么办?夏至前后,麦子还未彻底黄熟,人们从地里采回尚带青色的麦穗煮熟,搓下绿

四季食俗

色的新鲜麦粒,把麦仁放在石磨上直接碾,还带有水分的麦仁在两扇石磨的缝隙一过,就变成了一种不规则条状的面食,碾转带着新麦子天然的清香,又有韧劲,非常好吃。民国二十四年的《莱阳县志》说"磨熟麦粒成条曰连展",指的也是同一种食物。

炎炎夏日,大家多爱凉面消暑,当然有人也反其道行之,并且还不是自己心甘情愿的,这人就是三国曹魏时著名的美男子何晏何平叔。何晏是当时著名的美男子,容貌俊美,还有个突出的优点是皮肤特别洁白细腻。魏明帝曹叡心里嘀咕,这帅哥肯定是擦了粉才这么白这么美的!于是就在大夏天,叫人端碗热汤面给何晏吃,何晏吃下去不一会儿便大汗淋漓了,遂拿自己的红色朝服来擦汗,结果呢,脸色显得更加白皙了,魏明帝这才相信他没有擦粉。后来还留下了"傅粉何郎"这个成语,专门用来形容面容白净漂亮的美男子。

《三国演义》中写刘备到东吴,看到江上来往的船只后说"南人驾船,北人乘马",还真是这么回事。孙权听了表示不服,让人牵过马来当场就骑,且骑得很是潇洒,说,我们南方人难道就不能骑马吗?这算是历史上一次小小的"南北之争"了。近年来,豆腐脑是吃甜的还是吃咸的,也可以让南北方的网友们争论不休,发展出了很多段子。这说明,地大物博的中国,饮食之风俗,确实是南北殊异的,即使在夏至吃面是大多数地区共同的习惯,可在面式种类上,南北方人们仍然发展出了种种差异。

老北京人夏至最爱吃一碗过水炸酱面,面条煮熟后用凉水一过,堆上丰富的菜码:黄瓜丝、水萝卜丝、绿豆芽、青豆粒等,

汤饼一杯银线乱

调上炸好的酱,吃起来既香浓又爽利,别提多适合这夏天了。北方大部分地区的人喜欢夏至吃麻酱拌凉面,放上蒜汁、嫩香椿末、咸菜末、各种时令蔬菜丝,用调好的芝麻酱、花椒油、老陈醋一拌,鲜香爽口,开胃解馋。不止是夏至当天,过水的凉面在北方干燥炎热的夏季里,是很多人家常备的主食。

众所周知,面食是长江以北广大人民最重要的主食品种,南方人吃面的历史,确实比北方晚了许多。南方原先很少种麦,汉以后才逐渐向南推广。北宋以前,南方人多数还是不习惯吃面的,北宋医学名家唐慎微编著的《经史证类备急本草》这样说道:"小麦乃世之常食之物,然皮凉而作面性热,固显然矣。但取皮用之者罕,惟面世所用多矣。然经火煮而食之,其性壅热,善动风气,此甚验也。"看来在北宋,即使是医学界的朋友,依然相信小麦是有毒性的。不过江西人黄庭坚倒是一位勇敢的"先行先试者",这天他经过村民的家,被邀请品尝了汤饼:"汤饼一杯银线乱,萎蒿数箸玉簪横。"想必味道是不错的,他精心记载了自己这一餐。

南宋初年,北方人大批地迁移到长江中下游和福建、广东等地。北方的新移民把他们的饮食习惯带到了南方,小麦的需求突然增加,麦价上涨,从而也改变了南人的种植习惯,小麦的栽培迅速扩大开来。南宋庄绰在《鸡肋编》中说当时南方的麦田"极目不减淮北",形容当时南方麦作的盛况,已经不亚于北方了。因此南宋时期,南方的面条品种发展迅速,《梦粱录》记载南宋临安街市售卖的面食,有"猪羊盦生面、丝鸡面、三鲜面、笋泼肉面、银丝冷淘、大片铺羊面、炒鳝面、卷鱼面"等数十种。

南方的面以碱面为主,偏细,对浇头和汤头的要求较高。这一点也不是近年才发展起来的,清代顾禄在《清嘉录》写苏州消夏的面食:"面肆添卖半汤大面,日未午已散市。早晚卖者,则有臊子面,以猪肉切成小方块为浇头,又谓之卤子肉面,配以黄鳝丝,俗呼鳝鸳鸯。"看来南方夏至所吃的面并不是北方那样的凉拌面,而是配上肉浇头或鳝丝浇头的汤面。

有人说,南北方人对待面条的态度是不同的——北方人传统上以小麦为主食,吃面条讲究面体的筋道、结实以及麦香十足的口感等,而南方的面条属于小吃、点心,面体本身没有那么重要,反倒是汤头、浇头、佐料的丰富和变化,对南方人来说才更加重要。

到底是汤重要还是面重要呢?古代的美食家们说法也不一样。袁枚在他的《随园食单》里,曾列举了鳗面、温面、鳝面、裙带面和素面五种面条的制法,他认为汤比面更重要,"大概作面,总以汤多为佳,在碗中望不见面为妙"。而同是大美食家的李渔观点却正相反,在《闲情偶寄》里,他抛出了相反的观点:"南人食切面,其油盐酱醋等作料,皆下于面汤之中,汤有味而面无味,是人之所重者不在面而在汤,与未尝食面等也。予则不然,以调和诸物,尽归于面,面具五味而汤独清,如此方是食面,非饮汤也。"认为吃面条就是吃面条嘛,又不是喝汤,要返璞归真,回归吃面的本质。

其实,夏至吃面的不同种类与南北方夏日的气候也很有关系。北方夏季干燥炎热,吃面以消暑降温的凉面为主。南方夏季以湿热为主,吃些温软好消化的阳春面、麻油拌面等,皆能去暑益气、清淡生津,以适应气候变化。不管是麻酱面、炸酱面、打卤面,还是阳春面、三鲜面或是鳝丝面,不知怎的,不吃一碗夏至面,仿佛

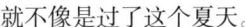

就不像是过了这个夏天。

一碗小小的面条,既是炎炎夏日人们消夏解馋的舌尖美食,又串起了古人代代祈求丰收的美好心愿,更见证了生产发展和南北融合的宏大历史,一碗面里,也有着漫长岁月和锦绣文章。

月又不甜不辣

—— 中秋：赏月吃月饼的习俗

如梦令
宋·朱敦儒

莫恨中秋无月，月又不甜不辣。
幸有瓮头春，闲坐暖云香雪。
香雪，香雪，满引水晶蕉叶。

"月又不甜不辣"——第一次读到这句词，忍不住轻轻笑了起来，这词句未免也太可爱啦。诗人说，不要怪中秋没有月亮，管它有没有月亮呢？月亮又不能吃。——再说，我自有着别的暖意和趣味呢。

但也有诗人觉得月亮能吃。不仅能吃，还是可以带着酒意一口吞下的那种。比如杨万里，他在《重九后二日同徐克章登万花川谷，月下传觞》中写道："老夫渴急月更急，酒落杯中月先入。领取青天并入来，和月和天都蘸湿。天既爱酒自古传，月不解饮真浪言。举杯将月一口吞，举头见月犹在天。老夫大笑问客道，月是一团还两团？"

诗人们的玩笑真是让人忍俊不禁。虽然，月亮确实不甜不辣，只可远观不能入口，但是人们发明了以月为形、以月为名的食物，

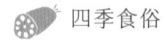 四季食俗

那就是圆圆甜甜的月饼。

苏轼有"小饼如嚼月,中有酥与饴"的诗句,嚼着圆圆的小饼,就像嚼着想象中的月亮,欣赏着中秋月色,似乎月亮真的变成甜味的乡愁了。不过苏轼这首诗只是写一种圆形的、酥油和饴糖做馅的小饼,并将它的形状与圆月联想到一起,并不是说宋朝时候人们已经形成了在中秋节吃月饼的习俗。苏轼生活的年代尚未出现专门的"月饼"一词,月饼也还没有成为中秋节令的专门食品。

关于月饼的起源,民间有着很多传说。有人说,月饼是为了纪念奔月的嫦娥而诞生的。又有人说,月饼是源自唐太宗李世民,想当年他北征突厥,于八月十五日这天凯旋,当时有个在京城经商的吐鲁番人向唐太宗献饼祝捷,太宗接过圆饼,笑着指向空中的明月说:"应将胡饼邀蟾蜍。"说完,唐太宗把饼分给群臣一起吃,从此就有了中秋吃月饼的习俗。

一说月饼本是唐玄宗李隆基游历月宫后带回的仙品,回到人间后,唐玄宗命人仿制月宫的仙饼,因为这种饼源自月宫,而且形状像圆月,所以称为"月饼",此后便产生了中秋吃月饼的习俗。

现如今流传最广泛的一种说法是,月饼起于元代,当时的人们利用中秋节互赠麦饼之机,在麦饼中夹带有杀"鞑子",发动起义的纸条,后政变取得成功,为纪念此事,便形成了中秋吃月饼的习俗。

这些有趣的故事都只是民间传说,其实中秋节与月饼并非自古就有关联。我国古人很早就有着拜月、祭月的传统,后来中秋节作为固定节日逐渐形成,再后来才出现月饼这样一种节令食物。

月又不甜不辣

祭月是中秋节的源起,早在先秦时期,祭月习俗就已经流行。春天祭日、秋天祭月是当时帝王的重要活动,古有"春祭日,秋祭月"之说,《礼记·祭法》也记载:"王宫,祭日也;夜明,祭月也。"

"中秋"一词,最早见于《周礼》:"司裘掌为大裘,以共王祀天之服。中秋,献良裘,王乃行羽物。季秋,献功裘,以待颁赐。"根据古代历法,一年有四季,每季三个月,分别被称为孟月、仲月、季月,因此秋季的第二月叫仲秋,农历的八月十五日正逢八月的正中,故称"中秋",这时的"中秋"只是一个时间概念,还不是一个节日。

中秋节成为固定的节日始于唐朝初年,直到宋代才盛行起来,到明清时期,中秋节已经成为中国人最重要的节日之一。中秋节吃月饼的习俗出现得更晚,在宋代才初具雏形,元代逐渐成形,明清才开始盛行。

南宋吴自牧记载临安风貌的《梦粱录》一书中,描绘了宋人欢度中秋的场景:"八月十五中秋节,此日三秋恰半,故谓之'中秋'。此夜月色倍明于常时,又谓之'月夕'。此际金风荐爽,玉露生凉,丹桂香飘,银蟾光满,王孙公子,富家巨室,莫不登危楼,临轩玩月,或开广榭,玳筵罗列,琴瑟铿锵,酌酒高歌,以卜竟夕之欢。"

以月饼为中秋特色食品及祭月供品的风俗大约开始于明朝。明朝万历、天启年间太监刘若愚的《酌中志》中,就有了明确的关于月饼的记载:"八月宫中赏秋海棠、玉簪花。自初一日起,即有卖月饼者,加以西瓜、藕,互相馈送。……至十五日,家家供月饼、瓜果,候月上焚香后,即大肆饮啖,多竟夜始散席者。如有剩月饼,仍整收于干燥风凉之处,至岁暮合家分用之,曰'团圆饼'也。"

不仅明代宫廷里有中秋吃月饼的习惯，月饼在民间一样流行开来。明田汝成《西湖游览志余》中说："八月十五日谓之中秋，民间以月饼相遗，取团圆之义。"

清代的月饼，就跟我们现在吃的没有什么区别了。清代的袁景澜专门为月饼赋诗一首："形殊寒具制，名从食单核。巧出饼师心，貌得婵娟月。入厨光夺霜，蒸釜气流液。揉搓细面尘，点缀胭脂迹。戚里相馈遗，节物无容忽……"

袁枚在《随园食单》里记录了"刘方伯月饼"与"花边月饼"两种月饼的做法。其中"刘方伯月饼"是"用山东飞面，作酥为皮，中用松仁、核桃仁、瓜子仁为细末，微加冰糖和猪油作馅，食之不觉甚甜，而香松柔腻，迥异寻常"。

明府所做的"花边月饼"则是用飞面拌猪油反复揉压为皮，以枣肉为馅，做成碗般大小，四周捏菱花边的酥皮枣泥月饼。据称吃的时候"上口而化，甘而不腻，松而不滞"，滋味"不在山东刘方伯之下"。做这款月饼的功夫全部在反复揉压的饼皮中，不是谁都能学会的，因此贪吃的袁枚经常用轿子去请明府家的女厨师到自己家献艺。

从清宫中常吃的月饼，我们可以看出清代月饼馅料的"流行趋势"。乾隆二十二年八月初十日、八月十三日两天，令妃、愉妃就用去八百个月饼："奶酥油枣馅月饼一百六十个(红色)、香油果馅月饼一百六十个(本色)、椒盐芝麻馅月饼一百六十个(白色)、香油澄沙馅月饼一百六十个(本色)、猪油松仁果馅月饼一百六十个(白色)。"清宫中供给的是奶酥油枣馅、香油果馅、椒盐芝麻馅、香油澄沙馅、猪油松仁果馅这几种月饼，直到今天也是百吃不厌、

月又不甜不辣

备受欢迎的品种呢。

月饼多用甜味的馅料,表达人们对生活团团圆圆、甜甜蜜蜜的向往。但这一时期,月饼的馅料也极大丰富起来,出现了"咸甜之争"的分野。比如《广州岁时记》记载:"八月十五日,为中秋节。俗称八月节。节前十数日,市面有月饼出售,饼作圆柱形,高及二寸,径不及三寸。有酥皮、硬皮二种。酥皮饼其皮为多数极薄层叠,富于脂油,作红、黄、白诸色。硬皮饼其皮仅一较厚之层,以火烘作赭色而已。无论何种,因其馅之材料不同,设立种种名目。如味咸者有咸肉、霉肉等月饼,味甜者有甜肉、金腿、烧鸡、叉烧、豆沙、豆蓉、莲蓉、藤蓉等月饼。"

现在,提到中秋节的节令饮食,最主要、最具代表性的一定是月饼了。各种地方特色和流派也逐渐形成,京、津、苏、广、潮五种风味系列,各种新式的冰皮月饼、冰激凌月饼也受到钟爱。每到中秋之夜,一轮圆月高悬碧空,圆似玉盘,家家户户在窗边、院中一边赏月,一边分吃着月饼,其乐融融,阖家团圆。正如清末沈兆褆诗中所写:"中秋鲜果列晶盘,饼样圆分桂魄寒。聚食合家门不出,要同明月作团圞。"

此时真想对朱敦儒说一声,您说得太对了,"月又不甜不辣",但中秋时分赏着月色吃着月饼,喝一壶"瓮头春"(指美酒),也是一样温暖趣致的呀。

· 211 ·

葑火正红煨芋美

——冬日里暖手暖心的烤芋头

蔌火正红煨芋美

对食戏作
宋·陆游

黄昏来扣野人扉，笑语欣欣意不迟。
蔌火正红煨芋美，不妨秉炬雪中归。

关于芋头，我实在不是太有发言权。

北方人的饮食体系中，芋头所占的比重实在是太小了。我对芋头最初的印象，就是小时候妈妈很喜欢买"毛芋头"煮来蘸白砂糖吃，记得妈妈告诉我要挑那种小而圆的，比较美味。可是当时的我并不很喜爱那味道，从小也不那么热爱甜食，基本是尝两个就作罢。

有次网购食物，凑单的时候看到了"小芋头"，想到很久不曾吃这个，买来吃吃也不错，就一并下了单，收到后又随手扔在厨房角落里了。这天晚上不想多吃东西，又觉得该稍微垫一垫肚子，瞥到了这包小芋头，就洗了洗、煮了煮，空口吃了点，没想到格外的舒适和熨帖。

细细品尝它的本味，是种结合了粮食之"厚"和蔬菜之"清"的糯香。口感呢，就更丰富了：软、滑、糯、绵、松软、扎实……这几种看似矛盾的口感在芋头身上竟然结合得恰到好处。

查看资料，原来北方最常见的毛芋头只是芋头的一种，南方栽培的芋头品种，那才叫多！君子芋、百果芋、鸡子芋、九面芋、青芋、象芋、博士芋、蛮芋、魔芋……举不胜举，据说仅广东就有至少十几种。

芋头的别名很多，如蹲鸱、芋魁、芋根、土芝、芋奶、芋艿等。古人称它蹲鸱，因为芋头的块茎看起来好像蹲伏的鸱鹰。司马迁在《史记·货殖列传》中记载："汶山之下，沃野，下有蹲鸱，至死不饥。"意思是说，汶山下面有着肥沃的田野，地里长着芋头，形状像蹲伏的鸱鸟，人到死也不会挨饿。

在苏轼的家乡眉山，芋头是重要的物产，他也曾写过："岷山之下，凶年以蹲鸱为粮，不复疫疠，知此物之宜人也，本草谓芋为土芝，云益气充饥。"后来他被贬于儋州（今海南）时，吃上了芋头，联想起家乡的味道，写下了"一饱忘故山，不思马少游"。

芋头既可作粮食充饥，又可作蔬菜、作点心。古人吃芋头的方法可谓花样繁多，北魏贾思勰《齐民要术》中记录了"芋子酸臛法"，宋代林洪《山家清供》中有"大耐糕"，明代王象晋《群芳谱》有"芋馎饦"，清代袁枚《随园食单》中有"芋羹"。

我最早知道的芋头品类，是因为《宰相刘罗锅》一剧而被北方大众所了解的"荔浦芋头"。荔浦芋头产于广西荔浦县，植物品种叫作槟榔芋，据记载当年是福建人将芋头带入荔浦县，首先栽于县城城西关帝庙一带，并向周边辐射种植，在荔浦县特殊的地理和自然条件下，种出的芋头品质远胜于其他地方所产，很早在周边县就有了"荔浦芋"一词的称谓，清朝康熙年间就被列为广西首选贡品，于每年岁末向朝廷进贡。现在，"荔浦芋"也是一枚地理标志证明商标。

在电视剧里，广西进贡一批荔浦芋头给乾隆皇帝，乾隆听说刘墉的夫人善于烹调，就到刘府去吃饭，正好尝尝这芋头。刘墉担心乾隆吃上瘾将来年年进贡劳民伤财，就偷偷让下人将荔浦芋头换成修仁薯莨给乾隆食用，乾隆难以下咽，信以为真，不再让和珅提荔浦芋头之事。中秋佳节，百官给皇帝进献各种奇珍异宝，唯有刘墉的"一桶姜山"寓意吉祥获得嘉奖并与和珅一起陪乾隆吃饭。和珅暗中使人将正宗的荔浦芋头摆上御桌，平时同样的菜只吃三口的乾隆一连吃了好几块，才发现之前中了刘罗锅的圈套。当时张国立扮演的乾隆吃芋头吃得那叫一个香啊，可真的为荔浦芋头做足了广告，这一段也是我所亲见的最早的电视剧广告植入了。

也许就是因为对这段剧情的印象太深，导致我对荔浦芋头的期待过高，长大后真正吃到荔浦芋头的时候，倒没有多么惊艳了。倒是以前单位附近有一家好吃的小馆子"武夷山农家菜"，所做的"芋子牛肉"一菜非常美味，令人难忘。芋子牛肉是一道客家菜，江西、闽北等地都有，所用的芋头就是我们山东人说的圆圆小小的"毛芋头"。这道菜绝对不是以卖相取胜的，牛肉是抓过红薯粉的，加上芋头又很黏滑，所以看上去有点黑乎乎、软塌塌，可它是以内涵取胜的，尝一下就会被征服，芋子软糯，牛肉嫩滑，咸鲜微辣，非常下饭。而且肉类和淀粉类相配搭，营养相当丰富了。一般北方朋友很难想象把芋头和肉类烧在一起的滋味吧？试一试也许就食之难忘了。

至于无所不能的烧烤业，行业的口号是"万物皆可烤"，当然不会少了芋头。芋头块、芋头片,通通都可以穿上竹签,撒上辣椒、孜然、葱花,接受炭火试炼。

芋头做成的甜食,可能是受大家普遍欢迎的,北方人冬季年节常吃拔丝地瓜(红薯),除了美味之外,这道菜带给人更多的是一种"仪式感",大家团团围坐,大厨端上火候刚好的拔丝地瓜,大家你一筷子我一筷子,争前恐后牵出亮闪闪的糖丝,这时的热闹劲和幸福感似乎是比味道更重要的事情了。这里完全可以把地瓜换成芋头,有着别样的风味。

芋圆是年轻姑娘们喜爱的食物了,这些年非常流行,芋头蒸熟,加木薯粉揉成面团,先揉成长条,再切成小段煮熟捞出,就可以自由搭配了,椰浆啦牛奶啦,仙草啦西米啦,都可以,冰镇后食用"Q弹"爽口。热着吃自然也可以,比如放在奶茶里,增加层次和口感。

芋头有这么多种吃法,有的人却独爱一种最简单的,比如宋代的林洪。林洪是何许人也?《山家清供》的作者,美食家,讲究寻求食物的真味,又有雅趣。他写道:"土芝大者裹以湿纸,用煮酒和糟涂其外,以糠皮火煨之,候香熟取出。"这里的土芝就是指大个的芋头,简单一个"煨"的处理方法,保留了食材的原味,又不得不说真是讲究,用什么裹,用什么涂,用什么火都安排得明明白白,真是既简约又雅致。

大概,就好像一想到冬日的小食,往往首先想到热腾腾捧在手里的烤地瓜吧,好像热气腾腾的烤地瓜和冷冷的冬天很配呢。可是,别忘了红薯是明朝万历年间才传到中国的,与中国古人感情最

蔀火正红煨芋美

深的应该是烤芋头,"煨芋"这个冬日佳品可是拥有着一大批著名的忠实粉丝的。据说郑板桥就很喜欢吃芋头,他在词里写:"好闭门,煨芋挑灯,灯尽芋香天晓。"一个小小的芋头竟要关起门来细细地品到天亮!

"蔀火正红煨芋美,不妨秉炬雪中归。"冬天的傍晚,诗人陆游到村民家去聊天,言笑晏晏,笑语盈盈,岁月静好。热腾腾地吃个烤芋头,然后拿着火把从雪地里迤逦回家,这画面和意趣真是让人忍不住想体验一下。

陆游也一定是爱极了芋头,无数次地将它写入诗中。"地炉枯叶夜煨芋",就着枯叶的火光烤上一个芋头,应该是冬季漫长夜晚里最质朴暖心的宵夜。"食常羹芋已忘肉",吃惯了芋头,肉都想不起来吃了;"烹栗煨芋魁,味美敌熊蹯",芋头简直比熊掌还要味美!

至于宋代有位本心翁,就更是芋头的忠实粉丝了,他的门人陈达叟在所编的《本心斋蔬食谱》中记录了他的食谱,吃了煨芋,便"却彼羊羔",连羊肉都可以不要了啊。

晚来天欲雪，能饮一杯无？

问刘十九
唐·白居易

绿蚁新醅酒，红泥小火炉。
晚来天欲雪，能饮一杯无？

  写此文时，正值寒冬，北京还没有下雪，家乡却传来了初雪的消息。清晨薄薄的雪，那天一早出现在我的微信朋友圈里，不知怎的，脑子里忽然撞进卞之琳的一句诗："友人带来了雪意和五点钟。"
  初雪，这个柔弱晶莹的词，莫名地与诗、酒一直发生着联系。有明代诗人李濂的"不见早梅宁对酒，为怜初雪漫题诗"，也有唐代诗人齐己的"文君酒市逢初雪，满贳新沽洗旅颜"。至于为什么每每看到雪就会想饮酒呢？欧阳修是这样解释的："惟有酒能欺雪意，增豪气。"那种对雪饮酒的迫切，洪适说得极妙，"拥炉看雪酒催人"，偎着暖炉，望着外面白雪纷纷，感觉不是自己想饮酒，反倒是桌上的酒盏在催促着自己了。"雪中有酒宜相就，月下无人肯自疏。"反正不管怎样，雪与酒很配就是了。
  也许是雪的纷披令人心思格外细碎和柔软吧，下雪时对酒，往往容易带上伤感的意思。唯有张昇这半阕《满江红》洒脱："无利无名，无荣无辱，无烦无恼。夜灯前，独歌独酌，独吟独笑。况值群山初雪满，又兼明月交光好。便假饶百岁拟如何，从他老。"但后半阕不美，就不提了。

要说雪与酒，还要数白乐天"晚来天欲雪，能饮一杯无"最是脍炙人口，且千百次吟诵征引都不觉得落俗。乐天也真是好酒之人，每逢下雪必然动饮酒之思。他曾经雪夜对酒招客，"帐小青毡暖，杯香绿蚁新。醉怜今夜月，欢忆去年人"，像极了"能饮一杯无"的后续。又有"新雪对新酒，忆同倾一杯"的理所当然，新雪就该对新酒，下雪了，就该喝一杯嘛！

人常说人生得一知己足矣，幸运的白乐天就有着这样一位知己，那就是元稹。两人相识三十余年，始终惺惺相惜，心意相通。据后人统计，两人来往通信一千八百多封，互赠诗篇接近千首。在元稹和白居易相识的第三个年头，白居易曾送给元稹这样一首诗："一为同心友，三及芳岁阑。花下鞍马游，雪中杯酒欢。"曾一起骑马赏花，也曾一起雪中共饮，浪漫与豪情齐备，无论我以哪一面示人，你都懂我，这是怎样的一种神仙友情呀。这句"花下鞍马游，雪中杯酒欢"，与许浑的"雪夜书千卷，花时酒一瓢"有着相似的情致，花与酒，雪与书，这些人间至美之物，若再加一位至交好友的陪伴，此情此景多么令人欣羡。

潇洒快乐的白乐天可不止有一位可共饮的好友，他也为刘禹锡写过一首《雪夜小饮赠梦得》："同为懒慢园林客，共对萧条雨雪天。小酌酒巡销永夜，大开口笑送残年。久将时背成遗老，多被人呼作散仙。呼作散仙应有以，曾看东海变桑田。"他说，我跟梦得你啊，都是这样萧疏懒散的人儿，在这样清冷的雪天里，晚来天欲雪,能饮一杯无?

就这样互相陪着,喝点小酒、说说笑笑,是多么美好的事情啊。甚至有时候,他还会在下雪天开个彻夜饮酒的四人聚会:"黄昏惨惨雪霏霏,白首相欢醉不归。四个老人三百岁,人间此会亦应稀。"四个加起来年龄三百岁的老人,若遇上一个下雪天,也要不醉不归地喝上一场呢!

乐天不愧"乐天"之字,饮酒诗常多欢愉之情。话说酒有一别名就叫作"欢伯",汉代焦延寿的《易林·坎之兑》中说,"酒为欢伯,除忧来乐"。正因为酒能排遣忧愁,带来欢乐,所以被称为"欢伯"。王阮曾有诗"急呼老瓦招欢伯,为洗胸中万斛愁"。这一个"急呼"自带一种潇洒的迫切,像极了波斯诗人哈菲兹的那句"拿酒来,酒染我的长袍!"——看来中外的诗人在饮酒的念想上是相通的啊。

饮酒的心绪与生活的色调一样,欢乐苦短,忧愁实多。更多诗人在观雪饮酒时避免不了萧索的心绪。司空曙"载酒寻山宿,思人带雪过。东西几回别,此会各蹉跎"。饮酒时片刻的欢乐与相聚一样,都是短暂的,唯有分离才是人间的常态。韦庄有句"别筵人散酒初醒,江步黄昏雨雪零"。酒酣人散之后,独自对着雨雪零星,一生辗转历经离乱的韦庄自然感到落寞了。也正由于相逢短暂,所以人们独饮时会生出相思,举杯纪念那些个珍贵时刻。"此夜相思一杯酒,回头犹记雪漫漫。"雪也许此刻正覆盖着充满忆念的心头。

也有些诗人不屑于作小儿女情态,或是更善于隐藏内心柔软的部分,更愿意以洒脱强悍的外在示人,这时候他们的雪和酒,往往更有种凛冽的诗意。比如韩偓笔下的老将:"雪密酒酣偷号去,月明衣冷斫营回。"虽是身不由己的军人,在这雪密酒酣之际,却有着为国为民的侠意。毕仲游写军中出巡,天寒地冻,需用毡裘护铁衣,"相逢一樽酒,分首雪中归",军中男儿,来便来,去便去,哪儿来得及有那么多伤感,怕就是有,也和酒咽了。

  一个人喝酒,总像是喝闷酒,便是李白那样潇洒的人,月下独酌时也不免显得强作潇洒、略有落寞。反倒是宋代诗人刘宰的那句"想见雪天无限好,不妨独棹酒船还"更有趣些。

  这个冬季暂未见雪花,加上通勤的忙碌奔波,让人暂时没有生出"夜寒生酒思,晓雪引诗情"的酒思诗情。不过,还是特别盼着有三个五个老友、一个半个知音,在微雪的夜晚,喝一小杯黄酒,聊一聊往日的,或未来的事情。

  "何当听夜雪,暖酒夜炉红"是比共剪西窗烛更带暖意的期待呢。

饮食杂记

今日山翁自治厨
——诗人美食家陆游

今日山翁自治厨

饭罢戏示邻曲

宋 · 陆游

今日山翁自治厨,嘉肴不似出贫居。
白鹅炙美加椒后,锦雉羹香下豉初。
箭茁脆甘欺雪菌,蕨芽珍嫩压春蔬。
平生责望天公浅,扪腹便便已有余。

说到"诗人""美食家"这两个关键词,大家总会第一时间想到苏轼。世人皆知坡仙爱美食,往往会忽略了诗人中其他高段位美食家——南宋著名的诗人陆游就是其中一位。

提起陆游,我们记得的头一件事儿大概就是他特别能写,是位极其高产的诗人,一生留下诗词近万首,再就是他跟表妹唐琬的一段凄美爱情,也为世人所津津乐道。但关于他是个美食家的事儿,可能并不是那么为众人所知晓。

有人做过统计,说在陆游的诗词中,咏叹美食的诗作有上百首,其实细想起来,这数字说多倒不算多,只占他诗作百分之一的体量。不过数量不重要,要看质量。要看这些美食诗词的"质量"如何,最直观的判断方法就是看看他所描写的食物诱人不诱人。

饮食杂记

且试看一两首:"鲈肥菰脆调羹美,荞熟油新作饼香。自古达人轻富贵,例缘乡味忆回乡。"一道汤菜中,有着"肥"与"脆"的口感碰撞,整个一餐里,也有着羹与饼的配搭。反正我是看过之后,就觉得动了食欲,特别是"荞熟油新"一词,令人马上想到农家荞新尝麦时,刚出炉油饼那种热腾腾的质朴风味。不仅语词准、辞句美,而且流露出的恬淡心态更是难得。

写薏米的诗句也很诱人:"初游唐安饭薏米,炊成不减雕胡美。大如芡实白如玉,滑欲流匙香满屋。"曾经吃过一两次"苏必利尔野米"(也就是菰米,古称雕胡米),对那种独特的香味和劲道的口感十分着迷。这句"不减雕胡美"一下就戳着了一个吃货的心窝。再往下看,个大、色白、触滑、闻香,四个特质跃然纸上,似乎已经闻到了满屋子蒸腾的薏米饭香。

为什么陆游写吃能这么精准迷人呢?还不是因为爱吃。其实古今中外能写一手好美食文字的人都一定有着这个共同的特质:爱吃,会吃。陆游当然也如此。"啄黍黄鸡嫩,迎霜紫蟹新。"讲究吃鸡要吃嫩的,螃蟹呢则是秋天的好。有人考证说紫蟹是优质螃蟹的代名词,因含有更多的虾青素,蟹的背壳乌净油润发亮,煮熟后壳色红中透紫。哎,真是会吃!至于什么"瀼西黄柑霜落爪,溪口赤梨丹染腮",陆游谈起各种地方名产,也都是信手拈来。

会吃、会写都不算是极致,陆游还喜欢下厨,他对自己做的葱油面颇为得意,"一杯齑馎饦,手自芼油葱。天上苏陀供,悬知未易同"。他认为"陆记葱油面"的味道可同神仙享用的"苏陀"(油酥)媲美。

今日山翁自治厨

说起葱油拌面,这倒是最简单易做,也最让人百吃不厌的"懒人快手饭"了,我也常常做来吃。似乎对中国人的胃来说,有些食材组合可以说是万能的公式——比如面食与适量的油脂、酱汁、葱蒜,怎么搭配都不会难吃。葱油可以一次多熬一点,想吃的时候不需要再次经历油烟的洗礼,很快就可吃上。

首先准备一些小葱,洗净沥干水分,将绿色部分切段备用。锅中倒约莫两碗的油,小火加热,葱段入锅,全程保持小火。看到锅中的小葱渐渐在火力的催促下变得金黄,诱人的葱香已经充满了整个厨房,这时先不要停火,等小葱呈现褐色,几乎要焦黑的时候就可以将葱段捞出,特别喜欢吃葱的人如我,会把焦香的葱段留在锅里,这时候可以将一勺白砂糖、一碗生抽和两勺老抽倒入锅内,继续不停搅动地熬半分钟,然后就可以停火了。这样的葱油酱汁凉下来就可以装罐保存,想吃面的时候只需要煮个面,浇一大勺葱油酱就可以享受到美食了。

再说陆游,他除了做主食拿手,做小吃也很在行。他曾记录了一种"甜羹"的做法:"以菘菜、山药、芋、莱菔杂为之,不施醯酱,山庖珍烹也。"并诗曰:"老住湖边一把茅,时沽村酒具山肴。年来传得甜羹法,更为吴酸作解嘲。"

不只是葱油面、甜羹这种小吃陆游会做,大菜、硬菜陆大厨也可一手掌握。这不,他亲自下厨做菜招待朋友,做了只烤鹅,烤得火候刚刚好,搭配点花椒调味;又做了一道野鸡肉羹,加一点豆豉提香;席间还准备了鲜嫩无比的笋子和蕨菜,一桌佳肴有荤有素,有大菜有小菜还有汤,简直完美。这桌丰盛的菜肴,吃得宾客一个个欢喜不已。吃完陆游自己还不够尽兴,于是就有了本篇一开头的

· 229 ·

饮食杂记

那首《饭罢戏示邻曲》。

爱下厨,爱写诗,爱写菜谱——多么好的一位美食博主。有时候我在想,假如陆游生活在今天,也有一个美食公众号,他一定特别能写,天天推送,没事儿还会在抖音拍个做菜小视频,并且一定能收获很多 10 万+!

晚年的陆游除了是位"美食博主",还增添了一项身份——"养生博主"。他为了养生开始吃素,这一吃不要紧,又留下了很多关于素食的诱人诗句:"生菜入盘随冷饼,朱樱上市伴青梅""菘芥煮羹甘胜蜜,稻粱炊饭滑如珠""青菘绿韭古嘉蔬,莼丝菰白名三吴。台心短黄奉天厨,熊蹯驼峰美不如""稻饭似珠菰似玉""山粟炮燔疗夜饥""野艇空怀菱蔓滑,冰盆谁弄藕丝长""香粳炊熟泰州红,苣甲莼丝放箸空""黄瓜翠苣最相宜,上市登盘四月时。莫拟将军春荠句,两京名价有谁知""地炉篝火煮菜香,舌端未享鼻先尝""开皱紫栗如拳大,带叶黄柑染袖香""菰脆供盘玉片香""乳烹佛粥遽如许,菜簇春盘行及时""白苣黄瓜上市稀,盘中顿觉有光辉。时清闾里俱安业,殊胜周人咏采薇"……

读了陆游这么多蔬食诗,我一个无肉不欢的人也觉得吃素是如此美好的一件事呢。年纪越长,大约越能品尝素食那种"淡味"。近日与友人小聚,席间一碟菜籽油素炒的苏州青,让大家纷纷惊呼"许久没尝到这么有田园本味的蔬菜了",夹一筷一品,果然舌尖尝到久违的鲜甜,一碟很快吃尽,于是又加一碟。

吃惯了重口味的食物,偶然吃一点选材上佳的就像陆游诗句中园子里新摘来经霜的青菜,即使不加盐和作料,本身已经是鲜甜

今日山翁自治厨

无比了呀。"霜余蔬甲淡中甜,春近灵苗嫩不蔹。采掇归来便堪煮,半铢盐酪不须添。"陆游果然是深谙饮食之道。

晚年的陆游,时常吃吃山药:"秋夜渐长饥作祟,一杯山药进琼糜。""久因多病疏云液,近为长斋进玉延(山药)。"偶尔采采菱角:"今年寒到江乡早,未及中秋见雁飞。八十老翁顽似铁,三更风雨采菱归。"八十岁的陆游仍然老当益壮,活得逍遥优游。

八百里分麾下炙
——辛弃疾的英雄泪与烟火气

破阵子·为陈同甫赋壮词以寄之
宋·辛弃疾

醉里挑灯看剑,梦回吹角连营。
八百里分麾下炙,五十弦翻塞外声。沙场秋点兵。

马作的卢飞快,弓如霹雳弦惊。
了却君王天下事,赢得生前身后名。可怜白发生!

几乎没有人不知道辛弃疾这个名字吧。

辛弃疾(1140—1207),字幼安,号稼轩,山东历城人。二十岁率两千多人起义抗金,投奔耿京为首的农民义军,为耿京掌书记。后归南宋,在建康、滁州、江西、湖北、湖南等地做官,有非凡的军事和政治才干,却受到当权者忌恨。后被罢职,闲居信州上饶前后近二十年。

纵观辛弃疾的一生,可以说是既有才华,又有抱负,可惜生不逢时,一直没有得到施展才华的机会。一腔孤勇和热忱,化作忧愤和无奈。因此,他的词句里也确实大多是抒发报国无门的孤愤之情,壮怀激烈,又常含苦闷情怀。清代学者彭孙遹曾用"胸有万卷,笔无点尘,激昂排宕,不可一世"来评价辛弃疾的词作。

饮食杂记

抛却豪迈、悲壮的固有印象，今天我想说的，却是一个不一样的辛弃疾。

我对辛弃疾的初印象，就是一个大大的"惊奇"。初中读到课本中的"醉里挑灯看剑"的时候，我暗暗惊叹了一下。潇洒！再读到"八百里分麾下炙"，在军营里，随随便便拉一头牛让部下烤了分来吃，说不出的潇洒！儿时就显露出吃货本性的我，每每读到这句，似乎都能想象出唇齿间烤牛肉肌纤维的撕扯感和丰盈油脂的香气了。

"八百里"来源于一个典故，出自《世说新语·汰侈》。说王恺养了一头牛名叫"八百里驳"，这牛得名是因为能日行八百里。王恺是当时晋武帝司马炎的舅父，是一个有名的富豪。王济也是王氏族人，晋武帝的女婿，他爱好弓马，勇力超人，有次他以钱千万与王恺打赌进行射牛。王恺自以为比王济箭法好，让王济先射，结果王济一箭将牛射死，并立即命人把这头叫八百里的牛心挖出炙烤吃掉，扬长而去。从此牛便得到了"八百里"的别称。

说到烤肉，这大概是人类历史上历史最悠久的食物了。自从人类学会使用火，就开始了最初的烹饪——火烹，也就是烧烤。后来人们也常在各种场合食用烤肉，有的制作精细、有的简单粗放。但古代军营中，将士们吃的可没有儿时的我脑海中想象的那般美好，大多数时候都是简单的军粮，"八百里分麾下炙"，无非是借此场景表达与士兵们同甘共苦的态度和豪迈气概罢了。

如果说"八百里分麾下炙"代表了辛弃疾豪迈慷慨、英雄气概的一面，那么还有没有其他饮食可以代表辛弃疾的另外一面呢？

八百里分麾下炙

我想,也许"酒"可以代表他跳脱不羁以及笑中带泪的另一面。

读辛词,会读到很多写酒、写醉的句子,有些句子让我们可以想象他在沙场豪迈痛饮的身姿,有些也可以读出他带着酒意的愤懑和酸楚。也有些句子是俏皮可爱的,可爱到让人忍不住"噗嗤"一下笑出声来。

比如这一阕《沁园春(将止酒,戒酒杯使勿近)》,想要戒酒,不从自己下手,反倒给酒杯写首词,杯子你离我远点。

"杯汝来前!老子今朝,点检形骸。甚长年抱渴,咽如焦釜,于今喜睡,气似奔雷。汝说刘伶,古今达者,醉后何妨死便埋。浑如此,叹汝于知己,真少恩哉!//更凭歌舞为媒。算合作人间鸩毒猜。况怨无小大,生于所爱,物无美恶,过则为灾。与汝成言,勿留亟退,吾力犹能肆汝杯。杯再拜,道麾之即去,招则须来。"

先假意气呼呼地吆喝,酒杯!你给我过来!老夫今天要整饬自身,不使它再受到伤害。我现在喝酒落得一身的毛病,喉咙干得像是烧焦的锅子,最近还开始嗜睡,一躺下就鼾声如雷……你却总拿刘伶来说事儿,说人家才是古今最通达的人,因为他说:"醉死何妨?死了便埋!"……总之,对拟人化的"酒杯先生"好一通指责埋怨:"亏我把你视为知己,你实在是太无情了!"

词的下阕,他开始列举酒杯的罪状:"更何况,酒杯你还凭仗着歌舞来诱人欢醉,按理来说,这应该被当作人间剧毒来对待。无论对你有多少怨言,都是因为我爱喝酒造成的;世上的东西本无所谓好坏,使用过度不懂节制才变成祸害。"

最后,更是对可怜的酒杯加以威吓:"你赶快走吧,不然我就把你摔坏!"他假想中的这位"酒杯先生"吓得赶快辞谢,说:

饮食杂记

"好吧好吧,你让我走我就走,你让我回来我再回来就是了。"

可爱吗?简直太可爱了。更可爱的是有天"酒杯先生"确实被召之即来了。这天辛弃疾实在没忍住,又喝上了酒,既然破戒又喝,干脆喝多点,喝完后又用"沁园春"这个韵脚填了一首词。

《沁园春(城中诸公载酒入山,余不得以止酒为解,遂破戒一醉,再用韵)》:"杯汝知乎?酒泉罢侯,鸱夷乞骸。更高阳入谒,都称齑臼,杜康初筮,正得云雷。细数从前,不堪余恨,岁月都将麴蘖埋。君诗好,似提壶却劝,沽酒何哉。// 君言病岂无媒。似壁上雕弓蛇暗猜。记醉眠陶令,终全至乐,独醒屈子,未免沉灾。欲听公言,惭非勇者,司马家儿解覆杯。还堪笑,借今宵一醉,为故人来。"

老朋友带着酒来了,不好意思说戒酒了不喝啊,就破戒一醉吧!上一次写词发誓戒酒,但他内心也知道自己不是司马睿那样说戒酒就能戒掉的勇者:"惭非勇者,司马家儿解覆杯。"所以就自我嘲讽下吧,就写了这么一首"就坡下驴"的词。我们借着酒,看到了多么不一样的辛弃疾。

还有一首趣致可爱的,也跟喝酒有关。这里只录几句:"昨夜松边醉倒,问松我醉何如。只疑松动要来扶,以手推松曰去。"——这天稼轩在松树边醉倒了。醉了的稼轩问松树:"你看我醉得怎么样了?还能不能再喝了?"这时候突然感觉松树走过来要把自己扶起来,这怎么行呢?我才不要你扶呢。所以辛弃疾就用手推开了松树,说:"走开!"

我们生活中常见这样的情景,酒徒越是喝多的时候,越是硬

八百里分麾下炙

说自己没喝多,死活不让人扶,可是辛弃疾第二天能把这副情态惟妙惟肖地描摹下来,常见的那些醉汉就未必能了。

这种幽默和自我调侃的精神,在其他方面体现得也很充分。即使在家徒四壁的时候,稼轩也不忘自我调侃:"好在书携一束,莫问家徒四壁,往日置锥无。借车载家具,家具少于车。""家具少于车"这句巧妙借用了孟郊的诗句,堪比现代俗语"兜比脸干净",心酸化于诙谐中。

给儿子写诗,也很随性:"看取辛家铁柱,无灾无难公卿。"是的,你没看错,这位横绝六合、扫空万古的大词人给自己儿子起名叫铁柱,就是这么随意。但在这看似简单质朴的愿望背后,我们能看出他一生多少艰辛、多少不幸!

与东坡有点相似,境遇不好的时候,辛弃疾一直善于自嘲和调侃,"敢于直面惨淡的人生",而不是一味长吁短叹。辛词以豪放为主,但又不拘于豪迈一格,沉郁、明快、激励、妩媚,在他的作品中兼而有之,此外,还加上了许多"可爱""幽默"的调味品。

面对这样一个多面的辛弃疾,我忍不住在诗词中探寻,对于美食,他的口味该是什么样子?除了爱酒,他还爱什么美食呢?

辛弃疾现存的词作只有六百多首,并不算多,写美食的词句也确实没有其他诗人那么丰富。不过我发现了有道甜品,是他"年年吃",想必也比较钟爱的。

他曾写过一阕《菩萨蛮》,题目是"席上分赋得樱桃",其中就有"香浮乳酪玻璃碗,年年醉里尝新惯"的句子。古人吃樱桃,

饮食杂记

为便于保存，常常做成蜜饯、果酱，搭配乳酪一起吃，这里辛弃疾吃的就是一道点缀了樱桃的乳酪。"年年醉里尝新惯"虽然是虚写，未见得真的每年都吃，但想必也是他饮酒后常用来解酒清心的甜点。原来动辄烤全牛、痛饮酒的大英雄，也是和我们一样，爱吃甜品的呀！辛弃疾在我心里的形象，一下子变得平易生动了许多。

此外，他词中也不乏"黄柑荐酒，更传青韭堆盘"那种餐桌上的平凡春意，更有低头细嗅"春在溪头荠菜花"的质朴芳馨。辛弃疾无疑是大英雄，但更是有血有肉有情怀的平凡人，和我们一样爱着这人间的烟火气息。

我读稼轩词，就像读老杜诗的感受是一样的，少年时，大家都说他们好，自己也觉得不错，但终究不是当时最吸引我的。年少时候心里那些粉红色小心思、雾蓝色小忧愁，是多么容易与温韦词相呼应，被晏柳词所吸引啊。直到近年来，才越发读出老杜的好，年年必重读老杜诗，且长使我这个女子（算不得英雄）泪满襟。

七八年前买了本人民文学出版社蓝白色封面的《辛弃疾词》，小开本可以一手掌握，因为方便，时时翻阅，越读越满心喜爱。翻阅2012年我的读书笔记，对辛词的评价是"深沉明朗、痛快潇洒"。其实这也只读出了其中的两三成意思。待到了解更多他的生平后，读稼轩词就更多了些忧愁、多了些叹惋、多了些敬意，读到这些诙谐幽默之处又多了些忍俊不禁，可谓笑中带泪，百感交集。

在很多琐碎生活中的辛苦时分，读一下稼轩词，真想与这个壮志未酬、但永葆赤子之心的、可爱的辛弃疾一起，吃一大盘炙"八百里"，再喝上几杯酒，品品樱桃酪啊，顺便帮他揾一把英雄泪，告诉他，知他者，不止二三子。

廉颇老矣，尚能饭否？

——谈谈历史上有名的『大胃王』

饮食杂记

永遇乐·京口北固亭怀古
宋·辛弃疾

千古江山,英雄无觅孙仲谋处。
舞榭歌台,风流总被雨打风吹去。
斜阳草树,寻常巷陌,人道寄奴曾住。
想当年,金戈铁马,气吞万里如虎。

元嘉草草,封狼居胥,赢得仓皇北顾。
四十三年,望中犹记,烽火扬州路。
可堪回首,佛狸祠下,一片神鸦社鼓。
凭谁问:廉颇老矣,尚能饭否?

辛弃疾的《永遇乐·京口北固亭怀古》沉郁顿挫,雄壮悲凉,既有着对历史长河中英雄们的追慕与缅怀,也抒发了自己怀才而不能施展、有壮志难以实现的无奈心境。辛弃疾最后用了大将廉颇的典故发问:"廉颇老矣,尚能饭否?"廉颇曾为赵国立下赫赫战功,可为奸人所害,离乡背井,报国无门,辛弃疾以廉颇自况,忧心自己有可能像廉颇一样,一身才华无法施展,满怀壮志不能得酬。

词人的胸怀和壮思一直激荡我们的内心,令我们感怀,但有

廉颇老矣,尚能饭否?

时候读这首词的时候,忍不住也"调皮"一下,想要探寻一下,仅仅就字面意思考虑的话——"廉颇老矣,尚能饭否?"廉颇到底能不能吃,又有多能吃呢?说来有点悲凉,《史记·廉颇蔺相如列传》记载,公元前245年廉颇被免职后跑到魏国去了,后来赵国的新王即位后,又想起了廉颇将军,此时廉颇已经年纪不小了。赵王派使者去看他,主要是看看他现在身体状况到底怎么样啊,类似任用干部前的考察。

廉颇见到使者后,一餐"饭斗米,肉十斤",而且还"被甲上马",显示自己仍老当益壮,还可以继续为国家征战效劳。可是这使者已经被廉颇的仇敌贿赂了,回来向赵王说了假话:"廉颇将军虽然年纪大了,还是很能吃的,只不过……一会儿工夫去了三次厕所。"赵王信以为真,心想,廉颇怎么吃个饭的工夫就去三次厕所呢,难道身体不行了?就没有重新任用他。

故事虽然有点让人唏嘘,但不得不说廉颇的饭量确实是惊人,如果史书记载的时间没错的话,那时候廉颇已经是位八十二岁的老人家了,他竟然一顿还能吃一斗米外加十斤肉,最厉害的是吃完后还能穿上沉重的铠甲,并能带着铠甲上马!即便这些记录有所夸张,可廉颇的饭量被永久地记录在史书里了,"大胃王"这个称号也应该没什么争议了。

三国时期,也有一位能吃的武将,那就是濮阳之战击退吕布的,勇猛过人的曹操部将典韦。据《三国志·魏志·典韦传》记载:典韦"好酒食,饮啖兼人,每赐食于前,大饮长歠,左右相属,数人益乃供,太祖壮之"。他爱酒食,每餐吃的喝的几乎是别人的两倍,

饮食杂记

每次太祖赐他酒食,他总是纵情吃喝,在旁侍候之人相继给他端酒添菜,需要几个人才能供应得上,曹操认为他十分豪壮。不过看这个描述,典韦的饭量只是一般武将的两倍,算不上是十分惊人了。

廉颇、典韦这样的武将能吃,我们是比较容易理解的,用现在的话说,他们的基础代谢率比较高,加上每天进行大量的体育锻炼,卡路里消耗比较多,所以才会摄入的多,传说薛仁贵一顿饭也能吃一斗米呢。

不过历史上的文臣里面,也有很多特别能吃的。比如宋朝有个叫张齐贤的宰相就是当时有名的"大胃王"。就拿吃羊肉来说吧,他能吃多少呢?据记载能"每食数斤",一顿单单吃肉都能吃好几斤,确实不简单。说到这位"大胃王",也有段辛酸往事。别看张齐贤后来官至宰相,可少年时家境贫寒,他自己这样回忆年少时光:"贫甚,客河南尹张全义门下,饮啖兼数人,自言平时未尝饱,遇村人作愿斋方饱。"(《邵氏闻见录》)他因为家里太穷,从来没有吃饱过。只有村里人有时候为了还愿,设了施舍的斋饭,有不要钱的饭菜供他拼命吃,才能吃饱一顿。有一次吃过斋饭后,张齐贤大概没吃饱,看到这家人屋子外面挂了一张牛皮,就把牛皮拿来煮着吃了,待到一张牛皮吃得一干二净,这下才饱了。

《涑水纪闻》还记录了张齐贤的另一则故事,他还是一介布衣的时候,穷得叮当响,住旅店的钱都没有。有一次有一伙强盗在旅店里面吃吃喝喝,住店的人吓得连跑带躲。他直接走过去作了个揖,说:"我穷人一个,想和各位一起吃个酒足饭饱,可以吗?"强盗们很高兴地说:"你一个秀才都肯委屈自己,一起吃个饭有什廉颇老矣，尚能饭否？

么不可以？我们都是粗人，还怕你笑话呢。"就给他让座。张齐贤说："做强盗的，不是卑鄙的人，都是世上的英雄。我也是一个豪爽的人，何必这么生分呢！"就拿个大碗倒酒喝，一饮而尽，这样连喝了三碗。又拿了整个的猪肘子，用手指分成几段嚼着吃，吃得像虎狼一样。

这下把这群强盗看蒙了，都暗自嘀咕："这个人真是个宰相的料子啊。要不然，怎么能这样不拘小节呢！改天他治理天下的时候，要记得我们都是不得已才当强盗的啊，但愿能早点交上这样的朋友。"于是强盗们纷纷提前行贿，送上值钱的东西。张齐贤都收下了，满载而归。

无独有偶，南宋也有个特别能吃的宰相。据周密《癸辛杂识》记载，宋孝宗时有个右丞相叫赵温叔，"形体魁梧……饮啖数倍常人"。数倍常人是多少呢？一顿饭可以食"笼炊百枚"。笼炊又叫蒸饼、炊饼，大家应该不陌生，武大郎挑着担沿街叫卖的就是炊饼，跟现在的馒头差不离。

不仅赵丞相自己能吃，他身边的人更能吃，生活里随处可见"大胃王"们一较高下的场景。有次赵温叔请一个下属吃饭，两人"各饮酒三斗"。宋代的一斗大概能装现在的十二斤，三斗酒折合三十多斤，真是海量了。这还不算完，还有"猪、羊肉各五斤，蒸糊五十事"。这个比试谁赢了呢？吃完喝完这些，赵温叔"醉饱摩腹"，酒足肉饱了。他那位下属呢，"屹不为动"，后来"又饮斗余乃罢"，居然又喝了十几斤酒！于是这一轮大胃王争霸赛，这一位下属完胜！

怎么这些宰相们都这么能吃？难道"宰相肚里能撑船"的俗

饮食杂记

语要别样解释了？要想当上宰相，首先要是一个肚子里装下一艘船的大胃王！

这些大胃王最喜欢吃的食物是什么呢？欧阳修回忆张齐贤，说他最爱吃的是肥猪肉："尤嗜肥猪肉，每食数斤。"赵温叔喝酒后吃的是猪肉、羊肉，《水浒传》中的梁山好汉们下馆子吃东西，动辄"切二三斤上好的牛肉，好酒只管筛来"。看来大胃王们最喜欢吃的大概是肉了。爱吃肉又特别能吃的人可不止上述的大胃王们，还有哪些人呢？

《铁齿铜牙纪晓岚》这部电视剧让"纪大烟袋"的形象深入人心，才华横溢，诙谐幽默，带着几分不羁。真实的纪晓岚到底什么样子呢？各种野史似乎特别偏爱纪晓岚，关于他的故事可真不少，有的甚至不能登大雅之堂。首先"爱吃肉"这个标签一定少不了。据记载，"火肉一器，约三斤许，公旋话旋啖，须臾而尽"，纪晓岚谈笑风生间，三斤火腿灰飞烟灭，全进了肚子。甚至有的野史笔记里说他压根儿不吃粮食，只吃肉，还身体倍儿棒。这就是古人的"生酮饮食"吗？

当然也有"饮食均衡"的，肉、蛋、主食、酒水一顿全包括。据清人钱泳所著《履园丛话》记载，清代学者、人称"昆山三徐"之一的徐乾学也是个超级大胃王，不过这位担任刑部尚书的大胃王一天只吃一顿，是在上朝前吃的。这一顿有多少呢？——实心馒头五十个、烧黄雀五十只、鸡蛋五十个、烫黄酒十壶。这只是早餐啊！清代的大臣们寅时就要在午门等候，也就是说凌晨三点前，徐乾学就要把这一大堆食物统统吃完。高蛋白、高碳水的一顿早餐下肚，廉颇老矣，尚能饭否？

他也确实一天不会饿了。

有人可能会说，怎么这些能吃的人，都是当官的呢？还真有因为特别能吃而当上官的人呢。清人朱翊清《埋忧集》记载：东晋十六国时期南燕的王鸾，是济南人，"身长九尺，腰带十围，贯甲跨马，不据鞍镫"。不用马镫就能直接跨上高头大马，非常高大威猛。南燕王慕容德见他如此魁伟，就赐食物给他，结果他一下吃了一斛多（一斛为十斗，宋以后改为五斗）。这下把慕容德震慑到了，看王鸾这么能吃，又才貌不凡，就拜为逄陵长。不过，王鸾不仅仅是能吃，因"吃"得官后，他当官确实当得很好，"政理修明，大收名誉"，于是又被提拔为东莱太守。

要知道，当时的一斛可是十斗啊！这个数量，估计古今中外的大胃王都很难超越了。《埋忧集》中记载的大胃王还有很多，其他清代野史笔记里写的大胃王故事也是不胜枚举。话说回来，美食虽重要，但任何时候，健康应该是第一位的啊。

红虾青鲫紫芹脆

——古人餐桌上的色彩美学

红虾青鲫紫芹脆

沧浪峡
唐·许浑

缨带流尘发半霜,独寻残月下沧浪。
一声溪鸟暗云散,万片野花流水香。
昔日未知方外乐,暮年初信梦中忙。
红虾青鲫紫芹脆,归去不辞来路长。

人常说评价一道菜好不好,有三个标准,"色香味"。色香味俱全,就是一等的佳品,少其中之一就等而下之,少其中之二大概仅能观赏或勉强饱腹,至于三者都不具备,就不在本文探讨之列,更不用提了。

食物是用来吃的,但为什么对美食的评价标准,历来都要把"色"排在第一位呢?

自然界就能给人最朴实的答案。植物(通常是被子植物)的果实,经过长期的进化,成熟后往往会显露出鲜艳诱人的颜色,向外界发散着"我很好吃,快来吃我吧"的信号。这会吸引一些动物来吃这些果实,动物把果实(往往会连同种子一起)吞进肚子,没有被消化的种子则会随粪便一起排出。聪明的植物们通过制造色香味俱全的大餐,延续着自己的后代。

饮食杂记

可见颜色与食欲有着极其密切的关系。颜色对于人类的吸引是同样有效的，红色、黄色往往意味着甜美多汁，深深浅浅的绿色往往意味着新鲜、富含维生素……

当食物不再仅仅是饱腹之物的时候，运用各种食材、配料和烹调方法，调配好一道菜肴的色彩，乃至一餐中每道菜品的色彩，就成为一种让食物更赏心、更悦目的艺术。据科学研究，这也是让营养摄入更均衡的方式呢。

原来"色字当头"很有必要，当一种食物难看到让人没有想吃的欲望，香和味恐怕就没有机会发挥了。试想"红虾青鲫紫芹脆"，这鲜明的色彩，如何不让人动饮食之遐思。金圣叹《贯华堂选批唐才子诗》是这样评论此诗的："红虾七字，流唾津津。"

可见色彩搭配于食物而言的重要。古人在诗句中，留下过很多巧妙的美食色彩搭配，让我们可以窥见古人餐桌的色彩以及他们的食物美学。

首先想到的就是白居易的"红鲙黄橙香稻饭"，颜色实在太美了。食材中有红色的鱼片、黄色的橙、白色的米饭，主食、肉类和水果全部都有了，膳食搭配非常合理健康，更妙的是色彩鲜明，望之惹人食欲。

韦庄这一餐也有点相似——"白鳞红稻紫莼羹"。也有鱼，不过是整条的；主食也是米饭，不过是红稻饭，比白米饭又升级了；加上鲜美柔滑的莼菜羹，汤也有了。色彩搭配是白色、红色和绿中带紫，别有一番清新的风味。

李石的"青菜青丝白玉盘"，则是连餐具的搭配都考虑到了。

红虾青鲫紫芹脆

青菜搭配白玉盘,绿色、白色虽一派清素,却简约而不简单。而韩翃"鲙下玉盘红缕细",则是另一番味道了,一种低调的奢华。鲙是生鱼细切,可以是片或丝,这里当是细丝了,因为"红缕"嘛,这"红缕"肯定不是深红、鲜红,当是泛着半透明质感的粉红色,搭配玉盘,越发显得温润、雅致。

生鱼片是古人很热爱的食物,《齐民要术》中就记载了一道名叫"金齑玉脍"的名菜。金齑即八和齑,作为蘸酱,玉脍则是白肉的鱼制作的生鱼片。后来"金齑玉脍"渐渐转变为金齑搭配鲈鱼脍的专有菜品名称了。

《太平广记》引用《大业拾遗录》的文字说,吴郡献给隋炀帝的贡品中,有一种鲈鱼的干脍,在清水里泡发后,用布包裹沥尽水分,松散地装在盘子里,无论外观和口味都类似新鲜鲈脍。将切过的香柔花叶,拌和在鱼片里,再装饰上香柔花穗,就是号称"东南佳味"的"金齑玉脍"。洁白如玉的鲈鱼细丝,点缀着青翠的香柔花叶,再轻洒上紫红色的香柔花穗,搭配金黄色的酱料,想想都觉得美不胜收。这种吃法和现在顺德鱼生有些相似了。香柔花是什么?李时珍在《本草纲目》中考证它就是中药香薷。香薷俗名蜜蜂草,新鲜植株具有强烈的芳香气味,古代长期当蔬菜食用。

并不是只有精致奢华才能达到色彩搭配的美感,纵使没有丰富的食材种类,有美感、有诗心,简单搭配也可以漂亮而有层次。辛弃疾"黄柑荐酒""青韭堆盘",潇洒随意地拿水果来下酒,吃的也只是普通时令蔬菜而已,但这金黄与碧绿,仍是显得春意满满,十分动人。

饮食杂记

更讲究点儿的古人呢，就不止要搭配食物的色彩了，连酒水都要搭配好，豪迈李白来到好客山东，一个小吏携着斗酒与双鱼赠给他，"鲁酒若琥珀，汶鱼紫锦鳞"，吃我们山东汶水出产的泛着紫色光泽的新鲜漂亮的鱼，当然要搭配琥珀色的山东美酒——想必是"玉碗盛来琥珀光"的兰陵美酒吧。美食与美酒让诗仙吃得非常高兴，也感受到了"山东豪吏有俊气"，高高兴兴地"醉着金鞍上马归"。

我们知道，陆游是一位资深美食家，还特别会写："瀼西黄柑霜落爪，溪口赤梨丹染腮。熊肪玉洁香美饭，鲊脔花糁宜新醅。"他描写食物色彩的诗句令人耳目一新，甚至于"香"与"味"似乎也一并跳到眼前来。

陆游的亲哥哥陆淞也是一位美食家，他写食物的色彩也非常讲究，"黄橙紫蟹，映金壶潋滟，新醅浮绿"。这就更厉害了，食物之间黄色、紫色的对照参差，金壶光泽的辉映衬托，加之新醅酒荡漾微绿的动态点缀。食物、食材、美酒的色彩都互相呼应，餐桌可以作为一幅静物画了。

"美食"之美，除了舌尖上的味觉之美，还在于视觉之美、情境之美、诗意之美。给食物赋予美感与诗意，本身就是认真生活中的一抹愉悦色彩。

醒酒仍怜甘蔗熟
——古人充满想象力的醒酒方式

饮食杂记

送山阴姚丞携妓之任兼寄苏少府
唐·李颀

东风香草路,南客心容与。
白皙吴王孙,青蛾柳家女。
都门数骑出,河口片帆举。
夜簟眠橘洲,春衫傍枫屿。
山阴政简甚从容,到罢惟求物外踪。
落日花边剡溪水,晴烟竹里会稽峰。
才子风流苏伯玉,同官晓暮应相逐。
加餐共爱鲈鱼肥,醒酒仍怜甘蔗熟。
知君炼思本清新,季子如今得为邻。
他日知寻始宁墅,题诗早晚寄西人。

古人爱酒,好饮,诗人中多有豪饮的酒客,留下了无数醺醺然带着酒香的诗句。曹操"对酒当歌,人生几何"的沉吟至今余音犹在,太白"五花马,千金裘,呼儿将出换美酒"的豪迈也为我们销了万古的愁肠,乐天"晚来天欲雪,能饮一杯无"的邀约,更是给了人们一个又一个冬季的温暖。

古人饮酒,又饮的不止是酒。欧阳永叔就给过我们很好的答案,

醒酒仍怜甘蔗熟

"醉翁之意不在酒，在乎山水之间也"。饮酒是气氛、是排遣，也是社交，是文化活动。东晋"曲水流觞"，是历史上最富文学色彩的雅集，也是最有浪漫意趣的酒局。永和九年，春和景明，一众文人雅士会于崇山峻岭茂林修竹间，列坐曲水两侧，将酒觞置于清流之上，饮酒作赋。在这场"酒局"中，历史上著名的"书圣"王羲之，于酒酣微醺时，用蚕茧纸、鼠须笔为诗集作序，写出了我国书法史上具有里程碑意义的传世名作《兰亭集序》。也正是这微醺的状态，才成就了这一幅"天下第一行书"。

微醉的感觉常常会激发人的灵感，除了"书圣"王羲之外，"诗仙"李白的灵感也常常来自酒，"李白斗酒诗百篇"，据计算，李白的一千五百首诗文中，提到酒的就多达一百七十余首，真配得上诗仙、酒仙的盛名。台湾诗人洛夫也曾经说过："要是拿了唐诗去压榨，起码还会淌出半斤酒来。"

让我们回到科学，尽管好像有点破坏这份浪漫。酒中能"醉人"的物质是乙醇，也就是酒精。除了乙醇以外，在酿酒的过程中还会产生一些其他醇类物质，一般叫作"杂醇油"。杂醇油含量较小的时候，是一种风味物质，当含量较多的时候，就容易让人醉酒难受，容易"上头"了。限于古代酿酒的工艺，酒中难免会有一些杂醇油，让人容易醉酒伤身。因此古人也发明了很多醒酒解酒的方法。

《封神演义》中写到过一个神器"醒酒毡"，伯邑考拿着三件神器去找到比干，请比干进献给纣王，以救出自己的父亲周文王。伯邑考告诉比干，喝醉的人即使是酩酊大醉，只要在醒酒毡上卧上片刻，就可以醒酒了。"倘人醉酩酊，卧此毡上，不消时刻即醒。"

· 253 ·

饮食杂记

这显然是古人美好的带有科幻色彩的想象了。

古人虽然想象力丰富，但研究医学和饮食还是比较严谨的。元代忽思慧《饮膳正要》中记载了"橘皮醒醒汤"的做法："香橙皮（一斤，去白），陈橘皮（一斤，去白），檀香（四两），葛花（半斤），绿豆花（半斤），人参（二两，去芦），白豆蔻仁（二两），盐（六两，炒）。上件为细末。每日空心白汤点服。"此方可缓解"酒醉不解，呕噫吞酸"的症状。不过忽思慧毕竟是宫廷的饮膳太医，这道汤成本着实不低，普通人醒酒想要用到檀香、人参，不是特别现实可行。

有些既简单，又可行的办法。古人认为甘蔗是解酒的，唐代元稹就有"甘蔗销残醉，醍醐醒早眠"的诗句，《本草纲目》这样描述甘蔗的药用功效："蔗，脾之果也。其浆甘寒，能泻火热……蔗浆消渴解酒。"清代黄元御的《玉楸药解》也认为蔗浆能解酒清肺。很多古代医书确实提到了甘蔗解酒的作用。

除了甘蔗外，还有一些多汁的水果也是古人解酒的好选择。徐铉喝多了第二天头痛难受，就想吃一个梨子："昨宵宴罢醉如泥，惟忆张公大谷梨。"这里的"张公大谷梨"可不是实指，并不是想跟什么熟识的"张公"要个大谷梨。"张公大谷之梨，梁侯乌椑之柿。"出自西晋潘岳的《闲居赋》，唐代李善作注时引《广志》曰"洛阳北芒山，有张公夏梨，甚甘，海内惟有一树"。洛阳北芒山的张公梨，被誉为海内唯一的优异名品，后来常常用为咏梨之典故。醉酒时候吃个水分充足、脆爽清甜的梨子，想必是比较舒服的，难怪不止徐铉一个人酒醉后想吃，李德裕也有同样的想法："醉忆剖红梨，饭思食紫蕨。"

醒酒仍怜甘蔗熟

皮日休喝醉了,想起另一个同样是来自典故里的食物:"醉来欲把田田叶,尽裹当时醒酒鲭。"醒酒鲭是什么呢?这是撰有《食珍录》一书的烹饪大师虞悰发明的一种解酒食物。

虞悰是南朝人,出生于会稽余姚的门阀士族家庭,是一位美食家兼烹饪大师。《南齐书》称"悰善为滋味,和齐皆有法"。在饮食烹饪方面,虞悰敢于与皇室一争高下。虞悰曾经给齐世祖献上粽子以及数十车各色菜肴,滋味之美甚至连皇宫里的御厨烹制的菜肴都比不上。虞悰还很有知识产权保护意识,就连皇帝向他索要饮食配方,他都严格保密不肯献出。只有一次破例了——这天皇帝酒醉后身体不舒畅,虞悰才献上"醒酒鲭鲊"这一配方。此后这个方子便流传开来,隋人谢讽的《食经》中即收录有用多种鱼肉合制而成的"虞公断醒鲊"一味。"鲊"是指腌制过的鱼,今天的我们恐怕比较难想象,吃下腌制过的鱼是如何能起到解酒的作用,让身体感觉舒适的。

宋代市井中,有一道"水晶脍"很受欢迎,其实这道菜就是用鱼鳞、鱼皮等熬制的鱼冻,因晶莹剔透似水晶得名。《事林广记》记载了"滴酥水晶脍"的做法:"赤梢鲤鱼,鳞以多为妙。净洗,去涎水,浸一宿。用新水于锅内慢火熬,候浓,去鳞,放冷,即凝。细切,入五辛醋调和,味极珍。须冬月调和方可。"后世这道菜的做法也都大同小异。据说黄庭坚特别喜欢给事物取别名,他给"水晶脍"取的别名是"醒酒冰",想必是因为它冰凉爽利的口感、辛辣酸爽的调味正适合饮酒后食用。高观国《菩萨蛮·水晶脍》词中也有"一洗醉魂清,真成醒酒冰"的句子。

255

饮食杂记

  鲜鱼做的酸辣汤却是解酒的好东西,这也是《水浒传》中宋江的最爱。宋江与李逵、戴宗在酒楼喝酒:

  "酒保斟酒,连筛了五七遍。宋江因见了这两人,心中欢喜,吃了几杯,忽然心里想要鱼辣汤吃,便问戴宗道:'这里有好鲜鱼么?'戴宗笑道:'兄长,你不见满江都是渔船。此间正是鱼米之乡,如何没有鲜鱼!'宋江道:'得些辣鱼汤醒酒最好。'戴宗便唤酒保,教造三分加辣点红白鱼汤来。顷刻造了汤来,宋江看见道:'美食不如美器。虽是个酒肆之中,端的好整齐器皿。'拿起箸来,相劝戴宗、李逵吃,自也吃了些鱼,呷了几口汤汁。李逵也不使箸,便把手去碗里捞起鱼来,和骨头都嚼吃了。宋江一头忍笑不住,呷了两口汁,便放下箸不吃了。戴宗道:'兄长,一定这鱼腌了,不中仁兄吃。'宋江道:'便是不才酒后,只爱口鲜鱼汤吃。这个鱼真是不甚好。'"

  宋江称自己酒后,只爱口鲜鱼汤吃,这倒是能暖胃解腻的好选择,袁枚在《随园食单》就曾经说过:"度客食饱则脾困矣,须用辛辣以振动之;虑客酒多则胃疲矣,须用酸甘以提醒之。"这么看来,酸辣鱼汤不正是酒酣耳热时候的最佳醒酒汤吗?

  别看宋江这时候喝醒酒汤喝得惬意,他还有一次,差点就作了别人的醒酒汤。那是宋江落在锦毛虎燕顺的手里时,燕顺手下的小喽啰说:"大王刚吃完酒,把这个牛子挖出心肝给大王做醒酒酸辣汤。"说罢扒下宋江上衣,另一喽啰拿起一把明晃晃的尖刀朝他比画。这真叫一个心惊胆战,恐怕日后单是想想这个场景,酒就能醒三分了。

醒酒仍怜甘蔗熟

　　人心醒酒汤还是太可怕了，还是让我们看看杨万里老先生解酒的办法有多么逗趣天真。且看下面这首题为《餐霜醒酒》的诗："宿酒朝来醉尚残，胸怀旺瞟腹仍烦。牡丹坛上栏干脚，自刮霜球衮舌端。"

　　杨万里爱花、爱酒，更爱喝醉。这天他宿醉醒来，残酒未消，于是便到牡丹坛上，栏杆脚底，刮一些霜来放在嘴里。想远古人类祖先"幕天席地，饮露餐霜"，诚斋先生此举，可真是返璞归真、一派天然啊。

马行灯火记当年
——宋代夜市的繁华景象

二月三日点灯会客
宋·苏轼

江上东风浪接天,苦寒无赖破春妍。
试开云梦羔儿酒,快泻钱塘药玉船。
蚕市光阴非故国,马行灯火记当年。
冷烟湿雪梅花在,留得新春作上元。

唐朝及以前是没有夜市的。

唐朝城市内店铺的营业时间基本只限于上午,过了中午便渐渐散去,到了夜里更是实行宵禁,只有上元节的三天除外。唐朝的宵禁制度十分严格,诗人温庭筠就曾经因"醉而犯夜,为虞侯所系,败面折齿"。据说温庭筠长得不太"诗如其人",也就是不怎么好看,时人送他"温钟馗"的雅号。长得不好看,还不爱打扮,《旧唐书》说他"不修边幅",《新唐书》说他"无检幅"。这下好了,本就不怎么好看的形象面容还被执法人员给暴揍一顿,更没法看了。

总之,唐朝虽然非常繁荣,但唐朝城市的市民可不是很自由,晚上只能乖乖在家待着,要是半夜饿了想找个朋友吃点宵夜——那是不可能的事儿。

直到唐朝晚期,宵禁才渐渐松弛,出现了零星的夜市、早市。到了北宋的汴京(今河南开封),情况就大大不同了。汴京作为全

饮食杂记

国的政治、文化中心和贸易枢纽,经济发达,百业兴盛,市井生活丰富多彩。汴京在当时已经是人口超过百万的大城市,尤其是宋代的城市打破了市和坊的界限,居民区里就有各种店铺,这下生活就方便了。据记载,汴京城中的店铺多达六千四百余家,大小不等的商业饮食市场二十余处。

在《清明上河图》中可以看到,酒楼、食店、饭馆、茶肆比比皆是,能辨认出是饮食店铺的就有四十几家。汴京城御街两旁,大内禁门之外,甚至在御苑禁地,也有不少饮食店肆。《东京梦华录》载:"东华门外,市井最盛,盖禁中买卖在此,凡饮食、时新花果、鱼虾鳖蟹、鹑兔脯腊、金玉珍玩衣着,无非天下之奇。其品味若数十分,客要一二十味下酒,随索目下便有之。其岁时果瓜蔬茹新上市,并茄瓠之类新出,每对可直三五十千,诸合分争以贵价取之。"为什么城市的商业这么繁荣呢?原来是宋朝采用了与前朝不一样的政策。

宋太祖乾德三年(公元965年)四月十三下诏,"令京城夜市至三鼓已来,不得禁止"。从此饮食夜市开始出现,且日渐繁荣。即使冬日遇到大风雪的天气,夜市也照旧经营不歇。有了合理的城市规划,加上符合实际的商业政策,市场就会繁荣。宋朝就这样开始有夜市了,而且一天比一天火爆起来。

汴京城著名的夜市有州桥夜市、马行街夜市以及朱雀门外街心市井、潘楼酒店下、土市子从行裹角等夜市。若是翻开当时的汴京地图,从御街出朱雀门,朱雀门外龙津桥北脚到州桥南脚一带,这里就是著名的州桥夜市了。

什么水饭、熬粥、干脯等,各种小吃应有尽有,当街摆着摊子,很勾人馋虫。而且最重要的是——价格不贵。顶顶著名的梅家、鹿家

马行灯火记当年

售卖的鹅鸭鸡兔肚肺鳝鱼包子、鸡皮、腰肾、鸡碎等,全部十五文。

夜市上售卖的时鲜小吃也根据时令的不同而变化,夏天有麻腐鸡皮、麻饮细粉、素签、沙糖冰雪冷元子、水晶角儿、生淹水木瓜、药木瓜、绿豆甘草冰雪凉水等开胃小菜和清凉甜品;到了冬日里则供应盘兔、旋炙猪皮肉、野鸭肉、滴酥、水晶鲙、煎角子、猪脏之类的滋补肉食。州桥夜市不仅有经营小吃的,还有煮茶来卖的,喝酒猜枚的,可谓是多样化经营了。

但要说北宋汴京城最大、最热闹的夜市,那就是马行街了。马行街夜市比起州桥夜市又要繁盛百倍,往往要一直经营到三更时分,人们才渐渐散尽。不过注意,这只是第一拨,到了五更时分第二拨"夜猫子"到场,夜市就又开张了,通宵不绝。

马行街夜市上,三更时分才有提着开水瓶卖茶的人出来转悠呢,因为那时候人们不论公事私事,往往要忙到半夜才肯回家,宋人的夜生活啊,真的是非常丰富多彩了。

马行街夜市是最适合夏天"练摊儿"的地方,为什么呢?那里没蚊子!宋人蔡绦的《铁围山丛谈》记载:"天下苦蚊蚋,都城独马行街无蚊蚋。马行街者,都城之夜市酒楼极繁盛处也。蚊蚋恶油,而马行人物嘈杂,灯火照天,每至四鼓罢,故永绝蚊蚋。"夜市通宵燃起的灯火和烹制菜肴产生的油烟使得蚊蝇都难以停留。虽然听起来有些夸张,但是可以想见当年夜市的盛景,恐怕和现在北京簋街、上海南京路、台北士林夜市有得一拼了。

多年后一个微凉的初春日子,美食家苏轼点灯会客,一起回忆从前繁华市井,闲聊故人往事,他惦念的仍是旧时汴京夜市的繁

饮食杂记

华景象:"蚕市光阴非故国,马行灯火记当年。"也许他惦念的不止是那夜晚的市集中的烟火气息与世情味道,还有自己飞扬意气名动京华的日子吧。

"杭城大街,买卖昼夜不绝,夜交三四鼓,游人始稀,五鼓钟鸣,卖早市者又开店矣"。从《梦粱录》我们看到,南宋临安城(今浙江杭州)的夜市,比开封又繁盛了许多。南宋的美食可以说又丰富了许多,什么中瓦子武林园前的煎白肠、木檐市西坊的焦酸馅千层儿、孝仁坊的澄沙团子、众安桥的十色花花糖,加上羊脂韭饼、糟羊蹄、糟蟹、香辣罐肺、香辣素粉羹、清汁田螺羹、羊血汤……站在街上望过去,小吃琳琅满目,估计三个昼夜都吃不过来。

夜市只是一个时代饮食文化的斑驳陆离的一角,掀起这一角,已经可以望见很多的精彩。其实,整个宋朝的饮食都是如此精彩纷呈,值得好好探究的。以一枚"吃货"的眼光看,宋朝是饮食文化史上真正承前启后的时代。自宋起,中国人的食物开始从匮乏向丰盛过渡,真正意义的"美食"从单纯的饮食中开始产生和发扬。占城稻的引进、农田的开发、育种的改良、深耕细作技术的推广,让人们从大自然获得了更丰厚的馈赠。据《东京梦华录》和《梦粱录》等文献记载,两宋时的烹饪技艺已经相当高超,有烹、烧、烤、炒、爆、熘、煮、炖、卤、蒸、腊、蜜、酒、冻、签、腌、托、兜等几十种,杯盘碗筷等餐具也是到了宋朝才开始齐备的,中国人的食制也开始向三餐制过渡。

无怪乎美国人类学教授尤金·安德森在他的《中国食物》中这样说:"中国伟大的烹调法也产生于宋朝。宋朝晚期,一种具有地方特色的精致烹调法已被充分确证。"

人乳蒸豚玉食无
——一味奢华,并非饮食正途

饮食杂记

读晋书
宋·陆游

诸公日饫万钱厨,人乳蒸豚玉食无。
谁信秋风锥城里,有人归棹为莼鲈。

西晋的第二位皇帝司马衷,是历史上著名的傻子。《晋书·惠帝纪》记载,有一年国家发生饥荒,百姓们断了粮,只好挖草根、吃观音土来充饥,许多人被活活饿死。灾情报到司马衷案前,晋惠帝司马衷大为不解。他左思右想,终于考虑了一个周全的方案:"百姓无粟米充饥,何不食肉糜?"百姓既然没粟米吃,为什么不去吃肉粥呢?在司马衷的认知中,肉粥是最等而下之的食物了。既然朕随时能吃到肉粥,那百姓靠它充饥也不是太难吧。这则让后世啼笑皆非、唏嘘感慨的记载,正是魏晋时期世风的缩影。占据要津的门阀士族们,在政治上毫无建树,在吃上却花样翻新,菜肴本身无论是在追求食材的奢靡还是工艺的极致上都达到了巅峰。

曹植少有文采,十九岁时就创作出了可比肩枚乘《七发》的名作《七启》,他用繁缛富丽的文辞开列了一席名贵的菜谱:

"芳菰精稗,霜蓄露葵,玄熊素肤,肥豢脓肌。蝉翼之割,剖纤析微,累如叠縠,离若散雪,轻随风飞,刃不转切。山鷃斥鷃,

人乳蒸豚玉食无

珠翠之珍。寒芳苓之巢龟,脍西海之飞鳞,臛江东之潜鼍,腾汉南之鸣鹑。糁以芳酸,甘和既醇,玄冥适咸,蓐收调辛。"

可以入菜的食材包括了山珍、野味、河鲜等,可谓无所不包,用"紫兰丹椒"等调和,甘酸咸辛,调味齐全;刀工技术更是描述得精湛,比如写生鱼片堪比秋蝉之翼,又如雪片般轻薄飘飞,令人瞠目结舌。

曹植将美食描写得这样细腻,是因为他本人就是位为了美食肯一掷千金的老饕,明朝董斯张编的《广博物志》中引《晋书》说,"陈思王制驼蹄为羹,一瓯值千金",一罐羹汤耗费千金,真是令人咋舌。《异物汇苑》提到这种羹汤的名字——"七宝羹"。明代食谱中,记录了"驼蹄羹"的制法,将鲜驼蹄用沸水烫褪毛,去爪甲、污垢,洗净后用盐腌一夜。再用开水退去咸味,用慢火煮至烂熟,待汤汁稠浓成羹,加调味品就可以食用了。今天听起来倒也没什么特别,在当时却是难得的美味。

西晋的开国元勋何曾,也是一位有性格的吃货。据说他"性奢豪,务在华侈",他的帷帐车服都奢华绮丽到极点,膳食更是如此,何家的"私房菜"十分精致美味,甚至远胜过帝王之家。何曾每次参加御宴,根本不把皇家的菜肴酒食看在眼里,晋帝却也不恼怒,反而特许他自带家厨烹制的菜肴。他每天在吃喝上最少要花费一万钱,但每次吃饭时还皱着眉头,说:"没啥值得下筷子的东西!"有人计算,以当时的购买力,一万钱可是相当于一千个平民百姓一个月的伙食费啊!他的儿子何劭比起其父,可谓有过之而无不及,他"食必尽四方珍异,一日之供,以钱二万为限",每日的伙食费是其父的两倍!

饮食杂记

说到奢侈无度，便不得不提到西晋大富豪石崇，他少年得志，颇有才气，但常常率意而为，最爱炫耀自己的豪富。石崇特地派人到全国各地采集珍贵的异花奇草，在住宅的边上造起了一个豪华园林，叫作"金谷园"。他和左思、潘岳等二十四人曾结成诗社，号称"金谷二十四友"，经常聚在园子里饮酒作诗，品尝天下美味。

据《洛阳伽蓝记·法云寺》记载，有人在谈论西晋大富豪石崇的饮食时，说到他"画卵雕薪"，实际上就是在鸡蛋和柴薪上都要雕画出图形。据杜台卿《玉烛宝典》记载，这些经过雕刻的鸡蛋，有的还染过色，不仅能装盘食用，还能够作为礼品送人，俨然成为艺术品了。石崇的生活奢侈，"丝竹尽当时之选，庖膳穷水陆之珍"。另一位土豪王恺也不遑多让，两人都热衷于夸耀自己的财富，从生活细节上处处互相比拼。他俩的斗富就是从厨房开始的，听说王恺饭后用麦芽糖水洗锅，石崇便用蜡烛当柴来烧。

石崇与王恺之争不仅仅在夸耀财富上，还表现在饮食细节上。豆粥是较难煮熟的，但是石崇想让客人喝豆粥时，只要吩咐一声，马上就有人端上热腾腾的豆粥；而即使是在寒冷的冬季，石崇家却还能吃到碧绿的韭花酱。

晋时还流行吃炙牛肉，不同的部位味道不一样，其珍贵程度自然也不一样。当时牛心炙很是名贵，一般大户人家才能吃得到，招待上宾时才有这道菜。王羲之十三岁时到周顗那里做客，那时他还没有名气，坐在那里也不多话，但是已经显露出聪慧之气来，周顗看出王羲之将来必是大才，于是牛心炙端上来，其他客人都未动筷子，周顗先将牛心炙给了王羲之，以示对他的敬重。后来，王羲之果然名动四方。

人乳蒸豚玉食无

即使是名贵的牛心炙,仍然有人当作平常打赌的玩物。西晋时期外戚王恺是有名的官二代、富二代,他是曹魏司徒王朗的孙子、名儒王肃的儿子,又是晋武帝司马炎的舅舅,文明皇后王元姬的弟弟。

他也是在吃的方面享受得有些"极致"的主儿,开发出一道奇异的菜品,甚至把他的岳父晋武帝司马炎都吓了一跳。有一次司马炎驾临王恺府上,王恺准备了无数佳肴,全部盛在琉璃器具之中。其中有一份蒸乳猪异乎寻常的美味,晋武帝好奇地问他是怎么做出来的。王恺回答说"用人奶蒸出来的",晋武帝一听脸色都变了,没吃完就起驾回宫了。此处是《晋书》的记载,《世说新语》则说乳猪是用人奶喂养的。不管是哪种做法,都堪称极尽铺张奢靡之能事。后来南宋诗人陆游读《晋书》,看到魏晋时期诸多奢侈荒唐之事,不禁大为感慨,写下了那首《读晋书》。

石崇、王恺肆意比富,是因为他们既是亲贵,更不差钱。石崇的父亲石苞,在晋武帝司马炎时曾官至大司马(相当于现在的国防部长),是西晋的开国元勋。石崇凭借家族的势力任职荆州刺史,不考虑为政一方,造福人民,反而为了聚敛钱财,派人劫掠杀死过往的客商,干起强盗的勾当。而王恺是晋武帝司马炎的舅舅,在和石崇斗富争豪时,司马炎不但不制止,反而从御府中拿出一棵珊瑚树帮助王恺。奢侈糜烂之风之盛,使得即便是贵族家的奴仆,都吃厌了精美的饭食。时任司徒左长史的傅咸见此景,上书皇帝,恳请皇帝提拔持身简朴有节操的臣子任职中央各部,这样上行下效,就能扭转奢靡之风,可惜傅咸的疾呼毫无效果,奢靡之风流毒天下。

饮食杂记

门阀士族热衷于美食,帝王也不例外。南朝宋明帝刘彧自幼食量惊人,身材特别肥胖,登基后更是放开了肚皮胡吃海喝。刘彧特别喜欢吃一种叫作"逐夷"的鱼肠酱,一次就能吃好几大银钵。"逐夷"的制法《齐民要术》里有记载:取石首鱼、鲨鱼、鲻鱼三鱼的肠、肚、鱼鳔,洗干净后用白盐腌制,然后密封在罐中,放在太阳下。夏天等二十日,春秋等五十日,冬季需要一百天后,就可以吃了。吃时配姜、酢调料,味道鲜美。

"逐夷"名字的由来有一典故,据《吴地记》记载,春秋时东夷侵入吴国境内,吴王阖闾领兵讨伐。夷人被击败后往海上逃跑,占据了一座海上的沙洲,负隅顽抗。阖闾的大军把小岛团团围住,双方相持了一个多月。此时海上突然刮起大风,运粮船无法接近,吴军陷入饥饿。于是阖闾就焚香向上天祷告,祈求上天帮助。忽然在吴军船只四周,一片金色翻涌。士卒们打捞后发现,竟然都是海鱼。吴军饱餐一顿之后士气大振,一鼓作气击败了饿肚子的东夷人。于是这种海鱼肠作的酱,就被命名为"逐夷",以纪念这次胜利。

有一回,扬州刺史王景文进宫向皇帝汇报工作,正赶上刘彧大快朵颐地消灭"逐夷"。皇帝一边吃,一边问扬州刺史:"爱卿,平时你们家吃逐夷吗?"王景文连忙回答:"这么贵重的东西,微臣家里怎么能吃得起。"刘彧听罢没说什么,自顾自地继续吃。刘彧吃得急,肚子一会儿就胀得像一枚皮球,坐在龙椅上动弹不得。王景文赶紧叫来皇帝的御医和大厨子刘休。刘休赶忙叫人拿来一瓶老醋,给皇帝灌了下去,刘彧这才缓了过来。

不过,刘彧还是死在了"吃"上。公元472年7月,刘彧患病,

人乳蒸豚玉食无

卧床不起。这时候他还没忘记吃,居然躺在床上吃下了好几升肉羹,以致病情加重,太医没来得及赶到床前,刘彧就一命呜呼了。为吃生,为吃死,刘彧这样的资深老饕,历史上也没有几个。

不仅有爱吃的,还有爱亲自动手的。西晋时期,肉类买卖兴盛,有的官员"前劳赐有余肉百斤,卖之",将吃不完的肉类赏赐拿到集市上去卖掉。最有意思的是,就连晋愍怀太子都加入到卖肉的行列当中,《太平御览》中记载,愍怀太子卖肉,把肉切分完后,用手来掂量轻重,竟能做到斤两不差,这是积累了多少卖肉的经验啊!帝王们不仅亲自卖肉,还亲自割肉。南朝齐武陵王萧晔在吃鹅炙的时候亲自操刀自己边割边吃,大臣见状很是惶恐,赶忙起身说,切肉之类的活儿都是伙夫厨师们的事儿呀,殿下您亲自操刀,让我们这些臣子怎么能安心坐着吃饭呢!萧晔压根不以为意,完全把"君子远庖厨"什么的抛到脑后啦。

既然当时的帝王大都是这样的美食爱好者,时下升官的通途自然又多了一种——做得一手好菜,也能步步高升。《南齐书》记载,虞悰擅长烹饪,他家的饭菜滋味"太官鼎味不及",连皇家的菜肴都比不上他。有一次,齐世祖吃到虞悰所做之饭菜,觉得非常美味,便让他讲讲烹饪的方法,虞悰秘不肯传。世祖有次喝醉了酒,身体不适,虞悰献上了"醒酒鲭鲊"一方,圣上龙颜大悦,立刻升了虞悰的职,"出为冠军将军,车骑长史,转度支尚书,领步兵校尉"。原来只要菜烧得好,也能平步青云嘛。

魏晋名士们精于饮食,乐于享受,就是不会治国。当时有个今天看起来很奇怪的风气:谁沉溺于玩乐,不务正业,谁反而能得到舆论的追捧;而谁秉公职守,节俭持家,就会被耻笑为俗不可耐。东晋光禄大夫王蕴的儿子王恭就声称"常得无事,痛饮酒,熟读《离骚》,便可称名士也"。而东晋时吴隐之为广州刺史,每天不过吃一些干鱼和蔬菜,这么简朴的官员在当时极为罕见,本来应受到尊重,可是当时的人怎么看他?"时人颇谓其矫",觉得他是假的,很虚伪。偏偏官位都被王恭式的名士们所把持,国事遂不可问矣。

纵情任性,并不能让名士们在动荡的政局中苟全性命。石崇刚刚在斗富争豪中战胜了王恺,就被"八王之乱"的旋涡所吞噬。西晋永康元年(公元300年),赵王司马伦的爪牙孙秀向石崇索要爱妾绿珠,石崇没舍得给。孙秀怀恨在心,就找了个借口诬陷石崇是"乱党",满门抄斩。临刑前,石崇感叹:"都是财富惹的祸啊!"刽子手听闻此言,嘲弄道:"早知如此,为何不散财保平安呢?"石崇无言以对。而南朝名士们的下场也不太好。据《颜氏家训》记载,梁武帝末年"侯景之乱"爆发时,叛军攻到首都建康。养尊处优的梁朝士大夫们"肤脆骨柔,不堪行步,体羸气弱,不耐寒暑",只好在仓促变乱中坐以待毙,做了刀下之鬼。

展卷读史,掩卷沉思,魏晋名士们那般的"豪奢",还是越少越好。

少年世味如蜜甜

—— 糖与蜜，舌尖上的一点甜

饮食杂记

晚春有感答才夫上巳之作二首（其一）
宋·李流谦

牡丹犹欲扳春住，开到荼䕷春遂去。
黄蜂白蝶太痴生，抵死嗔风复嗔雨。
少年世味如蜜甜，迩来唯觉食无盐。
只应余习扫未尽，一春病酒常厌厌。

诗人李流谦揣着一颗成年人的心，在一个晚春触景生情：这个春天跟过往的每一个一样，又是挽留不住地要走了，我们也一年年老去了，回想尚未尝过人生百味的少年时代，以一颗少年的心去看这个世界时，世上的一切人情际遇似乎都是蜜一般甜的呀。

直到现在，人们总是会用"蜜一般甜""如蜜甜"来形容极尽美好的心情和感受。那是因为，蜂蜜本就是一种天赐的惊喜。

自然界存在着很多糖类，葡萄糖、果糖、蔗糖、麦芽糖和乳糖等糖类物质，是天然甜味剂，也是重要的营养素，它们为人类的祖先提供着最易得到并可转化的热能。追逐甜味，是人类从远古祖先那里继承来的，是基因里写着的天性，难怪每个孩子，都天然地喜欢甜味的东西，哭的时候，一块糖果或许就可以让他们笑起来。

少年世味如蜜甜

人类食用最普遍的两种甜味剂是蜂蜜和蔗糖，不同的是蔗糖是需要用植物加工获得的，而蜂蜜却是大自然中天然存在的，"天赐"的神奇礼物。

早在《山海经》中就有"平逢之山……实惟蜂蜜之庐"的说法，那时的人想必已经知道如何获取蜂蜜。皇甫谧撰写的《高士传》中提到一位叫姜岐的人"遂隐居，以畜蜂、豕为事"。隐居的姜岐已经开始了人工驯养蜜蜂，他也被称为"中华养蜂第一人"。西晋张华的《博物志》记载："远方诸山出蜜、蜡处，其处人家有研掬者。"西晋时期，已经有了专门的养蜂人这一行当。

古人喜爱蜂蜜，也不单单因为甜蜜适口，人们还十分推崇蜂蜜的药用价值。《神农本草经》中已经对蜂蜜的药用价值有了详细记述："石蜜（蜂蜜一名石蜜），味甘平，主心腹邪气，诸惊痫痉，安五藏诸不足，益气补中，止痛解毒，除众病，和百药，久服强志轻身，不饥不老。"西晋文学家郭璞在《蜜蜂赋》中写道，蜂蜜"散似甘露，凝如割肪，冰鲜玉润，髓滑兰香。穷味之美，极甜之长。百药须之以谐和，扁鹊得之而术良，灵娥御之以艳颜"。唐初，河东裴明礼善于采蜜养生，他的秘诀是"乃缮甲第，周院置蜂房，以营蜜。广栽蜀葵杂花果，蜂采花逸而蜜丰矣"。

同样是甜味剂，比起蜂蜜，糖就比较单纯地是以调味品的姿态出现在餐桌上了。

最早，中国古人吃的糖是饴、饧，也就是现在说的麦芽糖。《诗经·大雅》就有"周原膴膴，堇荼如饴"的诗句。屈原的《楚辞·招魂》有"粔籹蜜饵，有餦餭些"的句子，餦餭也是指以麦芽糖为主要成分的饧。《周礼·天官·疾医》将"饴蜜即甘"列为五味中"甜"的代表。饴、饧都是指麦芽糖,区别在于"饧"稍硬一点,"饴"更柔软些。

《说文解字》这样解释:"饴,米糵煎也。"人们发现米曲发酵后会产生甜味,将发酵的汁液进行熬煮,可以制成糖。植物种子发芽时一般会产生出淀粉酶,从而把淀粉水解成麦芽糖。这种糖是中国古人最早制作的一种糖。北魏农学家贾思勰在《齐民要术》中,记录了饧的制作原料:"用粱米者,饧如水精色。"宋代药学家寇宗奭的《本草衍义》,指出制作饴饧的原料最好是"糯与粟米作者佳,余不堪用"。

人们很快又发现了含糖量更高的"产糖大户"甘蔗。《楚辞·招魂》中有"胹鳖炮羔,有柘浆些"的诗句,"柘浆"指的就是蔗汁。三国时期的万震在《南州异物志》中说:"石蜜非石类,假石之名也。实乃甘蔗汁煎而曝之,则凝如石,而体甚轻,故谓之石蜜也。"表明汉代人们已经将甘蔗汁煎煮后曝晒,凝结形成固体的糖。

糖这种今天看来平平无奇的食材,最初确是一种只有贵族阶层可以享用的奢侈品,吃得起糖是一种身份的象征,而很多人也希望通过相同的"吃糖"的消费来制造一种"阶层提升"的美好错觉。西敏司在《甜与权力》一书中分析了糖这种看起来并不必需的消费品是如何与阶级、权力相联系,跃升为人类社会必需品之一,以至于影响国家间乃至全球范围内的社会政治和经济结构的。

西敏司的分析是从英国社会切入的,其实在古代中国,糖最初也可以算得上一种"奢侈品"。直到唐代的制糖业经历了一个大发展,这种情形才趋于改善。冰糖的生产技术在唐代趋于成熟,唐太宗李世民派人到印度专程学习制糖法之后,白糖的制造也迅速发展,生产出了质量远远好过印度的糖。按《老学庵笔记》云:"闻人茂德言,沙糖中国本无之。唐太宗时,外国贡至,问其使人:'此何物?'云:'以甘蔗汁煎。'用其法煎成,与外国者等。自此中国方有沙糖。"

古人的制糖技艺随着时间的推移越发高超。到了明代,中国工匠又发明了"黄泥法":"其法先以蔗汁煮之,搅以白灰,成黑糖矣。仍置大瓮漏中,候出水尽时,覆以细滑黄土,凡三遍,其色改白。"《天工开物》中记载"凡获蔗造糖,有凝冰、白霜、红砂三品",分别对应的就是今天的冰糖、砂糖、红糖三种。

但有些精制的糖食,仍然是寻常百姓难得品尝的珍味。当时有人作诗,提到了朝廷里流行的"虎眼糖":"尚膳偏珍虎眼糖,民间不许擅传方。每缘太监私还第,袖与家人暂一尝。"季羡林先生曾经写过一部《糖史》,值得一看。

诗人们当然少不了为这轻盈洁白、甜蜜怡人的糖写赞美诗。苏轼有诗句写洁白的糖霜:"冰盘荐琥珀,何似糖霜美。"黄庭坚《在戎州,作颂答梓州雍熙长老寄糖霜》一诗云:"远寄蔗霜知有味,胜于崔浩水晶盐。"元代洪希文写有《糖霜》一诗,文辞优美:"春余甘蔗榨为浆,色弄鹅儿浅浅黄。金掌飞仙承瑞露,板桥行客履新霜。携来已见坚冰渐,嚼过谁传餐玉方。输与雪堂老居士,牙盘玛瑙妙称扬。"

饮食杂记

关于吃糖，每个人都有很多故事和记忆。我却觉得这都难以抵得过一个南宋诗人和糖之间的浪漫。这就是杨万里。杨万里喝酒，用什么下酒呢？白糖配梅花。"剪雪作梅只堪嗅，点蜜如霜新可口。一花自可咽一杯，嚼尽寒花几杯酒。"据他自己说，这一点都不浪漫，是因为自己又穷又馋，用糖伴着梅花下酒聊以当肉，但我怎么读怎么觉得，这吃法清雅极了，那浪漫是刻在骨头里的，喂饱的不是胃，而是心。

清贫，饥饿，都是艰难的事情。我们每个人都难逃种种艰难的情境。觉得生活艰难，大抵是很多成年人常常会有的感触。倒不是意志消沉，更不是怨天尤人，而是艰难本就是每个普通人的生活底色。

就像是枝裕和的书和电影，他的故事里罕有激烈的冲突，也罕有接近完美的人，有的只是一群和我们一样的普通人，在过着平淡的日子，些许欢笑，些许哭泣，轻轻重重的牵念和责任，快快慢慢地成长和老去。跳出生活看生活，每个人都有自己的艰难。

这些，在少年时是不会懂的。于是又回想起李流谦"少年世味如蜜甜"，少年时的一切都是懵懂的甜味，即使有些许伤心事，也比较容易在更多甜蜜中消弭，在渐渐成长之后，获取一些心灵的甜味则颇为不易。陆游中年后有句子，"睡味甜如蜜，人情冷似浆"，这哪儿是说睡眠真的那么甜，而是和人情与现实相比，暂时的逃避都显得甜如蜜糖。又如"闲知睡味甜如蜜，老觉羁怀淡似秋"也同样伤情。

我们应该坦然承认生活不易，不可能每个人都得到很多，而不是一味为自己打鸡血和自我欺骗。如诗人西川所说："或许向生

少年世味如蜜甜

活要求美丽甚至壮丽的报答乃是奢侈的僭越。"我们有时候需要的只是一点甜,也只能是一点甜。

忘了自己在什么时候写下过这样没头没尾的一句诗:"我内心苍凉需要一点甜。"

这点甜可能是一个安慰的拥抱,也可能是一个第一时间的好消息。可能是午夜归家窗口留着的一点灯光,桌上的一杯温热的茶水,也可能是漫长的沉默背后,你知道有个人一直都在暗处的关注。生命中那些让人觉得美、让人温暖、让人相信,并因这相信散发出光芒的片刻,都能从心尖上品尝到一点甜,各种抚慰人心但味道绝不相同的甜。凭借这些微小的甜,才不会觉得世界上仅仅是你自己,凭着一身无用的孤勇奋力向前。

所以我们需要一点甜。

图书在版编目（CIP）数据

好竹连山觉笋香：古诗词里寻美食/刘菲著.--北京：北京日报出版社，2021.11
ISBN 978-7-5477-3631-9

Ⅰ.①好… Ⅱ.①刘… Ⅲ.①古典诗歌-诗歌欣赏-中国②饮食-文化-中国 Ⅳ.①I207.2②TS971.2

中国版本图书馆CIP数据核字（2020）第057729号

好竹连山觉笋香：古诗词里寻美食

出版发行：北京日报出版社
地　　址：北京市东城区东单三条8-16号东方广场东配楼四层
邮　　编：100005
电　　话：发行部：（010）65255876
　　　　　总编室：（010）65252135
印　　刷：河北宝昌佳彩印刷有限公司
经　　销：各地新华书店
版　　次：2021年11月第1版
　　　　　2021年11月第1次印刷
开　　本：880毫米×1230毫米　　1/32
印　　张：9
字　　数：200千字
定　　价：59.80元

版权所有，侵权必究，未经许可，不得转载